PLAGAS Y PREDICCIONES
DE LA FAMILIA
VICK- AUX

HAFFE SERULLE

MONCRAYÓN
EDITORES

Primera edición en español agosto de 2021
© 2021 Haffe Serulle
© 2021 Moncrayon Publishers Group, LLC.
5250 Park NW 84 Ave, Suite 1412
Miami, FL 33166
Editor General: Antonio Dueñas
Imagen de portada: El Bosco, (1450-1516)
fragmento de El jardín de las delicias. Museo del Prado..
© Diseño MoN Studio Miami.
© 2021 fotografía del Autor: cortesía de Orlando Barría (EFE) RD.

ISBN : 978-1-7375326-0-6
Impreso en Estados Unidos-Printed in USA

El escritor Haffe Serulle, uno de los principales dramaturgos caribeños se adentra en el mundo de las plagas y las pestes en su nueva novela, "Plagas y predicciones de la familia Vick-Aux".

(EFE)

Que tejido más limpio y preciso de viajar lo remoto que nos originó. Que mejor lugar que el mar en complicidad con tus alucinaciones febriles.

José Domínguez, director de teatro y crítico de arte.

El texto evocador y seductor a una lectura atenta y expectante. La urdimbre narrativa provoca la curiosidad y tensión en cada frase que va tejiendo la trama que se dilata en desentrañar y revelar. El recurso de la aparente oscuridad y atmósfera de referencia de antigüedad es un detonador seductor y encantador de interpretar y viajar en atemporalidad medieval, entre conocimientos de ciencias y clandestinos artilugios cifrados en coordenadas de verdades ocultas y redención de una memoria liberada solo en fabulaciones vinculadas con el aquí y ahora.

Miguel Ramírez, profesor de arte y
reconocido artista plástico.

De las hambrunas, epidemias y pandemias se ha hablado mucho, pero son pocos los que han tenido la osadía de penetrar en un mal de ojo que puede enfermar a toda una legión de almas serenas o escudriñar sobre la salud que imprime al ser humano las sustancias contenidas en la Mumia, que por lo encantado de la naturaleza estoy seguro que influyen en sus componentes raíces de mandrágora, piedras de Esmeraldas y por qué no esa planta herbácea llamada raspilla, de la familia de las borragináceas, de flores azules como las descritas por Neruda, y que solo crece en la península donde nació Cervantes y donde murmuró sus sueños de navegante el indómito Magallanes. Te juro que anoche me soñé viajando con Cipriam y Cristobal por esos mares atormentados, donde el tiempo caduco, sin saber a ciencias cierta adónde íbamos y mucho menos si llegaríamos a buen puerto.

Jar Zer, filólogo, París, 15 de mayo, 2021.

Porque tejemos de cadena en cadena nuestros pasos y nuestros recuerdos, y porque somos capaces de armar con las palabras de otras nuevas historias, dedico este trabajo a todos aquellos cuyos aportes bibliográficos han hecho posible el desarrollo de las vivencias genealógicas narradas a continuación.

Igualmente, dedico esta obra a los duendes que rodearon mi vida porque siempre creí que ellos anunciaban el futuro.

DESGLOSE

Prefacio necesario

Ya mi memoria se agotó en el tiempo. En realidad, a mí me parece que he vivido más de mil años. A veces, para recordar, debo examinar apuntes casi borrados, redactados en las noches más largas del insomnio. Por tanto, sin pretensiones de genealogista anacrónico, sino más bien con el interés de descifrar el camino recorrido por ciertos rollos legados por mis tataradeudos, y guardados intactos durante años por mi padre, me dispondré a resumirlos. Entre esos papeles hay un testamento inacabado, sin su firma ni la de ningún notario público, así como ciertas recomendaciones para sus funerales, "pues todos nacemos para morir", según reza en un pergamino amarillo abierto a mi lado. Algunos folios dan cuenta de hechos de su vida, a título de diario. Realmente, di con estos documentos tras su muerte, mientras buscaba otros que notificaran la legitimidad de sus inmuebles, así como referencias acerca de sus cuentas bancarias. Los encontré enrollados dentro de una caja de madera de cedro –¡cómo conserva su olor! –, escondida en su armario personal. En verdad, nunca había visto esa caja, ni siquiera de niño, edad en que se requisa todo cuanto está a la vista.

Una vez iniciada la lectura de estos papeles, he de confesarlo, no tuve ya reposo, y olvidado del mundo me concentré en ellos hasta que terminé de leer, en horas de la madrugada, los últimos folios, correspondientes a épocas más cercanas, pues también tengo en mi poder narraciones del padre de mi tatarabuelo y de mis demás ascendientes paternos, en las cuales describieron plagas inverosímiles, plantearon cálculos no convencionales y crearon metáforas, presentes en mi texto *Las treinta y una plagas de diciembre*, compuesto a mis 76 años. Lo anexo a estos rollos con intención mística.

Los documentos más antiguos aparecieron escritos en lenguas indescifrables, y los más recientes abarcan los siglos del XVI al XX. Uno de esos trabajos data del año 1206, cuando Gengis Khan (chêng-sze, en chino 'guerrero valeroso'; en turco khan: 'señor'), nombre por el cual es conocido Timuyin, era dueño de gran parte de Mongolia.

El autor de este notable trabajo, Hubix Vick-Aux, confiesa sin ínfulas de narrador haber formado parte del ejército mongol y precisa que en ese mismo año la asamblea de las tribus dominadas proclamó a Timuyin líder de las tribus mongoles y tártaras unidas. "El Khan inició la conquista de China, con el pretexto de buscar un lugar de pasto para sus caballos en los fértiles campos de tan vasto país", dice quien probablemente sea el pariente más lejano en la configuración del árbol genealógico de la familia Vick-Aux, de la cual solo yo soy testigo, con tan mala suerte que no dejaré descendientes.

El apellido Vick-Aux no tiene ninguna relación con Vix, municipio de Francia; ni con Auxerre, ciudad de Francia, capital del departamento de Yonne. Tampoco está relacionado con Vic, ciudad de España, ni con la palabra *vindex* (vengador) y mucho menos con L'Anse-aux-Meadows, en la costa norte de la isla de Terranova, donde en 1961 se hallaron ruinas de arquitectura vikinga, ni tiene parentesco alguno con Claudio Caudex (ClAUdio CAUdeX), aquel de la familia patricia de los Claudios, el primero en pasar el mar con una flota y arrojar a los cartagineses de la Sicilia. Igualmente, no debemos relacionar este apellido con Vichy, ciudad de Francia, ni con los nombres de los conventos: Citeaux, fundado en 1094, en Borgoña; y Clairvaux en 1115.

Con mi muerte, lo sé, concluirá una vasta bibliografía acerca de pestes inauditas, que delatan los vaivenes de la humanidad y enlazan los años del 1206 al 2007, y se cerrará, sin duda, un ciclo de incertidumbre, caos y locura.

Este posible pariente lejano, Hubix, de imaginación portentosa, dejó huellas imborrables en su familia, hasta el punto de que todos los descendientes de varones escribieron, como está dicho, acerca de supuestas plagas y enfermedades, azotes de sus respectivas naciones.

Los folios legados por Hubix son 46 en total, de los cuales 16 están escritos en un dialecto chino cuya antigüedad ni los propios habitantes de esa encantadora y misteriosa nación han sabido descifrar, 20 en latín clásico y los 10 restantes en turco, los cuales –al igual que la mayor parte de los redactados por quienes le siguieron– tradujo del turco al inglés un profesor alemán amigo de mi padre, y del inglés al español mi amada Anna Lanfoster, nacida en Nueva York, y llegada a muy temprana edad a esta ciudad de Puerto Plata, donde vivimos de cara al Atlántico, aunque en casas separadas.

Extrañamente, en estos escritos de Hubix no se dice nada de los ejércitos mongoles, salvo lo mencionado anteriormente, y repite el nombre de Gengis Khan solamente para resaltar que hablaba con voz sonora, con ademanes bellos y enérgicos, y le fascinaba repetir los adagios griegos: *Apresúrate lentamente, Más vale un jefe prudente que temerario* y *Se hace muy pronto lo que se hace muy bien.* Escribió, además: "En el año 1219, en venganza por el asesinato de algunos comerciantes mongoles, envió a sus ejércitos hacia el oeste e invadió Jwarizm" (extenso imperio turco formado por los actuales países de Irak, Irán y parte del Turkestán occidental). También menciona el nombre del conquistador mongol, no una sino dos veces, en unos escritos análogos a un diario, que él dejara truncos, como las narraciones de sus plagas.

Después de la lectura de aquellos rollos, mi vida cambió para siempre porque sentí la necesidad de adentrarme en ese pasado remoto y desentrañar el intríngulis fundamental de mis posibles ancestros. Realmente, desde la primera ojeada ellos aparecieron ante mí como seres fantásticos y misteriosos. Estas apariciones –todavía ahora a mis 78 años rigen de una forma u otra mi existencia– me llevaron a abandonar mis compromisos. Así, aprovechando la libertad de mi soltería y limpio de ataduras familiares, me dejé llevar por la magia de las historias contenidas en estos papeles, que si no hubiese controlado el ímpetu de la curiosidad, tal como he hecho, habría llegado a enloquecer, pues ésta es locura cuando alcanza los límites del desafuero.

Muchas veces llegué a dudar de la veracidad de las plagas e historias narradas en estos folios, y, por eso, decidí, con la ayuda entusiasta de Anna Lanfoster, alternar la lectura de libros antiguos con los apuntes de mis antepasados, a fin de encontrar el origen de las mismas o, si acaso, para convencerme de su conexión con acontecimientos no registrados en textos históricos contemporáneos.

I

LOS FOLIOS DE HUBIX VICK-AUX

+El Diario +Plagas en ruta +Predicciones +Narraciones diversas.

AÑO MCCVI

Nota aclaratoria:

Los folios del diario que damos a conocer, así como los de las *Plagas en ruta*, *Predicciones* y *Narraciones diversas*, están muy deteriorados y llegan al lector después de varias traducciones, como está dicho. En cuanto a *Narraciones diversas*, es sorprendente la comprobación de la similitud, en forma y contenido, con algunos pasajes de *Los nueve libros de la Historia*.

¿Cómo pudo escribir Hubix sobre temas tratados siete u ocho siglos atrás por Heródoto? La maravilla de esto es la plasmación de casi lo mismo que escribiera en su tiempo el genial historiador, que de haber tenido a mano los textos originales del griego podría acusársele de plagiario.

Fue Anna Lanfoster quien me advirtió de esta coincidencia, la cual se repetiría, aunque en menor grado, en otros miembros de la familia Vick-Aux.

De *Narraciones diversas* copiaré solamente las seleccionadas por Anna Lanfoster –muy pocas y breves, por cierto–, las cuales logró limpiar con la ayuda de una lupa y comparar posteriormente con el libro de Heródoto.

—Me duele la cabeza, Alejandrix –musitó Anna Lanfoster.

Le acaricié la frente y le dije:

—Si quieres, lo dejamos para otro día; el tiempo lo hacemos nosotros.

Anna me miró con su sonrisa de siempre y recostó la cabeza en mis piernas. Yo le apreté la sien y miré hacia fuera. La tarde moría con sus colores primarios, y el bosque era ya una fiesta de danzas y cantos de aves. Sin embargo, en lontananza las nubes anunciaban una llovizna fría. Entonces iniciamos la lectura de estos documentos.

+El diario

II Cuarto mes MCCVI: Hoy he conocido a Timuyin (por su fama de hombre intrépido y valeroso lo creía de más edad). Le he caído bien y seremos grandes amigos, no lo dudo. Para él, y así opinan los príncipes árabes, uno de los primeros deberes de un gobernante es hacer canales de regadío. Desde niño se interesó por los pozos, y pensaba en ellos como recurso mágico de la tierra; por eso, manda abrirlos por doquier y da recompensas a quienes descubren fuentes.

XVI Cuarto mes MCCVII: "Me gustaría inventar letras distintas de las nuestras", me ha confesado el líder mongol. "Conozco el caso del rey Chilperico, inventor de letras nuevas –

le dije y añadí–: Él mandó que los condes rasparan con piedra pómez los pergaminos de los libros dedicados a la enseñanza en las escuelas públicas, para volverlos a copiar con las nuevas letras". El joven mongol me miró con los ojos brillosos porque lo dicho por mí le había producido emoción. "¿Qué más hizo ese Chilperico?", preguntó en voz baja. Me puse nervioso y tosí varias veces seguidas. Luego, controlado ya, le respondí en esta forma: "Una vez, este rey decretó un tributo sobre las tierras y los esclavos, y al poco tiempo desolaron el reino las inundaciones, los incendios, las epidemias y murieron sus dos hijos. Castigo de Dios, pensaron los vasallos del soberano".

XVI Quinto mes MCCVII: Hoy es cuando hemos vuelto a hablar, al poco de aquella conversación sostenida por nosotros acerca del rey Chilperico. Es de noche y estamos en un valle, no muy lejos de la Gran Muralla. "¿Qué sabes tú sobre las leyes de los bárbaros?", me preguntó. Mi vista se desplazó por el cielo en busca de una estrella fugaz. "Si alguno hiere a un hombre en la cabeza y sale sangre –le respondí–, pagará 15 sueldos, todos de oro; si le pega en la cabeza y hace salir tres huesos, 30 sueldos; si se ve el cerebro, 45. Por un pie, una mano o una nariz cortada, 100 sueldos; si la mano cortada cuelga todavía, 45; si está torcida o arrancada, 62. Si se corta el pulgar de la mano o del pie, 45 sueldos. Por el segundo dedo, con que se tira el arco, 35; por el tercer dedo, 15; por el cuarto, 5; y por el meñique, 15 sueldos". Al oírme, el valiente comandante se quedó perplejo y desde entonces profesa hacia mí una gran admiración y, por eso, quiere tenerme a su lado todas las horas del día y hasta parte importante de la noche.

XX Décimo (el resto aparece demasiado borroso): Desde aquella vez cuando hablamos de los bárbaros, no hay noche en que el bravo militar no me interrogue acerca del pasado. Se ha convertido, en el buen sentido de la palabra, en un fanático de la

Historia. Ya llevo tres días hablándole de un jefe de guerreros que llevó a cabo durante su vida LIII expediciones militares. Me refiero a Carlomagno, hijo de Pepino, el más poderoso de los reyes bárbaros y a quien San Bonifacio ungiera, lo mismo que a su mujer, con el óleo santo. "En Occidente al homicida le cortan la cabeza, al asesino lo arrastran en un cañizo hasta la horca y allí lo cuelgan, al incendiario lo queman, y la mujer condenada a muerte es enterrada viva –le dije y agregué–: Si un hombre se suicida, lo conducen a la horca en calidad de asesino, pues según la ley debe tratársele como si hubiese matado a otra persona. Igual sucede con los animales". "¿Cómo así?, preguntó él con no disimulada curiosidad infantil. "Bueno, si un toro mata a un hombre, si un cerdo se come a un niño de cuna, el verdugo ahorcará a los causantes del daño". Él suspiró hondamente, se mordisqueó los labios y guardó silencio.

IV Segundo mes MCCVIII: Hemos establecido un punto de apoyo dentro de la Gran Muralla. En los días anteriores, como estaba vigilada salíamos cautelosamente y combatíamos en los trechos angostos. Trabamos varios combates fuera de las angosturas. Cayeron los enemigos en gran número porque por detrás los jefes, látigo en mano, azotaban a los soldados, aguijándoles a avanzar (*ver Libro Séptimo, Polimnia, 223, Heródoto; nota de Anna Lanfoster*).

Sin fecha: Hoy nos hemos reído de lo lindo al escuchar, en boca de uno de nuestros guías, que en Egipto son las mujeres quienes compran y trafican, y los hombres se quedan en casa y tejen. "Los hombres llevan la carga sobre la cabeza, y las mujeres sobre los hombros. Las mujeres orinan de pie, y los hombres sentados", dijo el guía.

Sin fecha: Vi a unos sujetos apartar de los árboles miles de sierpes aladas de pequeño tamaño y de color vario con sahumerio de estoraque. Según dicen, la tierra se llenaría de esas serpientes, si no les sucediera la misma calamidad que sucede a las víboras. Cuando las sierpes voladoras de los árboles se aparean y el macho arroja el semen la hembra lo ase del cuello, afirman algunos sabios, lo aprieta y no lo suelta hasta devorarlo. Luego, los hijuelos, todavía en el vientre, se comen a su madre para vengar a su padre (*en Talía, 107 y 109, he encontrado datos similares: Anna Lanfoster*).

Tercer mes MCCVIII: Aprovecho estos días para hablarle a Timuyin de cómo estaban equipados los persas, medos, asirios, bactrios, indos, arios, caspios; los ucios, micos, paricanios, paccies, árabes, etíopes, frigios, lidios y tracios. Los asirios, por ejemplo, se colocaban en la cabeza yelmos de bronce, entretejidos de cierto modo bárbaro no fácil de describir; tenían escudos, lanzapuñales parecidos a los egipcios, y además, mazas de madera claveteadas de hierro y petos de lino. Los árabes, entre tanto, traían ceñidas sus marlotas y llevaban al hombro arcos largos vueltos hacia atrás. Los etíopes, cubiertos con pieles de leopardos y de leones, usaban igualmente arcos largos, de no menos de cuatro codos, hechos del ramo de la palma y pequeñas saetas de caña; en vez de hierro tenían una piedra afilada con la que solían labrar los sellos; traían también lanzas cuya punta era un cuerno de gacela aguzado a manera de cuchilla. Cuando iban a la batalla se pintaban de yeso la mitad del cuerpo y la otra mitad de bermellón (*para mayor información, ver Los Nueve Libros de la Historia, Libro Séptimo –Polimnia–, de 61 a 87, donde podrás leer: "... los persas tenían entre todos estos pueblos el mejor traje y eran los más valientes, y además se distinguían por el abundante oro que llevan consigo, así como por sus carrozas, todas llenas de sus concubinas, y mucha servidumbre bien aderezada. Camellos y bagajes seguros conducían sus vituallas, aparte las del ejército".* Anna Lanfoster).

XVI Octavo mes MCCVIII: Para combatir a nuestros enemigos, Timuyin ha impartido instrucciones de soltar los ratones agrestes enjaulados. "Estos animalitos se comerán las aljabas, los arcos y las agarraderas de nuestros oponentes. Los veremos huir desarmados y serán aniquilados en gran número por nuestra fuerza", dijo a viva voz el líder. Le atraía el modo de combatir de los sagarcios, pueblo persa y de lengua persa, quienes, al entrar en batalla con sus enemigos, arrojaban los lazos en cuyo extremo tenían un nudo corredizo; arrastraban hacia sí lo que podían enlazar, sea caballo, sea hombre; la víctima, enredada en el lazo, perecía enseguida.

XIX Sexto mes MCCIX: Hoy, en horas de la tarde, al ver a un joven con los ojos sacados, el jefe mongol recordó cuando Ricardo Corazón de León mandó matar dos mil quinientos prisioneros sarracenos; y en una guerra contra Felipe Augusto ordenó sacar los ojos a quince prisioneros.

I Tercer mes MCCXIII: Gengis dirige a sus ejércitos hacia el Sur y Oeste, y se adentra en el territorio dominado por la dinastía Jin. Durante el trayecto, hemos encontrado tiendas alhajadas con oro y plata; jarras, copas y vasijas muy valiosas, y sacos con calderos de oro y plata.

(No aparece la fecha): Alcanzamos la península de Shandong.

(Sin fecha): En presencia de una de sus mujeres encinta de él, y deseoso de saber por diferentes presagios si daría a luz un varón, quitó un huevo a una gallina y lo calentó en sus manos el tiempo necesario, hasta que salió al fin el pollo con hermosa cresta. Suspiró hondo y se vio a sí mismo coronado de rayos, sentado entre laureles en un carro arrastrado por doce caballos de sin igual blancura.

XXIII −no precisa el mes- MCCXV: Tomamos la ciudad de Yenking o Zhong-du (*actual Pekín, nota mía: Alejandrix*).

Combatimos en forma memorable, y en verdad no sé dónde aprendió nuestro líder las tácticas de guerra aplicadas en su tiempo por los lacedemonios, como aquella cuando volvían la espalda y fingían alejarse en masa. Los contrarios, viéndolos huir, se lanzaban con clamor y estrépito, pero al irles a los alcances se volvían para enfrentar a sus enemigos, y al volverse derribaban infinito número de ellos.

XXIX (+ diez puntos suspensivos) CXXII (+ tres cruces): Hemos arrasado Turkestán y saqueado las ciudades de Bujara y Samarkand.

Sin fecha: En el campo de batalla hemos dejado más de tres mil enemigos muertos. Antes de retirarnos, Timuyin ordenó cortarle la cabeza a cada uno y empalarla.

III Séptimo mes MCCXXIII: He conocido cerca del Volga a una linda mujer, de nombre Lannafas. Cuando en el lecho, ya avanzada la noche, me preguntó si pensábamos saquear los pueblos desde el golfo Pérsico hasta el océano Ártico, me quedé estupefacto. Al rato me dormí y tuve un sueño: violé a mi madre, y miles de flechas desnudas cubrieron el cielo; luego, juntas, cayeron sobre el cuerpo de Gengis.

II Octavo mes MCCXXIII: Ayer, en medio de una batalla descomunal, le mataron el caballo a Gengis. Él –no lo hay más arriesgado– montó rápidamente el de un soldado recién asesinado.

IV Segundo mes MCCXXIV: Lannafas se cayó esta mañana de mi caballo, no porque no lo sepa montar sino porque sintió un mareo leve. De haber estado embarazada, habría perdido la criatura. He debido vendarle la pierna izquierda y ponerle una tabla en la espalda. Aunque no padece de fracturas graves, deberá permanecer por lo menos siete días en cama.

I Décimo mes MCCXXIV: Lannafas se ha curado, y camina y cabalga como una jovenzuela. Superados los malestares del accidente aquel, luce más fuerte y hermosa. Anoche descubrí algo curioso en ella: le ha dado por coleccionar piezas decorativas encontradas en su andar. Así, no es nada raro ver en un bolso de cuero que lleva siempre en sus viajes conmigo figuras de bronce y fragmentos de armas de uso personal de los soldados. Suele describir con precisión, en pergaminos rosados, las características de cada utensilio.

VII Segundo mes MCCXXV: He oído en boca de un anciano árabe una oración que me ha conmovido.

"Oh imán, preséntate.

La humanidad te espera,

pues el derecho y la justicia

han perecido,

y el mundo yace envuelto

en las tinieblas de la violencia".

Lannafas me acompaña a todas partes porque no le teme a la guerra. Su afabilidad es única. Sus besos saben a pétalos de flores exóticas, y en el amor es exigente. Además, nadie recita como ella. ¡Cómo fijar los ojos en otra mujer!

XI Segundo mes MCCXXV: He vuelto a ver al anciano árabe y, en conversación con él, me he quedado maravillado al oírle decir que Bagdad tiene cuatro puertas de hierro coronadas por cúpulas doradas. "Los califas del Cairo tienen un jardín en el cual los árboles son de oro, las flores de piedras preciosas y de esmalte el suelo. Los mercaderes ricos poseen también jardines llenos de rosas y de arbustos odoríferos, magníficos tapices, telas de seda, fuentes de oro, vajillas de plata y perfumes ardientes en cazos de oro", agregó el anciano. Lannafas, por su parte, me contó que un rey invitó a su casa a un curtidor muy adinerado y le preguntó cómo practicaba ese oficio si le sobraba el dinero, y éste le contestó: "Si soy acaudalado es gracias a ese oficio infecto". Mi mujer sabe muchas historias, y ya quisiera saber yo de dónde las saca.

II Sexto mes MCCXXV: Jamás había tenido una experiencia sexual tan placentera como la de esta noche. Lannafas vino a mí desnuda con flores en el cuerpo y mojada de arriba abajo como si hubiera salido de un torrente primaveral. Selló sus labios en los míos, y sus besos se convirtieron en cantos celestiales. Yo, desvanecido, esperé hasta que las primeras luces del nuevo día me calentaran la cara. Después, de pie uno al lado del otro nos tocamos las manos.

—¿Fue real lo de anoche? –le pregunté.

—Real o no, jamás lo olvidarás –musitó Lannafas.

I Segundo mes MCCXXVI: Lannafas escribe historias muy breves; algunas me conmueven. Selecciono una y la copio para su divulgación.

EQUINOCCIO DE OTOÑO: El hombre caminó hacia el desfiladero. Cerró los ojos. No pensó en nada. Sintió la brisa y dejó caer su cuerpo. En el vacío, recordó que no era un ave sino un simple ser humano. Intentó detener el vuelo, pero ya era tarde.

XI Segundo mes MCCXXVI: Una epidemia mortal ha diseminado granos morados por el cuerpo de miles de hombres y mujeres. Lamentablemente, se llevó esta mañana, y para siempre, a mi amada Lannafas. Me negué a verla cuando la arrojaron a una fosa común, convertida en hoguera. La carne humana quemada huele, dicen, pero a mí esta vez me hedió.

Todavía llevo ese hedor metido en la nariz, y para mermar su efecto he decidido beber copiosamente vino puro. ¡Pobre Lannafas, amada mía; tan linda en vida y tan horrible en la enfermedad y en la muerte! Ahora, en su honor, pues la amé por sobre todas las cosas, doy a conocer otra de sus historias.

ENCIERRO DE LUNA: "No levanten altares ni enciendan fuego cuando sacrifiquen víctimas, ni empleen libaciones, ni flautas, ni coronas, ni granos de cebada", gritó alguien detrás de un muro de niebla, donde estaba encerrada una criatura masculina, parecida a una estatua de cera. Salió esa figura, vino hasta mí con una tiara ceñida con mirto y me dijo que llevara una res a un lugar puro para degollarla en nombre de mi dios. "Cuando cortes la carne –añadió–, haz en seguida un lecho de la hierba más suave, especialmente de trébol. Y, para no deambular sin norte por el mundo, deberás recorrer mil millas en busca de un mago, y cuando lo encuentres entonarás con él un canto de regocijo".

XVIII Octavo mes MCCXXVII: Ha expirado el más grande y valiente conquistador mongol. Lloro sin parar y no sé cuándo las lágrimas me dejarán libre. Se me ha metido un dolor demasiado fuerte en el pecho.

(No aparece la fecha): En una caja de bronce guardada en mi cuarto, encontré una nota de Gengis, escrita de su puño, en la cual me expresa que una vez fallezca intervenga yo "en imponer paz y armonía entre los demás". Me he roto la cabeza tratando de saber a quiénes se refería, y por más que pienso no logro interpretar fielmente su mensaje. Antes de morir me dijo: "Guárdate sobre todo de escribir o hablar oscuramente".

(Igual, sin fecha): Una anciana me regaló pasado el mediodía una piedra llena de caracteres asirios.

+Plagas en ruta (así reza la última traducción, que aquí aparece en negritas).

Anna Lanfoster y yo hemos buscado, sin resultado alguno, referencias acerca de estas plagas: particularidades de cada una, qué las originó, años en que sucedieron, alcance de los estragos, etcétera. Ella, en su caso, que dedicó muchas horas en revisar los diferentes programas proporcionados hoy día por la Internet, se siente desalentada porque ha encontrado escasas informaciones sobre el particular, casi todas, por demás, relacionadas con libros de penitencias, conocidos ya en el siglo VIII. Esas informaciones dan cuenta del castigo correspondiente a cada falta.

Son tiempos de pestes, y aquí como en otras partes se forman bandas de flagelantes recorriendo valles y montañas con las espaldas desnudas, y se castigan hasta sacarse sangre. Los creyentes se refugian en el poder de la divinidad, aunque ésta no escucha a nadie. Crece la desventura y la desesperación. La gente es dada a las penitencias; las hay que duran siete años, y muchas de ellas consisten en ayunos, oraciones y azotes. En Occidente, tres mil azotes equivalen a un año de penitencia.

Anna me entregó esta nota, extraída de un documento llamado Reforma de la Iglesia: Un ermitaño italiano del siglo XI, apellidado el Acorazado, tenía fama de poder cumplir de este modo (el mencionado) en quince días cien años de penitencia.

Sí, son tiempos de pestes. En una pequeña aldea han quemado a diez hombres, lo cual ha provocado una horrible infección. Hasta el viento se ha infectado. Las mujeres huyen despavoridas y ya no saben dónde esconderse. Pero no todo el mundo ha reaccionado de la misma manera, pues en el punto de la barbarie se quedó de pie un anciano, quien vio extasiado cómo la carne quemada se apoderó del cielo. Sin embargo, no previó que el viento arrastraría las llamas hasta él, y así, en vez de morir por la infección murió como consecuencia de la expansión del fuego.

—*Era costumbre quemar a los prisioneros* –comentó Anna.

—*Entonces no se trata de una plaga* –murmuré.

—*Quizá* –dijo mi amada–. *Quizá incinerarlos era una plaga. Quién sabe si el viento arrastraba el humo con olor a carne humana infectada y producía desgracias en aquellas poblaciones por donde pasaba.*

Nos quedamos un rato en silencio, revisando algunas de las notas traídas por ella. Luego, tomó una y leyó en voz alta: La Iglesia tenía desde antiguo por costumbre, cuando un fiel confesaba un pecado, imponerle una penitencia (acto de arrepentimiento) antes de dejarle penetrar de nuevo en el templo con los demás; ese acto era público si el pecado se había cometido públicamente.

Que sí, son tiempos de pestes. Llueve, no para de llover, y con la lluvia hay destrucción y miedo. El aire apenas circula. De los charcos sale un olor fétido, y de las piedras, un vapor venenoso. Ciertamente, han muerto muchos niños, y hasta animales han muerto. El vapor es cada vez más denso; de tan denso parece de lejos otra capa de cielo.

Siete noches atrás vi cruces en el firmamento; miles de cruces pintadas de negro, y ahora las hay grandes y pequeñas. Estamos asustados, y con razón, pues cada vez que esas cruces se desprenden del cielo y se clavan en la tierra, perecen decenas de niños, y a los ancianos se les caen las piernas y los brazos. La angustia rebosa la mirada de cada ser humano.

—*Escucha, Alejandrix* –dijo Anna.

Yo examinaba atentamente el material traído por mi amada.

—Ya no me interesa escuchar nada –murmuré.

Ella sonrió levemente, me echó el brazo por el hombro y me advirtió:

—Pero esto es importante. Se trata de un escrito del siglo II. Mira, aquí se habla de piernas y brazos caídos por una peste.

Abrí los ojos de par en par porque sus palabras provocaron en mí una honda emoción.

—Lee, lee –me apresuré en responder.

Ella se raspó la garganta y recitó:

—Primero se desprendieron los dedos;

siguieron las manos,

los brazos y las piernas,

y finalmente las orejas.

Luego del desastre,

los labios cayeron partidos

como pedazos de vidrio:

nadie supo si eran de humanos.

Horas más tarde,

sobrevino el silencio

encerrado en la órbita del siglo;

no hubo cierzo ni luz, solo quimera.

Definitivamente, ¡son tiempos de pestes! Los mares se han llenado de gusanos amarillos. Son enormes y ponen en peligro el desarrollo natural de las demás especies. Los gusanos respiran.

Su vaho se transforma en viento tempestuoso, cargado de veneno mortal.

—Tal vez fue en el mar Negro,

no recuerdo ahora

—recitó de nuevo Anna Lanfoster—,

que un aluvión venenoso

extirpó la arena.

Anna leía con voz encantadora. La atraje a mis piernas y la besé en el cuello.

De tantas plagas, ayer oí decir a un jefe militar: "Si fuéramos capaces de cambiar el curso de una de ellas hacia tierras de enemigos no habría necesidad de emprender actos de guerra". Pero ¿cómo controla el hombre lo que es de la naturaleza? Si algún día es así, el mundo será otra cosa.

Ha aparecido una enfermedad que ataca la piel. El mal afecta a roedores salvajes, en especial a la rata negra y su pulga, la cual suele alimentarse de su sangre. En determinadas condiciones, la peste transmite la enfermedad a los seres humanos.

VERANO, AÑO INFI (tal como aparece escrito). No hay curanderos ni médicos para tantos enfermos, y todos presentan los mismos síntomas: inflamación de la garganta, axilas e ingles. He visto morir a los siete días a quienes contraen esta peste.

IX DEL AÑO ZUIN (igual). Se ha recrudecido la peste de la garganta. Miles de hombres y mujeres abandonan las ciudades. En realidad, este tiempo del año es considerado insalubre. La gente está aterrorizada porque los afectados por la epidemia serán marcados con un hierro hecho ascua en forma de cruz. "Vendrán más pestes", se anuncia. Y vendrán ahora y a lo largo de cada lustro, y tocarán el rostro humano y la carne de los animales. Las últimas se expandirán por las aguas de los mares y por las regiones más inhospitalarias del planeta.

Yo, Hubix Vick-Aux, que ignoro cuáles son las raíces maternas y paternas de mis antepasados, digo, en honor de quienes soportaron y vencieron los embates del milenio, que cuanto ha sido no es nada en comparación con lo que viene.

—*El Sol se enfriará un día de agosto,*

y ya no habrá nada en el universo:

esta será la última plaga

y nadie podrá describirla

porque la tierra desaparecerá

antes del final... antes del final –*musitó Anna Lanfoster.*

Esa noche, estuvimos despiertos hasta muy tarde, y fue una de las pocas veces que dormimos juntos en mi cama. Al otro día, vi a mi amada de pie con una mano sobre la puerta del dormitorio, lista para irse. "Volveré cuando caiga la tarde", dijo.

+Predicciones

(I) La tierra será un raíl de llagas

y enviará dolor sobre las personas.

(II) Los mares se llenarán de muertos,

y hasta los perversos les temerán.

(III) Los ríos se secarán,

y cuando aparezcan diez lunas

el hombre matará al hombre

y beberá su sangre

para calmar la sed.

(IV) Montañas sombrías

verán los ojos del hombre

en los próximos siglos.

(V) Escaseará el aire

en las ondas del grito:

el hombre enloquecerá.

Una mancha roja se detendrá

en el costado izquierdo del sonido.

(VI) El sol será una bola de humo

en la espesura negra

del tiempo final.

(VII) Sin espacio donde moverse,

la humanidad destruirá lo construido.

(VIII) De tanto ruido,

los sordos enloquecerán.

(IX) El hombre dejará de ser hombre,

la mujer, mujer:

serán masas mugrientas

sin espacio ni tiempo.

(X) Está a punto de llegar la última peste,

cuyos estragos serán espantosos.

Está dicho así, y como tal sucederá.

+Narraciones diversas

Mostraré en mis historias que lo dicho por uno hoy lo dice otro mañana.

XIII: La antigua constitución de Corinto era oligárquica, y gobernaban la ciudad los llamados Baquíadas, que no contraían matrimonio sino entre ellos mismos. A Anfión, uno de estos hombres, le nació una hija coja; su nombre era Labda, y como ninguno de los Baquíadas la quiso por mujer, casó con ella Eeción, hijo de Equécrates, del demo de Petra, bien que Lapita de origen y descendiente de Ceneo. No tenía hijos de Labda ni de otra mujer; marchó, pues, a Delfos para consultar sobre su sucesión; y al entrar, la Pitia le dirigió estos versos:

Eeción, nadie te honra, aunque eres digno de honores.

Labda, encinta, dará a luz una piedra despeñada;

caerá sobre los príncipes y hará justicia en Corinto.

Ver obra citada de Heródoto: Libro V, 92, tal como me mostrara mi amada Anna Lanfoster.

LVI: (I) recogió las naves (II) más veleras, se dirigió a los lugares de la aguada y grabó en las rocas letras leídas por los (III) al venir el día siguiente. Esas letras decían así: "(IV), no obráis con justicia al marchar contra vuestros padres y esclavizar a + + + (V).

Lo siguiente es indescifrable. No entiendo, sin embargo, por qué Hubix prefirió poner números allí donde, de acuerdo con el original de Heródoto, está escrito lo siguiente: I: Temístocles; II: atenienses; III: jonios; IV: jonios; V: Grecia. *Nota de Anna Lanfoter.*

CIV: Recibió el heraldo la respuesta y se retiró. J+J (por Jerjes, como consta en el libro del griego) *dejó a Mard* (por Mardonio) *en Tesalia, marchó a toda velocidad al Helesponto, y llegó al lugar del pasaje en cuarenta y cinco días, llevando de su ejército poca y ninguna parte, por así decirlo. En cualquier punto adonde llegasen en su marcha, y cualesquiera fuesen los hombres entre los que se hallasen, tomaban sus productos como víveres. Si no encontraban producto alguno, cogían la hierba brotada de la tierra, arrancaban la corteza y las hojas de los árboles y las devoraban, tanto de las plantas cultivadas como de las silvestres, y no dejaban nada. Hacían así por hambre. Por otra parte, la peste y la disentería se apoderaron del ejército y les hacían perecer por el camino" (*Libro Octavo, 115... Anna).

Después que mi amada y yo leímos en coro esta nota, nos miramos el uno al otro, y por su gesto y el mío no había necesidad de preguntarnos nada, pues nuestro asombro era evidente. Sin embargo, unos segundos de silencio bastaron para que ella murmurara: "Estos acontecimientos los debemos investigar, Alejandrix. Hubix no conoció el texto de Heródoto, es evidente, pues éste alcanzó difusión en Europa occidental con el Renacimiento, en la versión latina redactada por Lorenzo Valla entre 1452 y 1456. Si te adentras en esta coincidencia de por sí extraordinaria y fantástica, llegarás fácilmente a la conclusión de que la vida y el pensamiento tienen ciclos iguales, repetidos de tiempo en tiempo. ¿Opinas tú lo mismo, Alejandrix?

Pero yo no le contesté. Anna Lanfoster estaba muy hermosa, y preferí acariciar sus labios y besarla.

Pasado el mediodía, volvió a casa con otra nota, la última de esta secuencia.

CXXV: En los convites de la gente rica, cuando ha acabado la comida, un hombre pasa a la redonda un cadáver, hecho de madera, en su ataúd, imitado a la perfección por el labrado y la pintura, tamaño en todo de un codo o dos, y al enseñarlo dice a cada uno de los comensales: "Mírale, bebe y huelga, pues así serás cuando mueras". Tal es lo que hacen en los convites (Libro Segundo, 78...).

Hubix debió referirse a los egipcios, precisa Anna en una apostilla aparte, tal como se señala en el texto de Heródoto, para quien, por demás, eran los más sanos de todos los hombres (*no más que los libios, por supuesto: Anna*), a su entender a causa del clima, porque en los cambios de todas las cosas y particularmente de las estaciones surgen principalmente las enfermedades.

II

ESCRITOS DE PUBEX VICK-AUX

MCCLX-MCCXCIV

Kubilay y yo + Lo que solía decir Kubilay + Plagas + Predicciones

Kubilay y yo

Como un salto veloz en el tiempo, y gracias a la suerte inusual que me asiste mientras registro las raíces más remotas de mi apellido paterno, apareció ante mí, en letras doradas y sobre el horizonte del Atlántico, el nombre de Pubex Vick-Aux, nieto de Hubix y amigo personal de uno de los nietos más valerosos de Timuyin: Kubilay Khan (1260-1294), de quien dijera Marco Polo en el Libro de las Mil Maravillas: ... *si todos los cristianos y sarracenos del mundo, sus emperadores y sus reyes se unieran, no tendrían tanto poder ni podrían hacer tantas cosas como Cublay (Kubilay), señor de todos los tártaros del mundo, tanto por el Levante como por el Poniente.*

Si bien a Marco Polo –he de acotar– se le consideraba mentiroso y exagerado, y a veces fantasioso, hoy se ha podido probar que cuanto decía era verdad. En lo personal, confieso, leí de niño sus escritos y traté de imitar su osadía porque me fascinaron.

—Alejandrix, investigaré el pasado de Marco —me dijo Anna al oído.

Pubex heredó de su abuelo el afán por conocer los episodios más importantes de la Historia, pero, al contrario de él, dedicó tiempo a escribir acerca de aspectos esenciales de los ejércitos mongoles, y le hizo honor a la tradición de comentar pestes y plagas increíbles, tales como las que estremecieron a Europa durante los siglos III y IV, que menguaron la población y redujeron al mínimo las actividades comerciales. *Todo era ruina, y no había un punto en la tierra y en el cielo en donde no se sintiera el olor de la muerte*, informaba Pubex.

Durante el reinado de Kubilay, decía, *se* repararon las carreteras y en los territorios imperiales funcionaba un excelente y novedoso sistema de correos para la época. En caso de necesidad, comentaba, las cartas podían recorrer en un día más de 330 millas, proeza no muy común. En sus escritos, precisa, Kubilay desarrolló la navegación fluvial porque construyó canales nuevos y mejoró los ya existentes, y no vacila en afirmar que su jefe restauró los graneros públicos, antigua tradición china abandonada. *De esa forma* —señala Pubex— *los soberanos podían almacenar grano para venderlo a bajo precio y así evitar la inflación cuando vinieran las malas cosechas.* El comercio, reseñó, también se vio favorecido por el uso del papel moneda, y muchas ciudades alcanzaron un gran adelanto y embellecimiento, como Pekín. En sus escritos abundan notas curiosas acerca de los ejércitos mongoles. Refiere, por ejemplo, que, aunque formados por hombres muy endurecidos, acostumbrados a una vida difícil, les temían a las embestidas de la naturaleza, pues eran incapaces de comprenderlas. Igual sucedía con algunos romanos. Tiberio –es sabido de todos– se colocaba en la cabeza una corona de laurel porque creía que tenía la virtud de estar al abrigo del rayo. Y Calígula, cuyo desprecio por los dioses era visto como una plaga, cerraba los ojos y se envolvía la cabeza al más ligero relámpago y al trueno más leve, y cuando aumentaba el estruendo se escondía debajo de su lecho. Todo esto lo aprendió Pubex de romanos que decían haber oído tales cosas, y más, en boca de Suetonio.

Pubex admiraba a los mongoles porque aprendían a montar y a usar el arco desde muy niños, pues eran cazadores y pastores nómadas. *Se convirtieron en un pueblo guerrero en el que los hombres menores de 60 años participaban en las actividades militares* –decía, e informaba enseguida–: *En algunas circunstancias hasta las mujeres participaban en el combate.* Luego escribía: *Esos mongoles funcionan con tal precisión y efectividad que uno se queda boquiabierto. Las unidades de sus ejércitos se hacen siguiendo el sistema decimal, es decir, unidades de 10, 100, 1000 y 10 000. Así, cada diez decenas hay un jefe; cada cien un Khan y cada mil forman una horda dirigida por un lugarteniente del Gran Khan. Como formo parte de este ejército, doy fe y testimonio de que nadie nos gana en rapidez, pues cada soldado lleva 5 caballos por lo cual su capacidad de desplazamiento supera las 240 millas al día. Somos, además, excelentes arqueros a caballo. Generalmente combatimos sin armadura y con un arco de gran alcance. Nuestras tácticas militares son variadas e impredecibles. A la menor ocasión dividimos las fuerzas enemigas por separado. Solemos rodear a nuestros contrarios para contar con superioridad numérica en ese flanco. De cuando en vez soltamos en la batalla grandes manadas de caballos para confundir al enemigo, o si no atamos sacos de arena sobre los caballos con el propósito de crear el efecto de que somos más numerosos. Solemos fingir la retirada para volver a contraatacar. Kubilay nos ha enseñado a ser impredecibles y maestros en la emboscada. Pero su mejor arma es la manera como él usa el terror psicológico; de ahí que trabaje sin descanso en labrarse una reputación durísima. Cuando una ciudad cae ante nuestros pies, aniquilamos a sus hombres: les cortamos las piernas y los brazos, y los usamos para construir atalayas y monumentos.*

Estoy atrapada en una red de pesca.

Aquí el tiempo es oscuro.

La desesperación me agobia.

No encuentro ayuda.

"Debes soportar hasta el límite",

me digo a mí misma.

De pronto, algo en movimiento

me arranca los labios.

Las palabras, atemorizadas,

huyen de mi boca.

El silencio se arremolina en mí

y me absorbe.

Para Alejandrix, de A.Lanfoster.

Kubilay no durmió anoche porque no podía dejar de pensar que durante el último combate de la semana recién pasada había matado a tres de sus contrarios. Ordenó descuartizarlos y registrar cuidadosamente cada pedazo de los órganos de aquellos humanos. Díganme si tienen corazón, dijo. Cumplido el encargo, un médico se aproximó a él y le comunicó con voz temblorosa: No, no tienen corazón, señor. Respecto a las mujeres e hijos de los pueblos vencidos, los vendemos como esclavos, y si los sitiados se rinden antes de la batalla, Kubilay les perdona la vida.

Los ejércitos mongoles, cuenta Pubex, *eran capaces de asimilar distintas formas de las culturas a las cuales derrotaban, tal como el uso de elefantes en el campo de batalla o de material de asedio aprendido de los chinos. En el saqueo todos somos iguales,* informaba, *hasta cuando pagamos un diezmo al Gran Khan, y tenemos derecho a retener lo que esté a nuestro alcance coger siempre. A diferencia de otros ejércitos, nosotros no llevamos intendencia en las campañas, pues vivimos de lo que encontramos en nuestra marcha. Y en el desierto sobrevivimos bebiendo sangre de caballo.*

—¿Has sentido alguna vez el peso de la hora, Alejandrix?

—Sí, ahora que voy para viejo.

—¿Y cómo es?

—Sencillamente indescriptible.

Según Pubex, los mongoles tenían piernas musculosas y cuerpo robusto; por eso, eran guerreros físicamente muy capaces. *Nuestra alimentación es enteramente animal* –afirma, y añade–: *Nos gusta beber leche de nuestras yeguas, la más nutritiva, a mi juicio. Con esta leche preparamos dos bebidas: el Kumis y el Kara-kumis. Gracias al caballo, solemos cazar cérvidos y lepóridos. Al camello le debemos mucho: en la guerra para portar el tambor nacara –que anuncia la emboscada– y cargar mercancías y herramientas, y en la vida diaria para comer su carne, beber su leche, vestir su piel y para calentarnos con sus excrementos.*

Anna Lanfoster bostezó discretamente. Al verla, dejé de leer. Ella, tal vez avergonzada, se mordisqueó los labios y me pidió que siguiera. No sé por qué bostezó Anna, si le ha puesto tanto interés a estos papeles. Es la segunda vez que la he visto bostezar. De la primera me acuerdo muy bien, y no por el bostezo en sí, sino porque cuando abrió la boca creí haber visto a un ser divino. Ella tenía diecisiete años y estábamos mirando extasiados las olas plateadas del Atlántico.

Como su abuelo, Kubilay sacaba tiempo para que Pubex le hablara del pasado, sobre todo de la compleja vida de los Césares, quienes, decía, eran el símbolo de la lujuria y la maldad. Él y su amigo se reunían generalmente en horas de la noche, y mientras varias mujeres se ocupaban de masajear el cuerpo del líder mongol, Pubex le contaba las historias menos conocidas, aunque las más extravagantes, de aquellos romanos que trastornaron las leyes del honor y del equilibrio moral, vitales y necesarias para la convivencia humana. Le contaba, por ejemplo, que Nerón, con quien se extinguió la familia de los Césares, *al ocultarse el sol se cubría la cabeza con un gorro de liberto o con un manto y recorría las tabernas de la ciudad y vagaba por los suburbios causando daños. Se lanzaba sobre los transeúntes, los hería y los precipitaba en las cloacas. Rompía las puertas y saqueaba las tiendas.* Kubilay no entendía cómo un líder romano era capaz de actuar de esta manera, pero de tanto oír a Pubex llegó a interpretar como forma normal de vida la conducta desequilibrada de los césares: crímenes espantosos, obscenidad en cada gesto y el incesto crecido en las marañas del imperio. *Nerón hizo castrar a un joven llamado Esporo y quiso cambiarlo en mujer. Un día lo adornó con velo nupcial y lo trató como su esposa,* contábale Pubex a Kubilay, bajo el cielo estrellado. "Habiendo Nerón prostituido todas las partes de su cuerpo, imaginó como supremo placer cubrirse con piel de fiera y lanzarse desde una jaula sobre los órganos sexuales de hombres y mujeres atados a postes –le contó Pubex esa misma noche al jefe mongol y agregó–: Cuando el César satisfacía sus deseos, se entregaba, para terminar, a su liberto Doríforo, a quien servía de mujer, como Esporo le servía a él mismo". *Imitaba la voz y los gemidos de una doncella que sufre violencia*, escribió mi pariente. Esa vez, según Pubex, Kubilay rio a carcajadas, pero oyó truenos lejanos y enmudeció de inmediato. Antes de dormirse sonrió con sarcasmo y delirio, tal vez porque en el fondo deseaba –no como Nerón sino como Calígula, el cuarto de los Césares– sangrientas derrotas, hambres, pestes, vastos incendios y terremotos. Este César se lamentó más de una vez, aclaró Pubex, que no hubiese ocurrido en su reinado ninguna calamidad pública. "El de Augusto se distinguió por la derrota de Varo, y el de Tiberio por la caída del anfiteatro de Fidena. Al mío, le amenaza el olvido por demasiado feliz", decía Calígula.

Se enamoró locamente, refiere Pubex, de una mujer de apellido Lanfos, de procedencia germánica, y a quien le gustaba andar desnuda por las playas, en horas de la noche, cuando había luna llena. Ella le mostró la verdadera identidad de la cara del amor, acompañada de erotismo. Durante el descanso se amaban libremente: alma con alma y piel con piel. Cuanto él dice de ella sugiere que esta mujer tenía un encanto muy particular. *Su lengua es avispa: pica y vuela. Sus ojos hipnotizan: me paralizan el corazón*, escribía Pubex.

—Es como tú, Anna; es como tú.

—Pero mi lengua no pica.

—Sí, pica, y tus ojos le paralizan a cualquiera el corazón.

—A cualquiera no; en todo caso, solamente a ti.

—Lanfos... Lanfoster... ¿Y si tú en algún momento fuiste ella?

—¿Ella? ¿Lanfos?

—La Lanfos de Pubex.

Anna sonrió sin darle importancia a esta comparación, y me instó a que continuara leyendo el texto de mi pariente.

Te juzgo un desgraciado porque nunca fuiste desgraciado –le dijo Kubilay a un amigo suyo, como si hubiese escuchado la voz de Séneca el filósofo, y agregó con gesto más reflexivo–: *Pasaste la vida sin un adversario; nadie sabrá cuál era tu fuerza, ni tú mismo. Has de conocer al piloto en la tempestad, al soldado en el combate.*

En otra oportunidad, Kubilay le dijo a un soldado aquello que Lucius ya había escrito en *De la Providencia*: "Sólo es sólido y fuerte el árbol azotado por el viento con frecuencia, pues la misma violencia le fortifica y fija las raíces con más fuerza". Kubilay creía, como Séneca, que la esfera de los cielos giraba en torno de la tierra de Este a Oeste y que ésta tiene también su órbita propia por la cual se mueve con dirección opuesta.

Kubilay, relata Pubex, solía hablar con frecuencia de sus pies y de su garganta granujienta. Una noche, en un banquete, dice él, le dio por contar cómo era su mujer favorita en el coito. Su amigo, asegura, se dejaba llevar por el extravagante placer de herir a los concurrentes con alguna nota. "Un día borrascoso –cuenta—, recorrió a caballo varias llanuras y desiertos, se acercó a uno de sus mejores soldados, hombre feroz e incapaz de soportar con la menor ecuanimidad las ofensas de nadie, y le clavó una daga en medio de la cerviz". *Como Julio César, era severísimo con los desertores y sediciosos, y suave con los demás. Algunas veces, seguidamente de una gran batalla y una gran victoria, dispensa a los soldados de los deberes ordinarios y les permite entregarse a los excesos de una desenfrenada licencia, pues es de opinión que sus soldados, aun perfumados, pueden combatir bien,* notifica Pubex.

Anna Lanfoster me mostró una nota copiada por ella misma de la obra *Vidas de los doce césares*.

—Pubex no pudo haber escrito lo mismo que escribió en su época el historiador Suetonio –comentó.

Dejó la nota en mis manos y la confronté con el escrito de Pubex. "Es extraño porque son textos idénticos", pensé.

Anna Lanfoster se había pasado la mañana pegada al ordenador, buscando en la Internet todo tipo de información acerca de la familia Vick-Aux. Me llamó la atención cuando se refirió a que tenía datos de la posible existencia de un rico hombre llamado Vin Lux, dueño de esculturas, prendas y obras pictóricas muy caras, que las perdería cuando su ciudad natal fue atacada por una peste pavorosa. El coleccionista no halló número suficiente de hombres para cubrir sus tesoros.

—De noche, Vin Lux llamaba al diablo para que fuera a matarlo –dijo Anna, y agregó como si hubiera sido presa de un olvido–: ¡Ah, y era amigo de un papa que solía preguntar: "¿He de admitir que las manos a las cuales corresponde la honra insigne de crear al Creador deban someterse a otras manchadas de rapiña y sangre?".

De acuerdo con las notas de Anna, Vin Lux hablaba con frecuencia de acontecimientos trágicos por venir, y pronosticó la gripe española, aquella plaga desencadenada en la primavera de 1918, y que llevó a la tumba a más de cuarenta millones de seres humanos. En nota anexa, mi amada informa que por primera vez aparece un estudio en el cual se explica por qué fue tan letal el virus de la gripe española. "Esclarece el secreto de la enfermedad –dice Anna, refiriéndose al susodicho estudio–, y fue el resultado de una expedición a la isla noruega de Longyerbyen, en el océano

Glacial Ártico, para recuperar el virus que hiberna bajo los hielos perennes en los cuerpos de siete jóvenes fallecidos a causa de esta peste".

"El mundo –anunció Vin Lux– se verá afectado por una epidemia de poliomielitis". Describió otra peste, cuyas características son semejantes a las del SIDA. Pero el nombre Vin Lux no figura en ninguno de los rollos heredados de mi padre, entre los cuales había algunos papeles relacionados con sucesos aislados de su vida, los cuales conocerá el lector más adelante.

Aunque yo no estaba convencido de la existencia de Vin Lux, Anna continuó investigando acerca de él.

No olvides –me dijo esta mañana Kubilay, tras una jornada sangrienta– que está cerca de condenar gustosamente, quien condena pronto; y está cerca de castigar injustamente, quien castiga demasiado –luego gritó–: Mete al parricida con una culebra en un saco, y échalos al agua". Al término del día comentó con dejo de nostalgia que nunca supo por qué los entierros de los niños se practicaban únicamente por la noche ni por qué sus funerales se hacían con hachas y cirios, si era más bien una antigua tradición romana.

—Él en mi pasión –dice Anna

—Ella en mi olvido –susurro yo.

—¿En tu olvido?

—Sí, porque el olvido en mí es memoria permanente.

Lo que solía decir Kubilay

-Soy bravo hoy, pero podría ser cobarde mañana.

-De cuantos hombres conozco, los persas son quienes acostumbran a respetar más a los guerreros valientes.

-Digo, como Solón: "El hombre es todo azar, y el muy rico no es más feliz que quien vive al día, si la fortuna no le acompaña hasta acabar la vida en toda su prosperidad".

-"Mira, ya está echado el lance y desplegada la red,

y en esta noche de luna acudirán los atunes"

(así le había dicho Anfílito, el adivino de Acarnania, a Pisístrato: Anna Lanfoster).

-Haré morir a aquellos hombres que me resistan, despedazándoles con peines de cardar.

-Haz lo que digo y hazlo cuanto antes.

-El pueblo escita era el más rudo de la tierra, no lo dudo.

-Pobre de aquel que abra los sepulcros y examine los cadáveres.

-Donde se precisa ingenio, digo, como Darío, de nada sirve la fuerza.

-Me lleno de compasión al considerar, como Jerjes, cuán breve es toda vida humana, pues de tanta muchedumbre ni uno solo quedará al cabo de cien años.

-Cuando me hieran, cúrenme con mirra y cúbranme las heridas con vendas de hilo fino.

-Nadie ha ejecutado hazañas como las nuestras, ni antaño ni hogaño.

Plagas

+Un mal que afecta los pulmones y ataca con facilidad porque se transmite a través de la tos y los estornudos, nos acosa.

Sus víctimas mueren a los tres días de su aparición. Esta plaga –he escuchado en boca de un anciano agorero– se expandirá por el resto del mundo.

+Hay un tipo de plaga, poco frecuente, surgida de la mente distorsionada de grupos religiosos y socava con fiereza los cimientos de los estamentos oficiales. Esta plaga se llama la *cruzada*, y según he sabido fue iniciada en Clermont el año 1095 por el papa Urbano II. El cruzado es un peregrino armado a quien la Iglesia perdona las penitencias merecidas. Los peregrinos se reúnen en grandes bandas, dirigidas por los más poderosos señores o por un legado del Papa. Suelen morir de hambre en los desiertos. En los campamentos, alternan la falta de cuidados e indisciplina con grandes comilonas y borracheras.

+La ambición es otra de las grandes pestes de esta época, y por ello la mayoría de la gente quiera ir a Constantinopla, Bagdad y Alejandría, pues en sus mercados abundan los artículos de lujo y los productos de países cálidos, las especias de la India (pimienta, nuez moscada, jengibre y canela), el marfil, las sedas de China, las telas y tapices, y azúcar, algodón y papel.

+No sé por qué soñamos con vivir en casas grandes si nuestra morada final será pequeña y oscura. Los reyes, los príncipes y las demás pestes imperiales no se conforman nunca con lo necesario para la vida. Quieren vivir cada día del año de modo diferente, imponiendo sus reglas, y desafiando al amor y a la naturaleza. No he comprendido todavía, aunque lo he estado pensando durante muchos años, por qué los emperadores o líderes del mundo se creen inmortales.

+La plaga del poder es terrible, pues enriquece en días a quienes lo usurpan y empobrece a la inmensa mayoría. En el poder, o cerca de él, aparece el virus de la prepotencia. Hay virus, como el de la vanidad y la corrupción, inherentes a esta plaga.

+El deseo es una peste propia del hombre y suele trastornar el equilibrio natural de la vida. Conquistamos lo deseado y no conformes seguimos buscando nuevos deseos. Este proceso nos lleva a la locura.

+Nos viene encima una tormenta de polvo que enceguece y corroe la piel de animales y hombres. Hacemos cuevas en las lomas y las tapamos con rocas pesadas para evitar este mal. Nuestras madres están asustadas por sus hijos pequeños. Desde hace tres días no vemos el sol.

INVIERNO: Un brote, epidémico, que debilita los huesos, apareció en las estepas de Asia Central y se ha extendido a toda China. Los portadores de esta enfermedad, se dice, son mercaderes que viajan desde las regiones afectadas por las rutas de mercado, es decir, Oriente Próximo y el Mediterráneo.

Predicciones: del V correspondiente a los años...

+Rodarán brazos y piernas por las arenas de los desiertos, y serán hornos durante siglos.

+Manos, pies y ojos sueltos en el espacio: hedor a carne quemada. Manos, pies y ojos de diferentes colores girarán sin descanso al ritmo de la esfera celeste.

+El globo terráqueo estará seco cuando llegue el último milenio. No habrá ríos ni mares. No habrá peces. El hombre será otra cosa, menos hombre.

+Si tenemos ahora dos piernas y dos brazos, cuando se aproxime el milenio anunciado por mí tendremos ocho piernas y ocho brazos, o tal vez tengamos solamente cabeza y tronco sin extremidades.

+No será tarde el tiempo cuando de los reptiles surja uno que domine al hombre.

+ *¡NON, NISI PARENDO, VINCITUR!*

III

NARRACIONES DE CIPRIAM VIC-ASX

1492-15...

+Colón y Paracelso en mi intimidad, y la extraña influencia ejercida en mí por don Enrique Villena +Notas sueltas para un diario +Noche de sortilegio

Siempre me ha intrigado por qué después de Hubex no volví a dar con nuestro apellido sino hasta el año 1492, cuando aparece al lado del marinero Cristóbal Colón un joven hermoso e intrépido, de nombre Cipriam Vic-Asx. El cambio registrado por el apellido se debió seguramente a que el joven Cipriam vivió durante su infancia en una aldea vasca, donde el castellano influenciaba sobremanera, pero se trata —eso me consta— de otro miembro de la familia Vick–Aux.

He procurado indagar acerca de los años mozos de Cipriam Vic-Asx, pero solo he podido obtener los datos aparecidos en sus documentos, los cuales inicia con una nota singular y no quisiera proseguir estas narraciones sin antes copiarla por entero. Quizá amerite ser traducida por un experto, debido al uso tan infrecuente del español.

Fetoi en l'nao cow mi mui famigo Chistobexi Collow en midió di una nafe primarisa. Fazzemox caminanttas di proa popa y conttimox les exteyas que vollan pox il ziello. Platixnnos di les Indias i dende agora fazzemox plannis cox di mui grandezza riccuezza quil fojjaremox.

+Colón y Paracelso en mi intimidad, y la extraña influencia ejercida en mí por don Enrique Villena

A propósito de Colón (nativo de Savonia según ciertos historiadores; según otros, nacido en una población próxima al río de Génova llamada Cugurco, y para algunos, oriundo de Nervi, y pobre de cuna, aunque de joven se le quería hacer descender de los antiguos señores de Cucaro de Montserrat), dice Cipriam que éste le contó que su padre, Domenique Colón, había conocido de niño a muchos mercaderes que iban a Alejandría en busca de especias y telas de seda orientales, y a vender como esclavos los jóvenes de ambos sexos comprados por ellos en el mar Negro a los montañeses del Cáucaso, y que el abuelo de su tatarabuelo fue de los primeros en enterarse que los chinos ya sabían fabricar la pólvora mucho antes de su invención en Europa. "Los alquimistas conocían desde el siglo XIII una mezcla de carbón, azufre y salitre, pero esa composición se consumía lentamente", le dijo el Almirante a Cipriam, y agregó que el abuelo de su tatarabuelo anunció al mundo que la pólvora traería en los años por venir desgracias inimaginables. "La tierra estará cubierta de pólvora y el hombre será ceniza", había pronosticado el lejano familiar del marinero. El mismo día en que emprendieron el viaje, informa Cipriam, su amigo le confesó que pensaba en cosas muy distintas de la ciencia. Antes de embarcarse, cuando todavía no era sino un simple aventurero, exigió que la reina de Castilla le concediese por un convenio regular la nobleza para él y sus descendientes, la dignidad de almirante del mar océano y el título de virrey de las regiones por descubrir, con más de la décima parte de las rentas y la octava del producto del comercio. "El Almirante quiere ocultarle al mundo sus conocimientos: prefiere conservarlos para sí –dedujo Cipriam y afirmó–: Él sí sabe adónde va, pues hoy lo he visto escribir, en un pergamino extraído de un baúl oriental, del modo siguiente: *"Siempre he dicho a los marineros que el camino andado cada día era menos del verdadero para engañarlos, tanto a ellos como a los pilotos, guardando en mi poder la clave de la navegación del oeste. Y lo he logrado tan bien que hoy no puede nadie determinar el derrotero para volver a la India"*. Así –narra Cipriam–, para quienes entienden que hemos iniciado un viaje hacia lo desconocido, deseo advertirles que esta aventura será un triunfo de la España monárquica porque estamos guiados por un capitán que además de obrar por influencia de estímulos divinos está debidamente informado de las rutas trazadas por expertos navegantes. Antes de abandonar el puerto de Palos de Moguer con su flota de tres carabelas (la Santa María, nave capitana, mide 34 metros de eslora y desplaza alrededor de 100 toneladas; la Pinta, 40 toneladas; la Niña, de 18 metros de eslora, es de 50 toneladas de desplazamiento), mi amigo Cristóbal sabía de la presencia en la mar lejana de marineros de la China. Como después de nuestra travesía se contarán seguramente muchas historias falsas y se especulará en demasía, he de recordar que en el año 1477, en el mes de febrero, navegó, como lo dice él mismo en una de sus memorias, cien leguas más allá de la isla de Tilo, *cuya parte meridional está a 73 grados de la Línea*. No es la Tylo de los escritos de Ptolomeo, sino la que llamamos hoy Frislandia. Por otra parte, quiero testimoniar que mi amigo Cristóbal conocía perfectamente el arte de observar la latitud, o la altura del polo, por el astrolabio. Esto, aunque se enseña en público en las escuelas, no lo había practicado nadie en alta mar. Meses antes de nuestra partida tuvo en sus manos un mapa diseñado por un cartógrafo alemán de nombre Henricus Martellus, quien, según creo, vive actualmente en Florencia, uno de los puertos comerciales más importante del mundo conocido.

Oscurecía y lloviznaba. Anna Lanfoster entró de sorpresa en la casa.

—Te he traído una copia del mapa de Martellus –dijo.

Llegó con una capa roja y ancha que yo le había regalado. Desenrolló en el acto el mapa y lo colocó en la mesa de la sala.

—Este mapa fue elaborado en 1489. Mira, aquí aparece una región de la que se ha escrito muy poco –dijo–. Algunos expertos consideran que podría ser Suramérica. Indudablemente, Cipriam estaba bien informado.

—¿Acaso Henricus Martellus era marinero?

—No me parece, pero sí sé que tenía acceso a las noticias de viajes transoceánicos cuando trabajaba en el Vaticano –comentó Anna y luego no volvió a decir nada.

Mi vista se perdió en la configuración mágica de los trazados del mapa.

Anoche, mientras la tripulación descansaba, Cristóbal me habló de unos documentos chinos llamados "Anales de China". Él nunca los vio, pero según sus propias palabras, un pariente de su padre afirmaba que en esos documentos aparece un relato donde se dice que unos doscientos años antes de nuestra era cristiana hubo un emperador llamado Shih-Huang-Ti, que envió una expedición de jóvenes de ambos sexos a un país exótico situado muy lejos al este, allende los mares, llamado Fu-Sang. Ese mismo pariente de su padre fue quien le habló del mapa de la navegación de San Brendan, sacerdote irlandés nacido en el año 483, y ordenado en el 512, y de quien se dice que viajó durante 7 años por el océano del encanto (*se refiere al océano Atlántico: nota mía, Alejandrix*), y recorrió diversas geografías.

—Hay muchas historias parecidas a ésta –susurró el Almirante, con los ojos clavados en un pedazo de nube que giraba alrededor de la luna–. Yendo hacia mar adentro, por ejemplo, encontraremos las tierras más lindas del planeta.

Según Cipriam, Colón había oído hablar acerca de un atlas creado para el rey Roger por un estudioso llamado Al-Idrisi, en el cual mostraba el mundo dividido en siete regiones. Conocía igualmente un globo preparado por Martin Behaim, otro cartógrafo alemán, quien se había basado en cálculos erróneos de Ptolomeo y, por supuesto, había analizado las distancias estimadas por Marco Polo, fascinado por las historias contadas por el viajero veneciano sobre el Catay, *que es la puerta septentrional de la China*, y de una isla llamada Cipango, *abundante en oro*.

—*Me pasé la mañana navegando en la Internet, en busca de algunas pistas de Al-Idrisi, y escucha cómo pensaba: "La Tierra es redonda como una esfera, y las aguas se adhieren a ella y se mantienen en ella a través de un equilibrio natural que no sufre ninguna variación. Todas las criaturas son estables en la superficie de la tierra, el aire atrae lo que es ligero, la tierra lo que es pesado, como un imán que atrae hierro". Mira, de volver a leer este texto, los pelos se me ponen de punta* (esto me dijo Anna días después de revisar los folios de Cipriam).

A mi entender –afirma Cipriam–, Colón posee muchos conocimientos acerca de la antigüedad. Conoce lo dicho por Platón al poco de haber hablado de su Atlántida, que más allá de esa espaciosa isla hay un gran número de otras pequeñas, y muy cerca de estas últimas un continente más grande que la Europa y el Asia reunidas, y le sigue el verdadero mar. *De acuerdo con el historiador Pierre F. Xavier de Charlevoix, lo más asombroso es que se hayan encontrado inalteradas las cosas escritas por aquel filósofo dos mil años antes porque, con excepción de su Atlántida, para él desaparecida, se ha descubierto más allá de nuestro océano un grandísimo archipiélago, el cual está a inmediaciones de un continente que por sí solo es aproximadamente la mitad de la tierra, y de la otra parte, un mar, que es sin duda alguna el mayor de todos, nota de Anna Lanfoster.* Tenía noticias de un navío cartaginés, que en busca de nuevos descubrimientos, en el año 356 de la fundación de Roma, navegó hacia el suroeste y se aventuró en un mar ignoto, sin otra brújula que la observación atenta de la estrella del norte, por el piloto. "Arribó a una isla desierta, muy espaciosa, abundante en pastos, cortada en todos los sentidos por hermosos ríos, y cuyas grandes y espesas selvas, llenas de árboles, de una altura extraordinaria, parecían responder de la fertilidad del terreno. Tantas ventajas, unidas a la dulzura del clima, convidaron a muchos de aquellos aventureros a quedarse allí. Es de todos conocido el rumor de una carabela que se dirigió el pasado mes de España a Inglaterra cargada de vinos y comestibles, y contrariada por los vientos y no pudiendo resistir más se vio obligada a dejarse correr al Sur y luego al Oeste, encontrándose por fin a la vista de una isla donde tomó tierra. Decenas de hombres desnudos vinieron a verla" (*andando el tiempo algunos historiadores dirían que se trataba de la costa de Pernambuco, en el Brasil: Anna Lanfoster*). Además, he oído en boca de mi amigo Cristóbal que toda la región de Babilonia, así como el Egipto, está cortada por canales; y desde el Éufrates llega otro río, el Tigres, en cuya orilla se haya Nínive. Una de las maravillas de aquella tierra es, considera Cristóbal, que los barcos en los cuales navegan río abajo a Babilonia son redondos y de cuero. En la región de Armenia, situada río arriba con respecto a Asiria, me dijo anoche, cortan sauces y fabrican las costillas del barco. "Las cubren con pieles, a modo de suelo, y forman la popa sin separarlas y la proa sin juntarlas; rellenan esta embarcación de paja, la cargan de mercadería y la botan para que la lleve el río –comentó el Almirante bajo el cielo estrellado, y agregó–: Dos hombres en pie gobiernan el barco por medio de dos remos a manera de palas y los empujan de dentro afuera. Estos barcos se construyen unos muy grandes y otros menores; los más grandes llevan una carga de hasta cinco mil talentos".

Colón dice exactamente lo mismo reseñado por Heródoto en Los nueve libros de la Historia: ver Libro Primero, páginas 193-194 (Anna Lanfoster).

Según Cipriam, horas antes de este encuentro, Colón le manifestó que los griegos y los jonios no sabían contar cuando afirmaban que la tierra se dividía en tres partes: Europa, Asia y Libia. "Debieron añadir por cuarta el Delta de Egipto –dijo el Almirante–, pues no pertenecía al Asia ni a la Libia".

"No es el Nilo quien deslinda el Asia de la Libia; el Nilo se abre en el vértice del Delta, de tal suerte que vendría a quedar en el intervalo entre Asia y Libia", precisaba Heródoto (Anna Lanfoster).

De la ilustración de mi amigo Cristóbal no tengo la menor duda. Habla con frecuencia de los duelos y funerales egipcios, y de cómo éstos embalsamaban a los cadáveres. "Metían por las narices del muerto un hierro corvo, le sacaban el cerebro y hacían un tajo con piedra afilada de Etiopía a lo largo de la ijada. Sacaban los intestinos, los lavaban con vino de palma y enseguida con aromas molidos, salvo incienso. Llenaban el vientre de mirra pura molida y canela, y cosían de nuevo la abertura. Finalizados estos preparativos embalsamaban el cadáver cubriéndolo de nitro durante dos meses, y no estaba permitido adobarle más días. Cumplido este tiempo, limpiaban el cadáver y fajaban el cuerpo con vendas cortadas en tela fina de hilo y le untaban una goma especial en vez de cola. Este era el procedimiento más suntuoso de preparar los cadáveres", me explicó la semana recién pasada Cristóbal, con ínfulas de catedrático salmantino, no sin dejar de informarme que a las mujeres de los nobles y a las hermosas no las entregaban para embalsamar inmediatamente después de su muerte para evitar que los embalsamadores se unieran a ellas. Para mi asombro, habla con suma fluidez acerca de cómo se construyó la pirámide de Queops. "Se terminó en veinte años. Es cuadrada, cada lado es de ocho pletros de largo, de piedra labrada y ajustada perfectamente; ninguna de las piedras es menor de treinta pies", ha explicado el audaz marinero. Ayer, aprovechando la serenidad del mar, preguntó: "¿Queréis saber cómo se construyó la pirámide de Queops? "¡Sí, Almirante!", respondió a coro la tripulación. Cristóbal nos miró regocijado y dijo: "Primero construyeron las gradas. Luego levantaron el resto de las piedras con máquinas formadas de maderos cortos. Las alzaban desde el suelo hasta la primera hilera de las gradas; cuando subían hasta ahí la piedra, era colocada en otra máquina instalada en la primera grada, desde la cual era levantada hasta la segunda hilera por otra. Había tantas máquinas como hileras de gradas. Lo más alto de la pirámide fue labrado primero y por último la parte que estribaba en el suelo, la más baja de todas". Luego añadió (*como si copiara a Heródoto; digo yo, Alejandrix*): "En la pirámide está anotado con letras egipcias cuánto se gastó en rábanos, en cebollas y en ajos para los esclavos. La cuenta ascendió a mil seiscientos talentos de plata".

Hace varias noches, el Almirante soñó que sus hombres robaron muchas mujeres y se hicieron con ellas a la mar y las tuvieron por concubinas; una de ellas se libró de sus cadenas y voló por el cielo infinito, asida a las patas de un halcón, que la salvó de los bandidos, escribe Cipriam. Al quinto día un escribano le preguntó en latín qué tiempo faltaba para llegar al destino previsto. El Almirante lo miró con los ojos extraviados y le ordenó preguntar solo en español. El escribano tosió avergonzado y no volvió a dirigirle jamás la palabra al capitán del navío.

Una noche tormentosa, Cipriam oyó a Colón susurrar palabras oprobiosas contra la naturaleza. Se acercó a él y le preguntó: "¿Por qué te quejas de la naturaleza? Ella se ha portado bien contigo. Debes liberarte de esa insaciable avaricia tan notoria en tu mirada. No te dejes guiar por la codicia, ni lleves tu afán de lucro por las tierras que descubras. Sé bueno como yo y podrás vencerte a ti mismo y apartarte de las cosas de este mundo". El Almirante escuchó con serenidad el consejo de su amigo Cipriam y esa misma noche se encerró a meditar en su camarote, y no deseó ver a nadie, y solo leyó lo referente a sus propias meditaciones y, para colmo, imaginó escenas puramente religiosas. Vio una montaña en donde estaban Cristo y una mujer desnuda rodeados de santos y ángeles, y frente a ellos, en un campamento no lejos de Babilonia, a Lucifer, sentado en un sillón de fuego. Vio los grandes incendios del averno y cientos de almas encerradas en fuegos corporales, y cerca de él sonaron como campanas rotas sollozos y gritos, y respiró el humo, el azufre y la hediondez de una sentina. "Creí que mi amigo no saldría jamás de su camarote", escribió Cipriam.

Una mañana, este Vic–Asx, a quien como sus antepasados le fascinaba recitar de memoria textos de Séneca el filósofo, al ver cómo obraban en la isla los hombres de Colón, gritó con fuerza a los cuatro vientos: "¡Estáis viviendo como si siempre hubiereis de vivir, nunca os viene la idea de nuestra fragilidad, ni observáis cuánto tiempo ha pasado ya; lo perdéis como si tuvierais de él plenitud y abundancia, ¡cuando quizá ese día que concedéis a la lujuria sea el último vuestro! Lo teméis todo, como mortales que sois; lo deseáis todo, como si fuerais inmortales". Colón escuchaba atentamente a Cipriam y se estremeció de arriba abajo porque alguna vez pensó en el final de su ambición. Según Cipriam, el Almirante solía quemarse el vello de las piernas con cáscara de nuez ardiente, para conservarlas suaves. Lo mismo cuenta Suetonio de Augusto, y, como éste, el legendario marinero usaba calzado un poco alto para aparentar mayor estatura, y como sus ojos eran vivaces y le brillaban, pretendía hacer creer que había en ellos una fuerza en cierto modo divina. "Detestaba a los enanos, contrahechos y deformes, pues según él daban mala suerte" –dice Cipriam *(quizá, agrego yo, Alejandrix Vick-Aux, por aquello que le dijo Moisés a Aarón, que ninguno de su estirpe según sus generaciones que tenga una deformidad corporal se acercará a ofrecer el pan de su Dios: "Ningún deforme se acercará, ni ciego, ni cojo, ni mutilado, ni monstruoso, ni quebrado de pie o de mano, ni jorobado, ni enano, ni bisojo, ni sarnoso, ni tiñoso, ni hernioso", aclaraba el patriarca).*

Más adelante está su legado, que traducido al español hace gala de una fuerza única, escrito con mucha sinceridad y comprometido con causas nobles. Antes de dar a conocer su testimonio, contenido en 80 folios largos, semejantes a retazos de tela por su textura porosa, he de destacar la influencia producida en él por la visión, a veces mágica, que le impregnaba a la vida don Enrique Villena, cuyas obras: *El tratado de la lepra, la Exposición del salmo Quoniam videbo o el Tratado de fascinación*, también conocido como *Fecho o mal de ojo*, y que tienen en común el ser exposiciones sobre fragmentos bíblicos o aspectos rituales de ellos derivados, suponen una valiosa enseñanza para los inquisidores de la ciencia hermética. Enrique vino al mundo entre 1382 y 1384, y fue recibido en el seno de la más elevada e influyente aristocracia de Castilla y de Aragón, nieto del primer monarca Trastámara por parte de madre y bisnieto de Pedro el Ceremonioso de Aragón por ascendencia paterna.

Intelectuales catalanes de gran talla como Antoni Canals influyeron en él. Este Canals era dominico y se dedicaba a traducir a los clásicos, además de ser uno de los reformadores de la prosa catalana de finales del siglo XIV.

Villena, comenta Cipriam Vic–Asx, dejó a la humanidad escritos magistrales y un repertorio poético considerado teológico, a los cuales yo, con la ayuda de mi amada amiga Anna Lanfoster, he tenido la suerte de acceder y descubrir que el testimonio de Cipriam no adolece de un solo dato falso. Villena, independientemente del estudio de la ciencia, profundizó en el hermetismo y alcanzó extraordinarias experiencias alquímicas y mágicas, como lo afirmaran unos sabios cordobeses en carta enviada a él pidiendo sus consejos, donde le expresaban: *Recordándonos bien cuando ante nos mecisteis descender las palomas que pasaban por el aire volando, e las tomábamos a nuestro placer las que queríamos, dexando las otras por virtud de palabras, e fecisteis embermejar el sol, ansí como si fuere eclipsado, con la piedra heliotropatía, e nos contasteis cosas por venir que después habemos visto, con la piedra chelonites, e vos escondisteis de nuestra vista, con la hierba andrónemo, e congelasteis e fijasteis el mercurio con la salsedumbre de las aguas agudas que aviadse separado, e hicisteis tronar y llover dentro de la cámara, con el baxillo de arambre e forma de esfera luminosa, con el çumo de la hierba y de opio esparcido.*

Gracias a su dominio del manejo de la Internet, Anna Lanfoster ha conseguido datos interesantísimos acerca de este personaje tan fuera de serie. "Villena practicó la astrología y la interpretación de los sueños, estornudos y distintas señales, así como llamar a los difuntos mediante invocaciones y conjuros", me dijo anoche. La primera vez que escuchó el nombre de Enrique Villena, había escrito Cipriam, fue asociado a su fama de mago y hombre enigmático. A veces, cuenta, abría la Biblia al azar por medio de un objeto metálico cortante, y leía en voz alta la parte que le venía a la vista para que el Espíritu Santo le ayudara a enriquecer la imaginación.

Anna Lanfoster me trajo hoy varias notas sacadas de la Internet, todas muy valiosas. Cito dos: 1.- *Perdió libros de alquimia y de ocultismo que pervivían en Castilla desde los tiempos de Alfonso X el Sabio.* 2.- *Tiraron a la hoguera libros de magia, ahora irremediablemente perdidos, que redactó primero en catalán y luego los tradujo al castellano.*

—¡Quién sabe si fue el último usufructuario del Tratado de los Agüeros, mandado compilar por Alfonso! –comentó Anna Lanfoster.

En una tertulia –recuerda Cipriam–, un estudiante le preguntó a Villena si la lepra podía aparecer también en los vestidos y en los enseres y paredes de las casas. El maestro lo miró y le dijo: "Puede llegar incluso a nosotros a través de los rayos del sol". Villena atacaba a quienes entendían que el mal de ojo se fundamentaba en la corrupción visiva, pues sostenía la teoría del contagio.

Cipriam Vic–Asx tuvo el privilegio de conocer manuscritos redactados por clérigos, obispos, abades y monjes, en los cuales había cartas, versos, tratados de teología y reseñas anuales sobre las hambres, epidemias, plagas y hasta de las muertes de reyes, y estudió a fondo la peste que asoló parte de Castilla en 1422. Como ya había oído hablar del Tratado de la Lepra, el cual data posiblemente del mismo año, se animó a buscar información acerca de las obras de Villena. Por ello, mientras atravesaba la mar bravía en compañía de Colón, aprovechaba las horas de menos tensión para hablarle al marinero de cómo en el Tratado de Aojamiento y Fascinología confluyen conocimientos y creencias medievales, occidentales y orientales –árabes y hebreas–, y de que en algún lugar de África existen mujeres capaces de matar con la mirada.

Ya le había hablado Cipriam al Almirante de un ejemplo doméstico del daño causado por la mirada de una mujer en sus días menstruales. "Deja manchas y señales cuando se mira al espejo", le dijo. También le contó algo acerca de la sangre del lobo. "Es seca –dijo–, y si este animal mirara primero al hombre, le quitaría la voz". De igual forma le explicó que *cuando en espejos muy nítidos se reflejan ojos menstruosos se hace sobre su superficie como una nube sanguinolenta; y si el espejo es nuevo, aquella mancha no es fácil de quitar.*

Cristóbal, impresionado ante la sabiduría de Cipriam, le ordenó hablar un poco más acerca de los efectos del mal de ojo. Cipriam sonrió levemente y le preguntó al marinero: "¿No te has dado cuenta de que cuando alguien mira a un bizco a los ojos le duelen igualmente los suyos a causa de su condición? ¡Ah –exclamó él mismo con voz de sabio–, el veneno de un hombre es más fuerte que el de los animales, salvo el del basilisco, el quinto veneno en virtud de su esencia sutil!".

Al día siguiente, absorto el Almirante ante la grandeza del mar, Cipriam se acercó a él y le dijo: "Aristóteles sentenció que la saliva del hombre es antídoto para todo animal envenenado, y Egidio Zamorense advirtió que la mordedura de un hombre rabioso es aún más venenosa porque actúa no por la sutileza del espíritu visual sino por otra vía. Su sutileza alcanza mayor distancia, según los distintos grados de potencia del que mira y la disposición del mirado".

Dicho esto, Cipriam le explicó al Almirante: "Los niños pequeños corren mayor riesgo de ser aojados, pues la candidez de su mirada, la abertura de sus poros y la calidez de su sangre son condiciones idóneas para recibir dicha impresión". Luego, tras una breve pausa, le contó que un amigo suyo había visto de joven un caballo que a cuantos miraba hacía venir flujo, razón por la cual no osaban sacarlo del establo con la cabeza descubierta.

Una madrugada, en medio de relámpagos y truenos, Colón despertó a Cipriam para preguntarle a qué se le llamaba aojamiento o fascinación, y éste le respondió como le hubiese respondido el propio Enrique Villena: "A la infección impresa por la vista y que hace un daño reconocido a los mirados, mediante el aire infecto del que ambos participan, uno de forma activa y el otro de forma pasiva". Aprovechó Cipriam el interés de su amigo por conocer de estas cosas para expresarle que las palabras, a veces, como decía Villena, contribuyen a aumentar el daño, pues cuando alguien mira y halaga con lisonjas, no se toman las precauciones adecuadas ni se piensa que pueda tratarse de una estratagema para captar la atención y poder infligir el daño con mayor tranquilidad y seguridad. "Sin duda la aceptación de los halagos añade gravedad a la lesión", dijo.

Anna Lanfoster, entusiasmada con estas narraciones de Cipriam Vic–Asx, buscó en la Internet notas relacionadas con los ojos y la mirada, y encontró lo contado por Aristóteles en su *Secretis secretorum*, libro segundo, capítulo *De corporis dispositione*: ... *fue enviada por la reina de la India al rey Alexandre una hermosa doncella criada con venenos y de complexión serpentina que miraba a la gente de manera desvergonzada, y dañaba con su vista, además de poseer una mordedura mortal. Comprendí que esa mujer mataría a los hombres sólo con su mordedura.*

Entre los documentos legados por Cipriam, descubrí esta frase: "*Nescio quis teneros oculos mihi fascinat agnos*". Una amiga de Anna Lanfoster la tradujo como sigue: "*No sé quién con los ojos me fascinó a los tiernos corderos*", y que escribiera Virgilio en las *Bucólicas*, égloga tercera. También he visto un pergamino con este rótulo: TESTIXMON I PLXA QUEO XAN VIXTO MIX OJOX. XIN FESA. Debajo del rótulo se destaca una nota de difícil lectura, y a mí me ha dado por traducirla de esta manera: *Solo la Mumia, es decir, la esencia misma del hombre, cura las heridas* (Alejandrix).

Un día, Colón –ya había oído a Cipriam hablar de la Mumia– le pidió referencias más precisas sobre este procedimiento curativo. Su amigo se limpió la garganta y le explicó que los autores de la Edad Media le dieron diversas significaciones. "La más importante es aquella que la identificaba con el espíritu vital que circula en la sangre y que Moisés llamó *Anima Carnis*", comentó Cipriam..

He de agregar, como información curiosa aparecida en las páginas 172-173 de la primera traducción castellana con estudio preliminar y anotaciones por Estanislao Lluesma–Uranga del libro de Paracelso, que san Clemente de Alejandría en su "*Oratio protreptica ad Gentes*" habla confusamente de una estatua porfirizada con un bálsamo extraído de las momias; lo cual parece guardar cierta relación con la definición dada por Castelli en su "*Lexicon*", donde afirma: "La Mumia o Pisapaltum consiste en un cierto líquido encontrado en los sepulcros cuyos cadáveres han sido conservados durante muchos años por medio de substancias aromáticas". De Castelli es también esta rara y nueva definición: "La Mumia designa el aliento expulsado por el hombre sano en su primera gran respiración matinal, realizada luego de lavarse la boca y conservada en un matraz de vidrio, condensado en presencia del agua fría que contiene". Toxites, en su "*Onomasticon*", denomina *Mumia* a todo cuanto, en estado muerto, tiene la propiedad de curar, que llama también Carne embalsamada o Carne sarracénica, quemada y desecada en la arena bajo el sol de Libia, y Gerardo Dorn (*Dictionarium Paracelsi*) indica que *Mumia* es la carne conservada por el Bálsamo y por aquellas cosas que, muertas espontáneamente o matadas por la violencia, están dotadas de virtudes curativas, opinión más próxima a la de Paracelso, quien consideraba la Mumia como un coágulo de la materia pura y sutil existente en el seno de cada substancia orgánica y que encierra su espíritu vital; en este sentido el vino, la leche, la sangre, etcétera., tendrían su correspondiente Mumia particular.

Cipriam tenía fascinados a Colón y a la tripulación con sus narraciones. "Para la prevención del mal de ojo y como remedio supersticioso –explicaba–, los antiguos ponían a los niños manezuelas de plata pegadas en los cabellos con pez e incienso y les colgaban del cuello gargantillas que tuvieran conchas de mar y les bordaban en el hombro de sus vestidos amuletos con agujas despuntadas y pedazos de espejo quebrado incrustado en ellos. Les ennegrecían los ojos con el colirio de la piedra negra del antimonio –pausaba y añadía–: Los judíos les ponían pedazos de papel con nombres benéficos, tales como de santos, y los árabes les lavaban la cara con el rocío de mayo, les colgaban al cuello granos de peonía, libros pequeños marcados con signos cabalísticos para protegerlos de la mirada de otras personas, especialmente de legañosos y bizcos".

Según Cipriam, los árabes de Persia llevan avellanas rellenas de azogue selladas con cera en el brazo derecho, ponen espejos en los cabellos de sus niños y antes que sepan hablar les pasan por delante de la cara ojos de gato montés. Para combatir el mal de ojo, aconsejaba, era bueno usar cuanto purgara el aire, como llevar coral, hojas de laurel, raíces de mandrágora, piedra esmeralda, jacinto, dientes de pez, ojo de águila y mirra. Igualmente recomendaba ponerse perfumes suaves como el de almizcle, clavo, cortezas de manzana o cidra y nueces de ciprés. "También son beneficiosas –decía– las aguas perfumadas de azahar, romero, melones, y los buenos ungüentos como el de alabastro y el tiblo de aceite de almástica o de flor de saúco". Solía repetir, con la intención de que la tripulación lo practicara, que los egipcios usaban otros muchos remedios preventivos, como degollar pollos sobre la cabeza de los niños cada luna nueva.

Una mañana, Cipriam quiso demostrar que, además de contar historias acerca del mal de ojo, era capaz de diagnosticar el mal, y para probar lo que decía lanzó varias gotas de aceite con el dedo menor de la mano derecha sobre un vaso de agua puesto en presencia de un paciente elegido al azar. Si el aceite se extendía sobre la superficie del vaso, se iba al fondo o permanecía en la superficie en forma de pequeñas gotas, y si cambiaba de color, él sabía si el enfermo estaba fascinado o no. "Es necesario reconocer la existencia de la fascinación, pues de no ponerle remedio podrían aparecer dolencias más peligrosas –advertía, como Enriquece Villena, y añadía–: La alteración que produce en la complexión del enfermo le deja sin defensas ante el ataque de cualquier otra enfermedad".

Colón entendía que los astros del firmamento son capaces de formar o provocar color, belleza, fuerza o temperamento en el cuerpo humano. Una noche le preguntó a Cipriam si creía lo mismo. Éste miró el firmamento con denodado interés. Sintió que la sinfonía del viento marino se arrebolaba a su lado antes de emprender vuelo hacia las alturas siderales; observó atentamente a Cristóbal y le dijo: "No por haber nacido en la línea de Saturno nos corresponde una vida larga; ello es perfectamente vano –carraspeó y añadió–: El movimiento de Saturno no afecta la vida de ningún hombre y menos la prolonga o la abrevia. Por lo demás, y aunque ese planeta no hubiera operado su ascensión a la esfera celeste, existirían hombres dotados del carácter de ese astro –pausó brevemente y enseguida sentenció–: Siempre habrá lunáticos, aunque jamás aparezca ninguna luna en la naturaleza del firmamento. Tampoco debes creer que la ferocidad de Marte sea responsable de la existencia y descendencia de Nerón, pues una cosa es que ambas naturalezas hayan coincidido en ese punto y otra que se hayan mezclado o tomado entre sí".

Lo interesante de este pasaje no es que Cipriam le hablara a Colón de Saturno, sino que lo expuesto por él coincidiera con algo escrito por Paracelso (apreciación mía, Alejandrix).

—¿Crees que los astros no rigen nuestras acciones? –preguntó Cristóbal con la mirada fija en las estrellas, girando la cabeza de derecha a izquierda.

—No –dijo categóricamente Cipriam y agregó–: Los astros no coagulan, adaptan, forman ni dirigen nada en nosotros; tampoco nos imbuyen de su similitud. Son absolutamente libres en sí mismos, como podamos serlo nosotros en nuestra propia e íntima determinación y albedrío.

Sin embargo, creía, como Paracelso, que la vida no es posible sin los astros, que el cuerpo es doble: planetario y terrestre.

—El frío, el calor y la digestión de las cosas que constituyen nuestro sustento, provienen justamente de ellos –le dijo a Colón.

—De lo cual se deriva que sí intervienen en nuestras acciones –dedujo el Almirante.

Cipriam sonrió complacido, le tiró el brazo por el hombro al marinero y le susurró al oído palabras escritas ya por el propio Paracelso:

—Si la hora prescrita para la acción de cada cual coincide con la de los planetas, ello se debe a la sangre y nada más. Esto no invalida la lógica de que las buenas influencias vayan a menudo de acuerdo con los buenos resultados, e igualmente las malas influencias con los malos resultados.

El Almirante y él se quedaron mirando la profundidad de la noche, buscando tal vez una pista del origen de la vida en las estrellas, relata Cipriam. "En medio del silencio de la mar en calma, y dormida parte importante de la tripulación, imaginé –cuenta él– que Paracelso había escrito *(y lo escribió: Alejandrix)*: si el hombre no hubiera sido constituido dentro del orbe y de todas sus partes, el pequeño mundo del Microcosmos no existiría ni habría sido capaz de recibir lo que el Gran Mundo produce. Por ello, cuanto el hombre come o consume es verdaderamente una parte de sí mismo. Habiendo nacido nosotros del Macrocosmos y, siendo en cierto modo semejantes a él – concluía– formamos parte también del Gran Mundo".

—El hombre no surgió de la nada. Por el contrario, en su cuerpo están los elementos propios del Gran Mundo –dijo entre dientes Cipriam.

Achicó los ojos y le habló a Cristóbal del fuego de San Antonio, o fuego sagrado, que no era otro que el conocido Mal de los Ardientes, cuya naturaleza no se conoce con exactitud. Él sabía perfectamente que los primeros estragos de este fenómeno acontecieron a mediados del siglo VIII (se caracterizó por los dolores y retorcimientos en las entrañas), y en los años 993, 1089 y 1130 (los miembros se ennegrecían y se desprendían del cuerpo) arrasó Francia y gran parte de Europa Occidental en sucesivas y terribles epidemias, tal como consta en la nota número 186, página 328 del libro de Paracelso, en poder de Anna Lanfoster *(observación mía, Alejandrix)*.

El capitán de la nao le dijo a Cipriam que no le interesaba oír historias de pestes porque hablar de desgracias y enfermedades traía mala suerte. Así, para alegrar al marinero, Cipriam le contó que una mujer llamada Trofea, de tan fuerte carácter, tal orgullo y tan empecinada obstinación en contra de su marido, que cuando éste le imponía nuevos oficios o la importunaba de cualquier manera simulaba estar enferma. En esas circunstancias se mostraba impelida a bailar por una fuerza sobrenatural, a sabiendas de que esa conducta desagradaba a su esposo. Adoptaba una serie de gestos y actitudes como si se tratase de una enfermedad, con saltos, gritos, contorsiones y cantinelas. Movía suavemente las articulaciones y luego se dormía. De este modo, su estado se aceptó como una enfermedad. Así, con gestos ampulosos se burlaba de su marido, en cuya ausencia hacía bacanales de danzas y libaciones.

Cipriam refiere que esta historia produjo mucho gozo en el Almirante. "Cuéntala de nuevo para que la tripulación la escuche", le pidió Cristóbal. Pero él se negó porque entre esos navegantes tal vez había alguien unido con una mujer parecida y no quería enemistarse con nadie durante la travesía, ni durante el tiempo que iba a permanecer en tierra, pues su meta era regresar vivo a España para poder contar esta experiencia.

"Súbitamente, relampagueó y tronó. Colón se persignó asustado y se alejó de mí. Se encerró en su camarote y no salió de allí sino al día siguiente", escribiría Cipriam, convencido de que el Almirante temía de un modo insensato a los rayos.

Como Cipriam llevaba consigo los documentos ya referidos durante el primer viaje de Colón al Nuevo Mundo, no he de dudar que le hablara al osado marinero de las plagas y pestes narradas por sus antepasados, y pronosticara enfermedades y catástrofes para su expedición en las tierras descubiertas.

En notas escritas por Cipriam a finales de 1530, año de su muerte, es fácil colegir que tenía informaciones sobre Aureolus Pilippus Teofrasto Bombasto de Hoheinheim, nacido en Einsiedeln, un pequeño y atractivo burgo suizo, en medio de un atardecer de noviembre de 1493, "entre extensos telares de nieve y voces que anunciaban que unas naos de los Reyes de España habían regresado de las Indias cargadas de un sinfín de mercancías valiosas: oro puro, rarísimas especies, pájaros fantásticos y hasta unos infieles". En efecto, su nacimiento iba paralelo a las riquezas y maravillas expuestas por Colón en Barcelona ante los atónitos ojos de los reyes de España, Isabel y Fernando (*ampliar: sugerencia de Anna*).

Paracelso (así se dio a conocer Aureolus Philippus) fue parte de una época en que reinaron la magia mística, el ocultismo y la escolástica. Aquel mundo estaba habitado por una turba de filósofos, mitólogos, soñadores, alquimistas, humanistas, médicos, ingenieros incipientes, y artistas y jerarcas de la religión, atentos a jugar el gran ajedrez de la Reforma y la Contrarreforma.

Como Cipriam deseaba conocer procedimientos para evitar pestes y plagas o, en última instancia, cómo curar las enfermedades de su época, hizo suyas muchas de las recomendaciones de Paracelso ya en boga. Él intuyó la verdad en los conocimientos médicos de Tritemo, célebre abate del Convento de San Jorge, en Würzburg, quien fuera criptógrafo y cabalista notable, gran estudioso y comentador de las Sagradas Escrituras, y descubridor de importantes fenómenos psíquicos de magnetismo animal, telepatía y transmisión del pensamiento, aparte de químico consumado. De tanto admirar a este Paracelso, Cipriam soñó una noche que viajaba con él por el Tirol, Hungría, Polonia, Suiza... Atravesaron Francia y pasó a España y Portugal, y de allí a Turquía, y se adentraron en el Medio Oriente. Llegaron hasta el reino de Khan, en Tartaria. Pasaron hambre, es cierto, pero conocieron el mundo y a decenas de mujeres exóticas (apuntes de Anna Lanfoster y Alejandrix Vick-Aux).

Solamente en mis sueños he visto a la mujer que describiré a continuación –escribió Cipriam–. Vino hacia mí como un ángel, con las alas desnudas. No tenía rostro ni brazo ni piernas. Era simplemente una masa perfumada, la cual se movía al ritmo del cosmos, en medio de una estela de humo que a su paso dejaba huellas de la policromía celestial. "Soy toda tuya", musitó, y yo me refugié en sus alas hasta despertar. Después, escuché su voz. "Me llamo Lansta", dijo, y se esfumó.

Luego escribiría: Aunque las quimeras y los sueños jamás conducen a nada, he vuelto a soñar con Paracelso. Viajamos juntos de nuevo, y nuestro recorrido abarcó Italia, los Países Bajos y Dinamarca. Nos quedamos algún tiempo en Suecia, bajamos a Bohemia y regresamos al Tirol. En esos lugares enseñábamos siempre y en todas partes, con los alquimistas y los quirománticos, y hasta con los simples barberos. Convivimos con los mineros y compartimos el pan de la gente del pueblo. Ya por aquellos años, Paracelso señalaba al mercurio como específico para curar úlceras sifilíticas. Su obra, copiosísima, abarca los extremos de la medicina entonces conocida: tratados sobre la sífilis, la peste, las epidemias, las enfermedades causadas por el tártaro, las influencias de los astros, de las hierbas, las gemas, las heridas abiertas y las llagas, la preparación del eléboro, las úlceras de los ojos y el mal llamado glaucoma. Sus inmediatos sucesores lo catalogaron de mago, astrólogo y loco de remate.

Una mañana, recién comenzaba la primavera, Anna Lanfoster vino a visitarme. Bajo el brazo, traía un libro, cuya portada lucía amarillenta. Era nada más y nada menos que un ejemplar de las obras completas de Paracelso, libro publicado por la editorial Schapire S.R.L. (Rivadavia 1255, Buenos Aires) en el año 1965. El nombre de Paracelso, en la parte superior de la portada, estaba impreso en letra roja, así como la O y la C de Obras Completas. En el centro, había un dibujo que representaba a un hombre con una calva muy pronunciada en la parte de atrás del cráneo, aunque con abundantes cabellos a los lados. Lucía preocupado, con un estetoscopio colgado del cuello y rodeado de aparatos novedosos. Al fondo de la figura se destacaba una pared enladrillada, sobre la cual había dos tablas fragmentadas, en 25 cuadrados pequeños (5x5), ocupados por números repetidos indistintamente. Así, si el número 11 aparecía en la primera casilla de la tabla de la izquierda, se repetía en la casilla número 2 de la segunda fila correspondiente a la tabla de la derecha. En los cuatro bordes, cuyos puntos de unión estaban adornados con una flor parecida al trébol, figuraban los siguientes nombres: AVREOLVS FHILIPPVS (en el izquierdo); THEOPHRASTVS PARA (en el de arriba); CELSVS BOMBATVS (en el derecho); y en el borde de abajo, a la derecha, las iniciales G.M., como escritas a mano y no impresas. Cuando abrí la puerta para que Anna Lanfoster entrara, me llamó la atención la presencia de aquel libro. Ella se acomodó en el diván de la sala en que siempre se sentaba y empezó a leerlo en voz alta. "Obras médico-químicas o paradojas del muy noble, ilustre y erudito filósofo y médico Aureolus Philippus Teofrasto Bombasto de Hohenheim, llamado Paracelso. Este título corresponde al primer tomo de la edición alemana de 1599 y de las ediciones latinas de 1603 y 1658", aclaró Anna. Cerró de golpe el libro y me lo entregó con una sonrisa.

Para mí, este hallazgo no solo fue motivo de sorpresa, sino de curiosidad, pues nunca entendí cómo llegó el libro de Paracelso a manos de mi amada. Y aunque insistí en que ella me explicara de cuáles medios se valió para entrar en contacto con dicho ejemplar, nunca me dijo de dónde le llegó este material tan importante para dilucidar y enriquecer los textos dejados por Cipriam Vic–Asx. Ella mantuvo en secreto la procedencia de este libro hasta el día de su fallecimiento. Murió, ¡vaya ironía de la vida!, justo cuando dejé por concluidas las narraciones correspondientes a *Las 31 plagas de diciembre*. En adelante, el libro se convirtió en un misterio, pues desapareció para siempre de mi vista. El mismo día en que Anna se fue al mundo de lo desconocido y, ya sepultada, registré de arriba abajo su casa en busca de este texto, sin que atentara contra el orden de sus pertenencias, pero no tuve éxito en mis propósitos. Tal vez lo tiró al mar para que navegara en busca de los orígenes del sabio alemán o simplemente lo quemó para liberarme de la alucinación de que he sido presa.

En el Libro de los Prólogos, Prólogo Tercero, Paracelso habla de cinco maneras de curar: medicina natural, medicina específica, medicina caracterológica o cabalística, medicina de los espíritus (spirito) y medicina de la fe. Consideraba que quienes profesaban la caracterológica o cabalística curaban las enfermedades por el influjo de ciertos signos dotados de facultades especiales, capaces de hacer correr al que se le ordena darle o sustraerle determinados influjos o maleficios. Algunos expertos creen que las cinco sectas de Paracelso tienen su proyección exacta en la actualidad, hecha la natural salvedad al enfoque y a la distancia. "Los naturalistas no son otros que los viejos médicos rurales, desprovistos de libros e instrumentos, y tan llenos de prudencia e indiferencia como de confianza en la naturaleza y en los remedios elementales o caseros. Los especifistas son los farmacoterapeutas alópatas de nuestros días. En los caracterólogos nigromantes encontramos a los neurólogos, psiquiatras y psicoanalistas. Los espiritualistas resultan los antepasados directos de los especialistas en química biológica, dietólogos, vitaministas y, en cierto modo, también los homeópatas y los alergistas. En relación con quienes curan por la fe, vemos bien que su actualidad perdura y perdurará eternamente en sus distintos rasgos científicos", explicaba el famoso médico *(apuntes míos: Alejandrix)*.

Anoche desperté porque escuché la voz de Paracelso: "La peste no proviene de humores cuya malignidad está mantenida latente en el interior del cuerpo –me dijo–. Lo importante es averiguar cuál es el veneno que los contamina, pues el asombro ante los resultados proviene de la ignorancia o de la impericia" *(texto de Cipriam)*.

Por la influencia de Paracelo en Cipriam, éste obró como él y por esos días antes de morir, en presencia de un escribano y varios testigos, dictó su testamento, preparó su sepelio, repartió sus bienes, eligió los salmos I, VII y XXX para que los entonaran durante el gran viaje de su alma. Cipriam era dado a decir, como Séneca: "La única fortaleza inexpugnable es el amor de los ciudadanos". También decía: "No tenemos poco tiempo en este mundo, sino que perdemos mucho tiempo".

+Notas sueltas para un diario: día impreciso

Como no veo yo en parte alguna la tierra anunciada por Cristóbal, quien en la mañana de hoy le pidió a Dios liberarlo de todo contratiempo en sus planes de conquista, y para evitar que el miedo se presente ante mí y me haga ver el mar con boca y patas de monstruo, he decidido pasarme la mayor parte del tiempo recordando historias leídas en mi mocedad, en un libro escrito en latín, el cual llevaba impreso en letra de oro el impresionante título: *Los nueve libros de la Historia*, de la autoría de Heródoto, hijo de Lixes y Drío, natural de Halicarnaso, de ilustre familia, quien tuvo un hermano llamado Teodoro.

En el Diccionario del bizantino Suidas (siglo X), se lee lo siguiente: *Pasó a Samo a causa de Lígdamis, tercer tirano de Halicarnaso después de Artemisia, porque Pisindelis era hijo de Artemisa, y Lígdamis de Pisindelis. En Samo, pues, cultivó el dialecto jónico y escribió una historia en nueve libros, a partir de Ciro el persa y de Candaules, rey de Lidia. Volvió a Halicarnaso y arrojó al tirano, pero al ver luego la mala voluntad de sus conciudadanos, fué como voluntario a Turio, que los atenienses colonizaban; allí murió y está sepultado en la plaza pública. Algunos afirman que murió en Pela. Sus libros llevan el nombre de las Musas* (contribución de Anna Lanfoster).

Aislado desde temprano de la tripulación, y con los ojos fijos en el horizonte, allá donde destella el sol, recuerdo cuando Candaules, enamorado como estaba de su propia mujer, le dice a Giges: "Si quieres apreciar la belleza de mi esposa, procura verla desnuda".

Giges se tapa la cara y musita con voz temblorosa:

—Señor, ¡qué discurso tan poco cuerdo sale de tu boca! ¿Me mandas que ponga los ojos en tu esposa?

Candaules lo toma a risa y no da muestra ninguna de enojo. Lo mira fijamente y le advierte que no debe temerle pensando que le pide esto para probarlo.

—Yo te llevaré a nuestra alcoba, y te colocaré detrás de la puerta. Tan pronto entre yo, vendrá a acostarse mi mujer – murmura.

Entra la reina, pone una por una sus ropas en un sillón que está junto a la entrada y se acerca a la cama. Giges se ruboriza al verla desnuda. Ella se da cuenta de todo pero no da voces ni se intranquiliza *("entre los lidios, y entre los bárbaros, es grande infamia, aun para el varón, dejarse ver desnudo", aclaración de Anna Lanfoster).*

Cuando raya el día (durante la noche pensó en qué manera se iba a vengar de su esposo), la reina llama a Giges. Lo mira con un gesto de bondad que oculta su intención.

—Giges –le dice al oído–, o matas a Candaules y me posees a mí y al reino de los lidios, o morirás ahora mismo. De esta manera, en adelante no obedecerás en todo a mi marido, ni mirarás lo que no debes.

Y como es natural, Giges elige quedar con vida.

—El ataque partirá del mismo lugar en que aquél me mostró desnuda; y le acometerás cuando esté profundamente dormido" –dice categóricamente la reina.

Y lo que sigue:

Llega la noche.

Giges acompaña a la reina a su aposento.

Temblor, pisadas, suspiros.

Ella le entrega una daga y lo oculta en la misma puerta.

El viento se estremece.

Giges apenas respira.

Entra Candaules, se desnuda y se tira en la cama.

Giges ahora respira hondo y avanza sigiloso hacia él;

cierra los ojos y desliza el filo de la daga por el cuello de Candaules.

Y así fue rey Giges.

De todos los bárbaros, este Giges fue, que sepamos, el primero en consagrar ofrendas a Delfos después de Midas, hijo de Gordias, rey de Grigia. Pues Midas había destinado su trono real para administrar justicia. Está dicho trono, pieza digna de verse, en el mismo lugar en que las crateras de Giges. Este oro y plata que ofrendó el rey de Lidia, lo llaman los de Delfos gígadas por el nombre del donante (para mi amado Alejandrix, de Anna Lanfoster). *Ver: Los nueve libros de la Historia, I-14, agregó de puño y letra.*

+Noche de sortilegio

Se llamaba Anak Lanjc, pero todo el mundo le decía simplemente Labda. La conocí porque se encontraba entre un grupo de mujeres que nos dijeron adiós a poca distancia de la nave. De súbito, sectas enemigas arremetieron contra ellas. Algunas escaparon, otras murieron, pero Labda saltó hacia la nave y se quedó a mi lado. "Sálvame", gritó desesperada. Vi su rostro bajo la luna clara, y de tan bello parecía el de una diosa. Entró conmigo en el camarote y me mostró la esbeltez inmaculada de su cuerpo. ¡Qué deliciosa noche he vivido! Una voz estropajosa nos despertó con el grito: "¡Tierra! ¡Por fin, tierra!"; pero era mentira.

Al poco rato, el mar se estremeció. La nave estuvo a punto de abrirse por mitad. Labda se zafó de mis brazos, se asió de la popa y cayó, cortada la mano de un hachazo imprevisto. Yo lloré como un niño perdido entre las olas. Pasada la desgracia, agarré por el cuello al de la voz estropajosa y le dije que por culpa de su grito mentiroso había muerto mi amada.

—Debes buscar la manera que más te convenga de morir por ti mismo –le grité.

Él no vaciló en sacar su acero y ante la mirada incrédula de los tripulantes se mutiló las piernas y se cortó las carnes a lo largo desde el tobillo hasta los muslos, de los muslos a las caderas y las ijadas hasta llegar al vientre. Finalmente, se despedazó las entrañas, y así murió.

IV

TESTIMONIAL DE LULAF

1605...

+Mi encuentro con el nuevo mundo
+Predicciones + Sobre males y pestes

Una mañana del año 1605 llegó un barco mercante portugués a la villa de Puerto Plata, en el que venía otro personaje de la familia Vick-Aux, de nombre Lulaf (nunca he entendido qué relación tenía él con las guirnaldas formadas con ramos de mirto, palmera y sauce con las que los hebreos adornan las sinagogas en la fiesta de los tabernáculos, conocidas como lulaf, para llamarse así). En aquel tiempo, Puerto Plata era frecuentada por naves holandesas, inglesas, francesas y portuguesas, y la prosperidad era tal que el lujo ponía en entredicho la humildad cristiana. En las iglesias, por ejemplo, se exhibían cojines de terciopelo durante la misa.

Lulaf llegó cuando se cumplía con la orden de despoblación contenida en una Cédula Real del 6 de agosto de 1603. Un holandés, según él, difundió la noticia de que España, usando de sus tiranías acostumbradas, había ordenado despoblar, destruir y quemar los pueblos marítimos de la Española, por llevar a cabo operaciones comerciales con otros marinos europeos que visitaban a menudo las costas del Atlántico y el mar Caribe. Debido a esto, España privó a los habitantes de Puerto Plata de sus tierras y ganados, y los obligó a andar con mujeres, hijos y esclavos por montes inhabitables e inaccesibles. Semanas después, distintas zonas del país eran sacudidas por una situación de miseria y abandono nunca antes vivida, conocida en la historia particular de la isla de Santo Domingo como *Devastaciones de Osorio*. Este Osorio no tiene ninguna semejanza con aquel otro que en el año 125 describiera una plaga (¿en Cartago?), la cual fue precedida por un ataque de langostas que destruyó las plantaciones de cereales y produjo una terrible hambruna (a propósito de este sujeto, he encontrado entre los papeles escritos por mi padre, el Dr. Gengis Vick-Aux, esta nota:...+++ *y coincido con quienes entienden que cuando Osorio hace mención de la gangrena en las manos y los pies nos tienta a pensar en el ergotismo, enfermedad fácil de contraer si comemos pan de centeno infectado por el hongo Claviceps).* Y aunque el Osorio de las devastaciones no es personaje de interés en esta historia, conviene aclarar que su nombre de pila era Antonio, casado con doña Leonor Mariñas. Ya antes que él, en el año 1597, vino a la isla don Domingo de Osorio –desempeñaba a la sazón la capitanía general de Venezuela–, a quien tuvo a bien don Felipe II nombrar presidente de la Real Audiencia. Conocedor don Domingo de Osorio del país, tal como registra la historia, pues había estado en servicio aquí como general de las galeras guardacostas, tomó posesión del gobierno en el mismo año de su nombramiento, animado por el deseo de acabar con el convenio de contrabando que sostenían los extranjeros, especialmente los holandeses, por las costas del norte, con menoscabo de las entradas fiscales, empresa si bien no imposible, muy difícil, como señalara en su tiempo el historiador José Gabriel García, "porque como los vecinos sacaban del arriesgado tráfico inmensos beneficios, cambalacheando el ganado que criaban, por víveres, quincallería y telas ordinarias, artículos que por su escasez se vendían a precios exagerados, tenían interés en amamantarlo, haciendo ineficaz la actividad y vigilancia de las autoridades". El Osorio de las devastaciones vino a estas tierras con la encomienda de asolar las poblaciones de Puerto Plata, Montecristi, Bayajá y Yaguana o Santa María del Puerto, que por su situación geográfica "daban vida al comercio de contrabando y sacaban de él las mayores ventajas" *(introducción a los papeles de Lulaf: Alejandrix)*.

+MI ENCUENTRO CON EL NUEVO MUNDO

Numerosos vecinos fueron reprimidos, y no pocas mujeres ejecutadas en la horca, informa Lufaf. *La tierra fue arrasada con sal para que no retoñaran los cultivos y la costa norte fue devastada por completo. Aun así, convertida en inmenso desierto, despierta la codicia de aventureros, quienes gozan con ensangrentar más el país. He visto cómo ciudades no comprendidas en las Células Reales han sido incendiadas bajo la acusación de que traficaban con herejes. La isla ha quedado reducida a su tercera parte, encerrada en una guardarraya que impide salir al campo so pena de la vida. Solamente aquellos que poseían embarcaciones o recursos emigraron en masa. La tierra está de suyo perdida, intransitable, llena de maleza y cubierta de guazábaras. Las ciudades costeras están desoladas y destruidas; esas mismas ciudades que se estremecían −según atestiguan quienes lo vivieron− por el bullicio de las ferias que nacían a la llegada de las naves europeas. Los campesinos, ante el encanto de dichas ferias abandonaban sus propiedades con la esperanza de vivir mejor vida en las ciudades, en nada parecidas a las nuestras, pues sus calles son polvorientas y las casas de estructuras muy débiles.*

Lulaf no vacila en confesarse admirador de la lengua y cultura latinas, y cuenta, por otra parte, que a su llegada a la Española había esclavos y alrededor de doce ingenios de azúcar, así como hatos de vacas, cabras, ovejas y cerdos. Pero a los dos años siguientes, la realidad era otra. Los campos se despoblaron y las haciendas desaparecieron; las casas se arruinaron cerradas por falta de quien las habitara; los derechos fiscales se redujeron porque no había muchos ramos de comercio de qué cobrarlos ni gente dispuesta a pagar serias contribuciones. *Todo, en fin, está en decadencia*, narra Lufaf. *En la actualidad, la hacienda no tiene más ingreso que las pocas resmas de papel sellado que pueden consumir cuatro vecinos pobres, que andan desnudos por no haber comercio en la Isla. Hace unos días oí decir al arzobispo de Santo Domingo que le había dado gracias a Dios de poder hallar un huevo que comer. "Alguna vez me aconteció solicitarle que una gallina entrase en el bahareque de mi habitación para tenerlo, esperando que lo pusiese, para el sustento de aquel día", dijo. Ayer hizo un aparte en medio de su acostumbrado sermón matutino en la Catedral para denunciar que las devastaciones lo atormentaban, consumían y mataban, y que para él eran verdaderas pestes. "¿Hay maldad semejante? –preguntaba a los feligreses–. ¿Hay sinrazón más contra razón? No hallo términos con qué explicar el sumo daño que han hecho estos malvados. Y que el Rey los favorezca y los ampare y se ejecute lo que ellos quieren, me desencanta y me desatina. Cuando llego a esto, Señor, no puedo más. No, no puedo más".*

Quien lea los papeles de Lufaf no dudará en creer que mantenía buenas relaciones con el arzobispo. *No hay harina para hostias, me comunicó él, en medio de una noche tormentosa. Le ruega todas las tardes a Dios que lo ayude a salir de estos territorios*, escribe Lulaf y agrega: *Los días de Precepto salen en tropas las mujeres a oír las misas de madrugada, cubiertas con trapos, paños de manos o pedazos de sábanas viejas. Los sermones y procesiones se celebran de noche porque los afligidos cristianos andan generalmente desnudos, y la oscuridad les sirve de vestido, me dijo el arzobispo.* Esa misma noche tormentosa, cuenta Lulaf, el religioso le mostró una carta que enviaría al Consejo de Su Majestad en el Supremo Consejo de Indias, en la cual expresaba que, por las malas viandas, soles y aguas, hay no pocas epidemias y enfermedades. Esto le recordó, según sus propias palabras, cuando el pueblo madrileño, después de faltarle pan dos o tres días, se amotinó a la vista del rey.

Hoy he visitado un convento de monjas cuyo estado de miseria es tal que no se puede subvenir a las necesidades más urgentes sino a base de sacar a la calle a sus esclavas para que le ganen dinero. Salen de mañana y entran por la noche con el producto de sus pequeños negocios o diligencias, pero en este entrar y salir algunas suelen quedar encinta, y el escándalo se produce, no porque una de ellas conciba –cosa demasiado común–, sino porque las monjas les permiten dar a luz en su convento y les crían sus hijos, testimonia Lulaf, y agrega, a título de confesión: *Abandonaré la Hispaniola cuando concluya las narraciones acerca de las pestes vistas por estos ojos míos –las he iniciado hoy en la madrugada–. La decadencia es tal que destruye los elementos de vida con que contaba la Colonia, hoy sumida en profundo sueño. Solamente despierta a la esperanza cuando hay un cambio de personal en la administración civil o religiosa. Al presente el pan de palo no se halla, y la gente suple su falta con plátanos, me aseguró el arzobispo (pan de palo es el casabe, y, como el plátano, sustituye al pan de trigo en la comida criolla, dice un historiador amigo mío: explica el propio Lulaf).*

Allá por el año 1680, las miserias y desdichas eran visibles en la isla y bastaban para un total desengaño los pueblos destruidos, el hambre y la desnudez. Hay quienes incluso mataban a los curas y se robaban de las iglesias el Sanctísimo. En el año 1690, en noticias dadas por fray Fernando Carvajal y Rivera, religioso de la Merced, nombrado obispo de Chiapa el 30 de noviembre de 1686, y escogido para arzobispo de Santo Domingo el 11 de diciembre siguiente, nos enteramos de que esta isla, siendo digna de todo aprecio, es la más desdichada en el universo. "Pobre a pesar de ser fértil y rica, sin frutos pudiendo tenerlos, sin plátano ni oro, criándolos; sin pescado y sin madera, teniéndolos y fructificando cuanto siembra, no hay lo necesario para el alimento porque no hay quien lo beneficie". Luego, en carta a S. M., fechada el 16 de febrero de 1692, diría: "... del año pasado acá cuánto ha descaecido esta isla". También habla de una epidemia grande de viruela, causante de muchas muertes *(apuntes míos, Alejandrix).*

+PREDICCIONES DE LULAF

Además de su testimonio acerca de las pestes que vio o imaginó, Lulaf predijo, en texto aparte, acontecimientos de trascendencia incuestionable para estos territorios y el mundo, tales como: *Durante los años 1591, 1614, 1616, 1628, 1666 y 1673 habrá huracanes y temblores de tierra en esta isla. En el año 1737 se repoblará nuevamente la ciudad de Puerto Plata, con agricultores venidos de las islas Canarias. La ciudad será azotada por un gran terremoto; la mayoría de sus casas quedarán destruidas y sus gentes conocerán días de hambre. Esta tragedia se producirá en horas de la tarde del año 1842, el día 7 de mayo para ser exacto. En 1863 se iniciará una guerra terrible contra España, cuya soldadesca no vacilará en prenderle fuego a la ciudad de Puerto Plata, pero el pueblo de la Española saldrá victorioso. Terminada la conflagración, se levantará la nueva Puerto Plata, con una clara influencia de arquitectura extranjera. A mediados del siglo XVIII será una ciudad muy importante por su desarrollo económico, marítimo y cultural, y próspera porque en los últimos meses del siglo XIX tendrá un ferrocarril, un muelle de pasajeros a la altura de cualquier otra urbe costera del mundo, así como un teatro espacioso y elegante. En el siglo XX este país será invadido dos veces por una nación grande del mismo continente, y, como antes, conocerá los estragos e incomodidades de guerras y guerritas, las garras de dictaduras cruentas y de fenómenos naturales que devastarán gran parte de su territorio. Por lo menos, dos dictadores de esta tierra morirán ahogados en sangre.*

Mi padre le leyó este último pasaje a un militar amigo suyo para que tomara las precauciones de lugar y afirmó, en sus escritos, que éste le respondió tajantemente: "Lo que está para uno ni el diablo se lo despinta", en franca alusión al dicho popular que reza "piedra que está para un perro dobla la esquina y le da". *Luego rio a carcajadas como enloquecido*, escribió mi padre. Pasado este episodio, él –quien posiblemente llevara en sus venas el don de los oráculos romanos, desarrollado de una u otra forma por sus tataradeudos– le dijo a su amigo que antes del año 1950 un grupo de dominicanos invadiría el país para derrocarlo, pero que la verdadera desgracia de su gobierno estaría relacionada con las limitaciones económicas y la falta de libertad en que vivía el pueblo, y con el asesinato de tres hermosas y distinguidas damas. El militar volvió a desternillarse de risa y fue categórico al responderle a mi padre que cuantos osaren enfrentarlo con las armas jamás lo contarían. "Respecto a las mujeres, no permitiré semejante atrocidad porque ellas no están para matarlas sino para gozarlas", dijo el militar. Al leer las predicciones de Lulaf y las de mi padre, Anna y yo nos hemos quedado atónitos, boquiabiertos, porque todas se cumplieron *(anotaciones mías: Alejandrix).*

+SOBRE MALES Y PESTES

+Desde hace un tiempo, el aire está demasiado infectado, razón por la cual se utilizan remedios populares como ramilletes de aromas dulces y la quema de especias e inciensos en los interiores. El consumo de tabaco, hierba oriunda de las indias exóticas del Nuevo Mundo, es efectivo para alejar el mal.

+La Iglesia y los moralistas opinan que la peste negra es un castigo de Dios por los pecados de la humanidad y exhortan a los pueblos europeos a regenerarse moralmente.

+Ante el espanto de tantas pestes, hay quienes condenan los excesos en la comida y la bebida, el comportamiento sexual inmoral y los atuendos insinuantes. Las congregaciones, por su parte, se inclinan hacia la espiritualidad más exacerbada. En muchos pueblos el ánimo de penitencia ha sido llevado al extremo. Algunos hombres, con los torsos desnudos, se fustigan con látigos en señal evidente de humildad frente al juicio divino. Otros han comprendido que los virtuosos no son más inmunes a la muerte repentina que los impíos, pues viven la vida al límite.

+Ahora pretenden acusar a los mendigos de contaminar al pueblo llano.

+Los ejércitos mongoles, aclaro, no llevaron la peste negra a Europa por la ruta de Crimea, concluido el asedio a la colonia genovesa de Kaffa (actual Teodosia), como se dice. Tampoco lanzaban con catapultas los cadáveres infectados dentro de las ciudades vencidas.

+Acerca de la peste negra, me interesa agregar que las personas no sabían si era la rata negra la trasmisora de esta enfermedad mortal. Como eran los gatos quienes la transportaban, según se creía, exterminaban a cuantos veían. Esto empeoró la situación. Luego, al no encontrar solución, les dio por matar a los perros y así con diferentes animales hasta descubrir finalmente que era la rata negra.

V

FOLIOS DE OTROS VICK-AUX

+JUNIX + HUME + PONCIO + CUBILAY

Lo que escribió Junix entre 1790 a 1799

+1. Sumida la piel en el entorno del espacio será caldo propicio para gritos terroríficos, que inyectarán sangre en los poros de la tierra. Los mares temblarán de norte a sur, de este a oeste; y las sierras, cordilleras y lomas desaparecerán en el vapor insomne del término. No hay escapatoria. La vida estará atrapada en una red acerada de pesadumbre constante, herida en el rayo meridional del espanto. Veo venir sangre; mucha, mucha, mucha sangre. Está almacenada en toneles con anterioridad a que los primeros augures anunciaran predicciones fatales para el mundo, tales como, y en escritura de ellos: *harmxcasa diex benntturatum mortti; krtmaiutm vella per-mares cuinzai dill biajannterm axicate; ruttgwnni wamitrex pailotteyo cerumun.* En castellano sería como sigue: *La herida recorrerá las plazas y las casas; no viajes por los mares porque serán mantos de luto; habrá cerumen hasta en el paraíso.*

+Tristeza honda recorre mi alma porque posiblemente mi

amada Am Laf muera pronto. De ser así, no verá lo que está por llegar: ojos granizados bajo la luna partida y retazos de piel calcinada enrollados en el zigzagueo destellante de rayos curvilíneos, perdidos en el eje transversal de la distancia.

Conocí a Am Laf en una aldea cuando ella apenas era una adolescente y la compré por unas cuantas monedas de oro. Tenía el pelo suelto, le llegaba hasta la cintura, y más rubio y hermoso no lo había visto antes. Al mirarla, supe que sería la mujer de mi vida. Sus ojos, azules y profundos como la mar a lo lejos, se clavaron en los míos. Me sonrió tiernamente. Por tanto, me vi obligado a apearme del caballo. Fui despacio hacia ella y la besé en los labios, dulces como almíbar. Al final de nuestro encuentro, no vacilé en proponerle embarazarla. Ella se sonrojó y, sin decir una palabra, aceptó. Cada día, mi futuro hijo era más grande en el vientre de Am Laf. Antes de su nacimiento, lo bautizamos con el nombre de Hume.

+2. Acabo de leer en el espejo de mis propias córneas –ya me pasó una vez cuando niño– un cartel escrito en letras de molde: OSCURIDAD Y DESVALIMIENTO CAERÁN SOBRE NOSOTROS. EL FUEGO LUCHARÁ CONTRA EL AIRE. EL CIELO ENTRARÁ EN CRISIS. CALOR IRRESISTIBLE. LA TIERRA SERÁ ESPANTO DE PÓLVORA.

+La guerra es la guerra, y cuando derribes a tu primer hombre, bebe su sangre, y llévale al rey sus ojos. La guerra es la guerra, te digo; tráeme una cabeza de las tantas que has cercenado, no sin antes haberla desollado del siguiente modo: córtala en círculo de oreja a oreja, y asiendo de la piel la sacudes hasta desprender el cráneo, luego la descarnas con una costilla de buey, y la adobas con las manos y así curtida la tienes por servilleta, que por lo visto la piel del hombre es recia y reluciente, y la más blanca y lustrosa de todas (*Heródoto narra algo parecido en su libro; ver IV, 64: Anna Lanfoster*).

+Los hechos sucedieron en el orden siguiente: + en la mañana amarilla desfilaron los huesos + en la tarde opaca hubo una lluvia de dientes + en la noche sin luna los pies se separaron de las piernas. Nada y todo era lo mismo.

+Am Laf murió anoche, y ya presiento que me quitaré la vida. ¡Cómo vivir sin ella!

Meses antes de su muerte, Am Laf escribió lo que yo, Alejandrix Vick–Aux, copio a la letra: Vukalojf av janax biejlovich khajag Junix; vukalojf av Junix, Junix, Junix. ¡Vukalojf, Junix! Moriré en los brazos fuertes y sagrados de mi amado Junix; moriré en Junix, Junix, Junix. ¡Moriré, Junix! (traducción de un desconocido).

Anna Lanfoster, tras leer la traducción se quedó pensativa. La miré fijamente y creí por un segundo que ella era Am Laf, tal vez porque en pelo y ojos las figuré iguales.

—— ¡Es increíble! –exclamó Anna.

—— ¿Qué cosa? –le pregunté.

Se mordisqueó suavemente los labios y dijo:

—— ¿Sabes, Alejandrix? De jovencita me gustaba escribir así, como Am Laf.

—— ¿Crees que la traducción interprete fidedignamente su texto?

——Se trata de un juego, Alejandrix, y tú lo sabes.

——Juego o no, me parece una traducción interesante – dije, y ella lo entendió como un reto.

A la mañana siguiente, Anna me trajo este texto: *Xakfr mayxz pwqfku mtrix, Alejandrix. Xakfr vuxix elaffz, Alejandrix, Alejandrix, Alejandrix. ¡Xakfr, Alejandrix! Besos ultramarinos en tu cara, Alejandrix. Besos de niño tierno, Alejandrix, Alejandrix, Alejandrix. ¡Besos, Alejandrix! (traducción de una desconocida).*

CÁLCULOS DE HUME (se conserva un solo folio, y lleva impreso el año 1843, en el borde derecho superior; he tratado de descifrar su contenido, sin que hasta la fecha lo haya logrado: Alejandrix).

+5-7.8= (El imperio de Satanás): las ideas en las pestes vienen del contrato legal en las maldiciones.

-12.13+14x1.30= (Las maldiciones + el último éxodo).

-6.3+41.6+87-3= (Sangre de los siglos en el mar + oscuridad + llagas): esta es la parte de la maldición cumplida por las pestes.

+++26:31-34= (Comeremos la pulpa de nuestros hijos y la pulpa de nuestras hijas).

++19+15= (La próxima peste vendrá con una espada en la boca y un ejército).

5-2+1.0= (Llagas o costras. Lepra. No tocar muertos antes del último año del tiempo real): las pestes ocurrirán en un día profético.

+++16x8-1= (Nadie podrá salir de la sombra hasta la desaparición de las siete pestes de los siete ángeles).

-2.34+35.44= (Una piedra vendrá desde la montaña celestial y golpeará el filo de la idea).

+++28.22x5= (Inflamación + calor + moho): tres espíritus impuros.

+1+5.8= Las pestes: tres lustros (veinte tornados, ocho huracanes, 5 sismos, 2 maremotos).

-8.3x4.9= El verano en el minuto eterno: GUERRA +

HOSTILIDAD CONSTANTE= BOMBARDEO DE ASTEROIDES AL FINAL DEL TIEMPO.

Conclusión: está todo dicho para los próximos milenios.

Horas después de que Anna Lanfoster leyera conmigo este folio, volvió a visitarme y me trajo, a título de información comparativa, un texto que sacó supuestamente de la Internet, el cual reproduzco sin la venia de su posible autor, pues desconozco su procedencia. Luego, en la noche, antes de refugiarme en los brazos del sueño, pensé en la posibilidad de que fuera la misma Anna quien lo elaborara.

La luz debilitada	+9+204-6.6.6= (Tinieblas rojas detrás del ocaso)			
	Las pestes y el destino			
	#jk	Destino	Maldiciones	Las Plagas
	1	Cumbre de arena	Matar-sangrar	Llagas
	2	Puertos-olas	Pisadas sobre él	Sangre de muertos
	3	Ríos y manantiales.	Sudor para beber	Hierba caliente
		Altar de incienso	Reyes y esclavos	Falta de piedad: gemidos y gritos
	4	Alba	Noche	Calor
	5	Castillos y tronos	Ondas tenebrosas: reino de los ladrones	Lascivia y hedonismo
	6	Río de la vida	Sangre y agua purificadas	Pozos secos
	7	Aire frío	Veneno: todo está terminado	Segundo Advenimiento: es hecho

Los feligreses		
Lavatorio	Mañas pecaminosas	Impurezas
Máscaras de espanto	Vinagre derramado	Muerte de los santos
Contexto de la hiel	Huesos fracturados	Manchas rojas
Puertas cerradas	Desesperación	Ahogo
Blancura infinita	Desnudez	Vergüenza
Calvario en el sueño	Espinas y clavos	Bestias en la frente

+QUE HASTA EN EL AMOR VIVE LA PESTE, DIJO PONCIO EN EL AÑO 1888

Loco de amor, con la furia del sexo desatada en mi cuerpo, monté mi caballo y me abrí camino, espada en mano, por el boscaje oscuro. La luna tembló de miedo y creí verla manchada de sangre. Cuando llegué al castillo de mi amada A. Lans (ya dentro, un sirviente intentó detenerme, pero le di una estocada en el brazo derecho y se escondió aterrorizado) irrumpí en el cuarto donde ella dormía al lado de su rico y anciano esposo. Mi amada, como si me estuviera esperando, saltó de la cama, vino a mí con los labios sedientos de besos y me clavó los dientes en la lengua. Sangré. Lo supe porque la sangre me chorreó por el corbatín negro que llevaba puesto en el cuello.

Huimos del castillo como dos ardillas locas. Mi caballo, al vernos, se encabritó, y cuando sintió nuestros cuerpos encima del suyo sonrió de alegría. "Ya nuestra unión es definitiva –le anuncié a A. Lans, y en seguida agregué–: Deja que tu anciano esposo siga durmiendo tranquilo, pues si te retenía por poder y fortuna; poder y fortuna tengo yo ahora". Cuando el sol nos encontró al día siguiente tirados en una planicie verde, lejos del castillo, sentí la lengua y los labios pesados. No quise tentarme la cara sin antes no buscar con la mirada los ojos tiernos de mi amada A. Lans. "¡Oh, Dios, ¡está muerta!", exclamé hacia mis adentros. Y en efecto, estaba muerta. Sonreía, pero estaba muerta. Descubrí en su piel ronchas nunca antes vistas. Me toqué los labios para saber si estaba infectado como ella. "¿Qué nos ha pasado? —me pregunté en silencio—. ¿Por qué nos llega esta peste si por fin íbamos a estar juntos? ¡Oh, Señor mío!, ¿es verdad, entonces, que hasta en el amor vive la peste?". Tomé a mi amada en brazos, me olvidé del caballo y la llevé cargada hasta mi casa. Al verme llegar con ella, los sirvientes dijeron en coro: "Ha venido la peste con el viento". Entré a mi alcoba y acosté a la muerta en mi cama. Busqué pluma y tinta para escribir lo que he escrito. Llamé a los sirvientes, pero ellos no me escucharon porque cuando me vieron desaparecer en la habitación huyeron despavoridos hacia el boscaje.

Solo y desconsolado, me clavé en el corazón un puñal de oro, que compré una vez en una aldea china, y lleva grabado en el mango el número 1223, seguido de un símbolo, que bien puede significar año.

Ahora, en medio de mi agonía, me acercaré a la cama y me acostaré al lado de mi amada. Abriré bien los ojos para verla por última vez y diré en voz alta: "Azules son tus córneas, amada A. Lans, y tus cabellos rubios, rizados como selva impenetrable".

Poncio procreó, con una hermosa mujer vecina suya, un hijo, a quien bautizó con el nombre de Cubilay, en fecha 12 de febrero de 1870, según consta en un documento guardado intacto en una biblioteca de Sevilla (Alejandrix Vick-Aux).

LAS VEINTICUATRO LÍNEAS DE CUBILAY, hijo de Poncio, escritas el 16 de octubre del año 1905

I: La noche se quebró en el rectángulo oculto del grito aproximado. II: Una llaga derretida en el perímetro azul del cielo. III: La bestia le arrancó a Dios la dentadura de fuego. IV: Diez cuernos envenenados persiguen tu boca. V: Se hizo en mí su beso, y me tocó la gloria. VI: Barreras de carne ahumada se levantan sobre el pecado. VII: Los templos se han ausentado de la santidad viva. VIII: Hay piedad en el ocaso de la ira del Señor. IX: Ruedan piedras cortadas por las planicies del holocausto. X: Calor feroz: el cielo derrama pus sobre los pecadores. XI: Una profanación ruge con el viento: tumbas abiertas y huesos quemados. XII: La maldición de siempre: debilidad, fiebre e inflamación. XIII: Crece la pesadumbre dentro del arca atascada en el mar. XIV: Demonios y espíritus malvados ríen a carcajadas y predicen el olvido de los difuntos. XV: Un dragón despierta más allá del final incierto de la salvación. XVI: Doce trompetas de oro anuncian que la tierra será escenario de pólvora. XVII: Lasman es mi esposa, y es lo único bello que me ha dado la vida. XVIII: Lasman es alta y rubia, y tiene un azul especial pintado en los ojos. XIX: Hay una peste que persigue a mi amada: una peste superior a nuestro destino. XX: Arde, todo arde. La tierra arde; arde el aire. XXI: La peste está drogada. XXII: Huellas de canibalismo se adhieren a nuestros labios. XXIII: Lasman agoniza. Lasman se me va. Lasman fenece. XXIV: El trono de la bestia arropa mi alma.

VI

EL DIARIO DEL DR. GENGIS VICK-AUX

*+ Apuntaciones sobre plagas, pestes y los
mongoles, escritas por el Dr. Gengis Vick-Aux
+ Papeles sueltos del Dr. Gengis Vick-Aux*

1928

Puerto Plata

Desde la muerte de Lulaf Vick-Aux, no he tenido la suerte de conseguir más informaciones de mis antepasados, a no ser aquellas dejadas por mi padre, el Dr. Gengis Vick-Aux, quien visitó la ciudad de Puerto Plata en el año 1928 y decidió echar raíces en esta tierra encantadora, ignorando que a los pocos meses de establecerse sería azotada por una tormenta terrible, preludio tal vez, pienso yo, de aquel ciclón conocido con el nombre de San Zenón, el cual devastó gran parte de esta isla algún tiempo después de que asumiera el control del país un militar de nombre Rafael Leonidas Trujillo Molina, quien, por esas casualidades de la vida, estaba en el puerto esperando a un amigo suyo ese día que llegó mi padre, y quien supuestamente venía en el mismo barco, el Santa Catalina de Mendoza. Para colmo, sus apellidos sonaban como el nuestro. El amigo del uniformado se llamaba George Vinke Auxter (a lo mejor era otro descendiente de los Vick-Aux). Por tanto, al anunciar los nombres de los turistas que venían por primera vez a esta dulce y alegre ciudad, el militar, tras oír el nombre de mi padre, no vaciló en buscarlo y saludarlo efusivamente como si fuera al que esperaba; pero cuando fijó atentamente los ojos en él, retrocedió dos pasos y exclamó:

—¡Carajo, pero no eres tú!

Mi padre le sonrió y le estrechó la mano.

—Sí, soy yo; pero no soy el que usted cree –dijo.

Lo demás, lo narra él mismo en notas escritas al estilo de un diario antes de morir, cuando celebraba yo, junto a Anna Lanfoster, un año más de vida. Ahora, sin pérdida de tiempo, las transcribo.

+El diario del Dr. Gengis Vick-Aux

28 de febrero, 1928 (son las 17:03). Desde España, he llegado hoy a Puerto Plata. Traigo conmigo mis 28 años cumplidos, dinero para invertir y un título de Doctor en Medicina. El paisaje es único, de un colorido fuera de serie. No he perdido tiempo en informarme sobre el pasado de la ciudad, ubicada entre la montaña conocida con el nombre de Isabel de Torres y el océano Atlántico, en el mismo lugar donde fue descubierta por Cristóbal Colón, en el segundo viaje que hiciera a estos territorios del mundo. Es la única ciudad del país que permanece desde su fundación en su asentamiento original. Aunque diseñada por el famoso Almirante y su hermano Bartolomé, fue fundada en el año 1502 por fray Nicolás de Ovando. En los papeles de Lulaf,

que guardo celosamente, se relata que en el año 1605 esta ciudad fue despoblada y destruida por orden del Rey Fernando III, para evitar el avance de la piratería inglesa y holandesa que tomaban como base la parte norte del Atlántico. Motivado por los relatos de Lufaf, he abierto nuevamente sus manuscritos. *Antes de la despoblación*, dice él, *la ciudad estaba muy floreciente y concurrían en gran número naves de España y todas encontraban cargamento de azúcar. La historia, después, sería otra. Vi ahorcamientos y crímenes. Estremecido ante los acontecimientos, huí como otros tantos de aquella región y me interné en un bosque próximo a la capital.* Pasado el tiempo, y ante el abandono del país, decidió emigrar, y marchó rumbo a Europa en un buque francés. Como la primera vez, he vuelto a sonreír al leer el pasaje donde Lulaf cuenta: *Mientras me paseaba por el Convento de San Pedro Mártir y luego por la fortaleza de San Felipe se me apareció un bucanero con un pedazo de piel en la mano izquierda y muchas lonjas de carne ahumada en la derecha. Corrí asustado como cuando a uno le prenden un tizón en el culo.* El Convento de San Pedro Mártir se terminó de construir en el 1526 a base de sillería y ladrillo, del cual todavía se aprecian columnas, trozos de piedra y ladrillos a ras de tierra. La fortaleza San Felipe se terminó en 1577, y su finalidad era proteger la ciudad contra las incursiones bandoleras de corsarios y piratas franceses e ingleses que continuamente aterrorizaban a la ciudadanía.

No quiero terminar estas notas de hoy sin antes decir que he conocido en el puerto, a mi llegada, a un militar muy importante y simpático, cuya voz me llamó la atención por su sonoridad tan especial. Se ha encariñado conmigo de tal modo que me ha hospedado en la residencia de un rico hacendado, compadre suyo, con la promesa de que mañana sin falta, y a petición mía, me ayudará a comprar una casa, en las afueras de la ciudad, pues, como le he explicado, he venido para quedarme, ejercer la medicina si puedo e invertir en negocios de bienes raíces.

24 de marzo, 1928 (son las 16:10). Mi amigo, el militar, me ha ayudado a conseguir a buen precio una casa. Instalado en ella me he relacionado con los ciudadanos más prominentes y ricos de esta ciudad. Puerto Plata, pese a los avatares de la ambición imperial e inclemencias del tiempo, muestra un desarrollo extraordinario. La fortaleza San Luis, cuyo diseño guarda relación con la arquitectura romántica medieval original, es el único edificio colonial levantado en esta región. La casa donde se aloja la sociedad recreativa La Fe en el Porvenir es de tres niveles; está construida con madera y techada con cinc. Sus buhardillas, balcones, persianas y galerías, unas encuadradas y otras corridas resaltan por el estilo victoriano. Cuenta con billar, piano, pianola y una pequeña biblioteca, y es el centro de grandes bailes y actividades culturales de los moradores de esta urbe, conocida igualmente con el sugestivo nombre de Costa del Ámbar, por la existencia de yacimientos de esta preciosa piedra. La Fe en el Porvenir está localizada en el centro de la ciudad, frente al Parque Central, a poca distancia de la Iglesia San Felipe, del Club de Comercio y de unas cuantas más edificaciones del mismo estilo. El Ayuntamiento Municipal atrae la vista del curioso por su armoniosa arquitectura de mampostería y por sus pisos de madera. En sus límpidas paredes se destacan fotos y pinturas de personajes ilustres. La fachada, con una arcada de dos pisos sin adorno, recuerda los edificios gubernamentales españoles. La estación del ferrocarril, ubicada dentro de la zona portuaria, está hecha de planchas de hierro abrochadas juntas, traídas de Alemania, incluyendo sus amplios aleros y sus puertas francesas. El Parque Central Independencia tiene hermosos jardines, y una glorieta del siglo XIX, de arquitectura victoriana, cuya estructura está conformada de dos plantas, de forma octogonal con su

galería doble y corrida, compuesta de arcos moriscos, diseñada por el inglés Roderick Arthur. El estilo victoriano, proveniente de Inglaterra, se inició aquí en el año 1857, y es llamado así en honor de la Reina Victoria. Aunque las calles son de caliche, encantan como las casas con galerías y techos de cuatro aguas y puertas francesas, y verjas de mampostería y hierro forjado. A mi juicio, la vivienda que sirve de sede al Club de Comercio –sociedad de recreo e instrucción–, situada frente al parque central, es la principal obra arquitectónica victoriana, de otras tantas levantadas alrededor del mismo parque. La población goza de los servicios básicos: planta eléctrica, agua potable, atención médica, ayuntamiento municipal eficaz, y hasta de un buen cine, con capacidad para seiscientos visitantes. La biblioteca pública me ha sorprendido, pues consta de un buen número de libros clásicos y contemporáneos, algunos de ellos en inglés, y los menos en latín y francés. He visitado varias veces el hospital, ubicado en la parte alta de la calle El Morro, y administrado por el cabildo. Al director de dicho centro, le he reiterado mis deseos de colaborar a título honorífico en programas de salud dirigidos a los pobres. Ahora bien, si algo me impresionó a mi llegada fue la montaña Isabel de Torres. Tiene 800 metros de altura y es dueña de una variedad de plantas únicas en este país. Es un verdadero un monumento natural, como lo es igualmente, aunque en metal, el Faro, cuyo fin es el de guiar el curso de los barcos que surcan el Atlántico y se dirigen a Puerto Plata. Cuando moría la tarde, un joven me llevó a ver el Puente de la Guinea, una construcción de mampostería, de grueso arco, que recuerda los puentes romanos. "Lleva este nombre porque antes la zona que lo rodeaba era una finca frecuentada por cientos de miles de guineas", comentó el guía.

19 de abril, 1928 (son las 18:06). Con el cielo aún diáfano, e inmerso en la tranquilidad de mi hogar, quiero dejar constancia

de que nunca antes en ninguna parte del mundo me había adaptado a vivir tan rápido como aquí. Y lo que me faltaba, lo conseguí anoche, en una fiesta amenizada por un conjunto típico de güira, tambora, maracas y acordeón, en casa del rico hombre Groster Lanfoster, levantada a unos trescientos metros de la mía. Bailé merengue por más de dos horas con una hermosa criolla, y, con unos cuantos tragos de ron en la cabeza, la besé, y nada más bastó ese beso para enamorarme de ella. Aunque a la clase alta de aquí no le gusta para nada el merengue por considerarlo vulgar y erótico, a Groster y a mí nos encanta, igual al militar amigo mío. Es tal el desprecio por esta música que en el siglo pasado sancionaban con multas de dos a doscientos pesos a los dueños de las casas donde lo tocaban.

Mi amigo Groster llegó a Puerto Plata un mes después que yo, procedente de Nueva York, y trajo en brazos a su hija Anna, quien ayer, por cierto, cumplió ocho meses. Los cabellos de esta niña son como rayos de sol y sus ojos idénticos a las aguas del Atlántico.

Sin fecha: En 1857 llegaron desde Francia los primeros acordeones.

2 de junio, 1928 (son las 20:16). Esta mañana me casé con la criolla que besé en la boca la noche del 19 de abril. Nos casamos por lo civil, y busqué a Groster Lanfoster de testigo. Es alta y bella, y tan elegante como una palmera real. No celebramos el matrimonio con baile ni nada parecido porque ella es de vida sosegada. Nos pasamos la luna de miel en la casa. Estuvimos encerrados por tres días seguidos para que a ningún amigo se le ocurriese visitarnos, ni siquiera a Groster con su preciosa Anna, a quien trato como a una sobrina. Seré feliz al lado de esta mujer, pues ella, con apenas diecinueve años, es un derroche de dulzura. Cansados de estar en la casa, nos fuimos a bañar a la Poza del

Castillo –sin lugar a duda la pila bautismal de los puertoplateños–, donde el océano Atlántico formó un balcón de piedra, cerca de la fortaleza San Felipe.

22 de noviembre, 1929 (son las 20:30). Este día y a esta hora ha nacido mi hijo Alejandrix, en medio de una vegetación pura y encantadora. ¡Cuánto le agradezco a Puerto Plata este regalo! Aquí moriré y aquí seré enterrado. Alejandrix ha nacido fuerte. Llevará en su piel el atractivo color canela de su madre y en sus ojos el mío, que tiran más bien a verde.

24 de noviembre, 1929 (son las 9:22). En medio de un fuerte aguacero, con relámpagos y tronadas, acabo de recibir un telegrama de mi amigo el militar. El texto es bien breve y dice: FELICIDADES, QUE UN HIJO ES UN HIJO. Me lo ha entregado un soldado, quien antes de marcharse me ha dicho que el general me visitará cuando escampe, pues le dan miedo los relámpagos y los truenos.

1930: Mi amigo el militar es proclamado presidente del país (*ampliar: jolgorio, hipnosis, fascinación, derroche, extrema vigilancia*).

3 de enero, 1931 (son las 6:04). Al lado de unos toneles de agua, en las proximidades de un casón abandonado, diseñado al estilo victoriano, ha llegado a mis manos, porque lo ha arrastrado el viento, un pergamino bastante deteriorado. Ha despertado mi curiosidad, no por el contenido de su literatura sino por la fecha y la procedencia del mismo. Lo leí con sumo interés, y ahora que estoy en mi casa y me he aseado, lo transcribiré por si un día desaparece, cosa improbable porque lo guardaré junto a mis otros recuerdos. BOTICA Y FUMIGADORA SANTA MÓNICA (Moguer, Huelva-España, año 1871: MA HARÍ). Control de Plagas Rastreras: Cucarachas, hormigas, alacranes, arañas, chinches, pulgas, grillos, pescaditos de plata, conchillas.

Control de Plagas Voladoras: Mosquitos, moscas, jejenes, flebótomos, tábanos, polillas, sinullidos. Control de Roedores: Ratas, lauchas. Eliminación de Plagas en Productos Almacenados: Ácaros, gorgojos, polillas, arañas. Desinfección de Locales y Equipos: Algas, hongos, bacterias. Eliminación de Plagas en Exteriores: Larvas de moscas, larvas de mosquitos. TENEMOS PRODUCTOS PARA COMBATIR LA PESTE, EL TÉTANOS, LA RABIA, EL CÓLERA, LA VIRUELA, ENFERMEDADES DEL SUEÑO, MOSCA TSÉ-TSÉ, CLAVO OXIDADO Y TOXOPLASMOSIS.

10 de diciembre, 1934 (son las 4:55). En medio de una brisa fría y de haber soportado largos días de sufrimiento, mi esposa ha muerto. La contemplo tendida en la cama. Mi amado hijo Alejandrix está a mi lado. Lloro desconsoladamente. La enterraremos esta tarde, en un mausoleo que construye con sus propias manos Groster Lanfoster. Como cuando nació mi pequeño, he recibido otro telegrama de mi amigo el militar. Ahora, por supuesto, lo envía en calidad de presidente de la República. "ME UNO A TU TRISTEZA, PUES UNA ESPOSA ES UNA ESPOSA".

13 de enero, 1935: Estaba rodeado de muertos; un manto de tela gruesa me cubría el cuerpo; eso soñé anoche. Llevaba además un sombrero negro y guantes, y una máscara de gas, con pico semejante al de un águila. Una anciana roció sobre mi cuerpo sustancias aromáticas para evitar, según dijo, ser tocado por la muerte. Pero como quiera morí, y alguien, un personaje de bronce me arrojó en el pecho agua caliente para saber si en verdad había muerto.

22 de febrero, 1935: He soñado con imágenes horribles. Naves llenas de ratas iban hacia Messina, Génova y Venecia. Al llegar, las ratas abandonaron las embarcaciones y diseminaron

una enfermedad mortal entre la población. Luego avanzaron hacia el norte y penetraron en Suiza, Baviera y los Balcanes. Como eran tantos los muertos decidieron echarlos en los ríos. Desperté sobresaltado cuando las ratas invadieron más de una docena de naves con destino al canal de la Mancha, de donde llegarían a Inglaterra. Pasaron a Bergen, en Noruega, y a toda Escandinavia, Alemania y Polonia. Me tiré de la cama y corrí a abrir las ventanas del cuarto. Al rato, vi roedores por todas partes.

24 de febrero, 1935: Hoy temprano fumigaron de arriba abajo la casa, y ya he hablado para que lo hagan el último día de cada mes. ¡Me dan miedo las ratas!

Nota sin fecha: Transcurridas algunas semanas de la muerte de mi querida esposa, un conocido del padre de Anna Lanfoster me dijo que mi amigo el militar, como Nerón en su mocedad, había aplastado a un niño, tras sacar expresamente a galope uno de sus caballos. "En una provincia del Sur reventó un ojo a un joven que discutía vivamente con él. Mató, igualmente, a un pordiosero por no beberse de seguido diez botellas de ron", dijo el hombre. Estos comentarios, pienso yo, circulan con el único propósito de dañar la imagen del jefe militar. Al oírlos, confieso que no he dejado de preocuparme. He vuelto a soñar con él. Lo he visto distribuyendo a los pobres provisiones y regalos de toda especie; pájaros por millares, manjares con profusión, bonos pagaderos con café, trajes espectaculares, piezas de oro y plata, piedras preciosas, fieras domesticadas, y hasta urcas, filibotes y yolas llenas de ámbar.

Otra nota sin fecha: En la madrugada se me apareció, cual sombra de fantasma, mi amigo el militar, y le conté –ahora quiero pensar que he pecado de indiscreto– cómo llegaron a mis manos los rollos de mis antepasados. "A mí, como a ellos, me ha dado por escribir de cuando en cuando", le dije. Me estremecí cuando me susurró al oído: "Puedes escribir todo cuanto quieras, pero nunca se te ocurra mencionarme a mí por mal". Se sonrió y se esfumó porque el cielo, de súbito, se puso pálido.

4 de mayo, 1948: "Cuídate de ese hombre, pues se le acusa de cruel e intemperante –me dijo ayer en la tarde Groster Lanfoster, en clara referencia a mi amigo el militar. Y agregó–: Es muy cáustico y suele descender a groseras bufonadas, y no se abstiene de las palabras más sucias". De pronto, una imagen fugaz me laceró el corazón: dos cerdos masticaban el corazón de Groster.

6 de mayo, 1948: He soñado cosas horribles, tal vez por lo que me dijera anteanoche mi vecino Groster. Vi que un perro realengo trajo de la calle una pierna humana y la dejó en el frontispicio de la casa, y vi dentro de un templo católico a una negra que bailaba desnuda una rumba. Me entregó su boca, y bebí su saliva mezclada con miel. Desperté sobresaltado cuando ella me iba a cercenar la cabeza con un machete dorado.

Al mes siguiente, es decir, en junio, yo, Alejandrix Vick-Aux, supe, pues lo encontré escrito en una hoja, que su amigo el militar le había expresado su alegría porque soñaba con águilas inmensas, las cuales rodeaban con sus alas los tesoros públicos. Pero, en otros papeles, leí: Mi amigo es dado a asustarse cuando tiembla la tierra o cuando oye un ruido parecido a un mugido. Lo afirmo porque me lo ha dicho más de dos veces. Y no sé a punto fijo hasta dónde es verdad esto otro: En su soledad, mi amigo el militar reza en un altar privado, contiguo a su habitación. Suele ver duendes, que según él vienen a robarle su fortuna. "Hace algunas noches fui a rezar y encontré sobre el altar carbones prendidos y vi a un anciano vestido de negro. Tenía vino en un vaso de arcilla e incienso en una vasija de vidrio. Reculó, se vistió de un tirón y huyó despavorido de la casa –comentó y subrayó–: La muerte estaba allí. Al día siguiente mandó quemar esa casa".

13 de noviembre, 1948: Croster Lanfoster, que a veces escribe en español ("para practicarlo, Gengis, solo para practicarlo", decía entre dientes), acaba de enviarme una nota, en sobre lacrado, en la cual expone lo siguiente: "Debes alejarte del militar ese, pues observo en él un delirio de grandeza que emula a los césares. Según supe ayer, es débil por el gusto suntuoso y ha encargado trajes deslumbrantes y las joyas más preciosas, al estilo del siglo XIV. Disfruta como un niño cuando le hablan de los tiempos aquellos en que para obligar al labrador a decir dónde tenía su dinero, inventaron medios como el de colgarlo dentro de una humareda, encerrado en un arco, torcerle una cuerda en torno a la cabeza y quemarle las plantas de los pies. Tiene a su lado a alguien que le explica cuáles han sido los métodos más usados para obligar a hablar a un ladrón o a un criminal, como lo de acostar al preso en un banquillo y echarle agua en la boca por medio de un embudo, práctica frecuente en París y en toda Francia. Delira cuando le hablan de la *estrapada*, método utilizado en Alemania para atar las manos al acusado, a quien le colgaban de los pies un peso enorme a fin de mantenerle estirado el cuerpo y luego lo levantaban en el aire con una cuerda. Finalmente, lo dejaban caer. La sacudida era brutal y le dislocaba los miembros. La boca se le vuelve miel cuando oye decir que en España preferían los *borceguíes*: apretaban las piernas del reo entre dos tablas, y luego metían a martillazos entre la madera y las carnes cuñas que rompían los huesos del torturado. Goza de lo lindo cuando le cuentan que, en el tiempo de la emancipación de las ciudades, al homicida le cortaban la cabeza, al asesino lo arrastraban en un cañizo hasta la horca y allí lo colgaban; al incendiario lo quemaban, y a la mujer que condenaban a muerte la enterraban viva. Cuídate, Gengis. El corazón impregnado de veneno resiste el fuego, no lo olvides".

Enero 1949: Otra nota de Groster da cuenta de que mi amigo el militar "aplica la tortura a las mujeres lo mismo que a los hombres, y las cárceles recuerdan los tiempos de la barbarie, pues son calabozos, madrigueras, cavernas horribles como las de los animales más ponzoñosos, donde los hombres se mueren de hambre y son devorados por los insectos. Según rumores, un prisionero le dijo: Concédame santa sepultura. Él le respondió: Ese favor pertenece solamente a los buitres. Los rasgos más sobresalientes de su carácter son la desconfianza y el miedo, y desde joven le apasionaron las mujeres de vida alegre, pero ya investido como militar, y ostentando el más alto de los rangos, le dio por invitar a sus orgías privadas a las esposas de sus propios funcionarios, práctica de la cual ha hecho una adicción. Y, no conforme, elige esporádicamente muchachas de familias encumbradas y las goza a plenitud".

Marzo, 1949: "Cuídate, vecino mío. Te lo diré tantas veces como sea necesario, pues tu amigo se ha vuelto, si no lo era ya, un animal sediento de sangre", Groster Lanfoster.

10 Febrero, 1950: He de informar con profunda tristeza que mi amigo, y ya hermano, Groster Lanfoster, ha muerto a las ocho de la noche del día de hoy, en un confuso accidente automovilístico, no muy lejos de su residencia. Un forastero, aparentemente sin nombre ni apellidos, ha dicho que el accidente fue provocado por una bala que vino desde fuera y rompió por completo el vidrio delantero. ¡Cuánta pena me embarga! Por supuesto, sacaré fuerzas de lo más hondo de mi alma para servirle de soporte al dolor de Anna y al de mi hijo Alejandrix, quien profesaba, y profesará siempre, un cariño especial por este norteamericano tan sincero y gentil.

Como mi padre no lo ha mencionado, he de informar que mi madre murió de neumonía cuando cumplí mi primer lustro. La

recuerdo con su piel tropical, abierta al sol y a las orquídeas que me
vieron crecer. Se llamaba María del Carmen de Jesús Mendoza y
Friz. Nunca supimos si era la única de la familia o si había más
hermanos y hermanas, ni de dónde eran sus padres o si estaban
vivos o muertos. Ella evitó siempre hablar de su pasado. "Viví con
ella sin importarme su procedencia –diría mi padre al final de
sus escritos–. Sus caricias le dieron sentido a mi vida".

He encontrado entre los papeles de mi padre una reseña
periodística, aparecida a los pocos días de su llegada a Puerto
Plata en el periódico El Porvenir, fundado el 1º de febrero de 1872
(su última edición data del año 1972), en la cual se dice lo
siguiente: "Hoy ha visitado nuestro hospital el Dr. Gengis Vick-
Aux, quien saliera de Francia rumbo a España, de España a
Brasil, de Brasil a Argentina, de Argentina a Venezuela y de
Venezuela a Puerto Plata, ciudad que lo ha seducido no sólo por
el encanto de su paisaje tropical (arboledas, almendros, cocoteros,
lirios silvestres y uveros por doquier), sino por la cordialidad y
decencia de los habitantes. El Dr. Vick-Aux ha comprado una
casa muy bonita, en las afueras de la ciudad, con vista a los
vientos alisios de la mar Atlántica y al esbelto palmar de la
imponente Isabel de Torres. Se destacan los balaustres, persianas,
balconcillos, tragaluces, puertas, ventanales, celosías, madera
labrada del artístico y festivo "ginger-bread", cresterías y las
líneas tersas de su techumbre rojiza. No nos extralimitaremos si
damos por seguro que el Dr. Gengis Vick-Aux se suma a esa
pléyade de hombres y mujeres importantes que nos honran con
su presencia y con su decisión inequívoca de echar raíces en
nuestro suelo".

Apuntaciones sobre plagas, pestes y los mongoles, escritas
por el Dr. Gengis Vick-Aux

+A propósito de una plaga que comenzó en Etiopía, se extendió a Egipto y asoló la ciudad de Atenas, Tucídides escribió: *...como el miedo a los dioses y a la ley del hombre no los contenía, era lo mismo adorar o no a sus dioses, pues toda la gente moría; y en cuanto a la ley, no creían que nadie sobreviviera para juzgarlos.* Hasta los ciudadanos más ejemplares, según sus relatos, se volvieron glotones, alcohólicos y licenciosos, ignorantes de que estaban a un paso de una brusca aparición de fiebre alta, sed intensa, lengua y garganta sangrantes; la piel del cuerpo, roja y amoratada estallaría en pústulas y úlceras. Afectó, como se sabe, a los distintos sectores sociales, y los médicos se sintieron impotentes; ellos mismos sucumbieron en gran número.

+Siglo I a.n.e.: una rarísima clase de malaria parece haber infectado los distritos pantanosos de los alrededores de Roma, produciendo una gran epidemia en el 79 d.n.e., a poco de la erupción del Vesubio. Al parecer, la infección quedó circunscrita a Italia, pero causó estragos en varias ciudades y muchas muertes en Campania, la zona de cultivos donde Roma se proveía. En esa extensa área se abandonó la labranza de la tierra, y hasta el siglo XIX continuó siendo un lugar sensible a la malaria. Esta epidemia quizá se originó en África *(he encontrado esta nota, como las que siguen, dentro de un manual de historia bastante deteriorado por el tiempo).*

+La plaga de Antonio, conocida también como plaga del médico Galeno, comenzó en el año 164 entre las tropas del segundo emperador, Lucio Aurelio Vero, situadas en el límite este del Imperio. La enfermedad quedó circunscrita a ese lugar, y causó estragos en el ejército comandado por Ovidio Claudio, enviado a sofocar una rebelión en Siria. La infección acompañó a los legionarios en el camino de regreso y se desparramó en los territorios aledaños y en Roma a su llegada, dos años ha.

Enseguida se extendió al resto del mundo conocido. De las ciudades salían carretas repletas de cadáveres de las tantas muertes producidas. La plaga se prolongó hasta el año 180. El emperador Marco Aurelio fue una de sus últimas víctimas. Murió en el séptimo día de la enfermedad, habiéndose negado a ver a su hijo por temor a contagiarlo. El nombre de Galeno se relaciona con esta plaga de los años 164 al 189 no solamente debido a que abandonó la región, sino porque dejó escritas las características del mal. Los síntomas iniciales eran fiebre alta, inflamación de boca y garganta, una sed abrasadora y diarrea; alrededor del noveno día aparecía una erupción en la piel, que en algunos casos era seca y en otros producía pústulas. Galeno da a entender que la mayoría de los enfermos moría antes de la erupción, pero igualmente se observa una semejanza con la plaga de Atenas.

+Año 165, en el reinado de Marco Aurelio, una epidemia de tifus exantemático, conocida como 'peste antonina' (y que tal vez estaba combinada con otras patologías) arrasa Italia y la Galia durante quince años, con picos de mortalidad que oscilaban entre dos mil y tres mil decesos por día en ciertos períodos.

+Año 250, Cipriano, el obispo cristiano de Cartago, quien no tiene nada en común con Cripriam Vic-Asx, describe los síntomas de una plaga terrible como diarrea repentina con vómitos, garganta ulcerada, fiebre muy alta y la putrefacción o gangrena de manos y pies.

+Entre los años 252 y 254, una enfermedad misteriosa, cuya descripción recuerda en ciertos aspectos al cólera, mata a varios miles de personas por día en Grecia y en Roma.

+En el año 302, una enfermedad llamada 'ántrax' por Eusebio de Cesárea arrasa con el mundo romano.

+Una epidemia de viruela estalla en el año 312 y también provoca una fuerte mortandad. +Año 444, Gran Bretaña:

tiemblan de espanto los anglosajones. La mortandad es terrible. Ya no quedan hombres sanos para enterrar a los muertos.

+Año 540, ciudad de Pelusium, Bajo Egipto: son tantos los fallecidos –diez mil por día– que no alcanza el tiempo para cavar las sepulturas. Decenas de barcos trasladan al mar a los infectados y allí los abandonan. "Dentro de pocos días se extenderá a Palestina y luego al resto del mundo", anunció un anciano agorero. Esta plaga, bautizada con el nombre de Justiniano, fue descripta por Procopius, secretario o archivista del reino. "Las víctimas eran atacadas súbitamente por una fiebre muy alta, y durante el primero o segundo día, los típicos bubones –ganglios linfáticos hinchados– aparecían en la ingle y las axilas. Los enfermos entraban en coma de inmediato, padecían delirios violentos y escuchaban voces fantasmales. A veces, los bubones se abrían en heridas gangrenosas y el paciente moría con gran sufrimiento. Por lo general, la muerte sobrevenía en el quinto día, o antes, aunque a veces se demoraba hasta una o dos semanas. Los médicos no podían pronosticar cuáles casos serían leves y cuáles fatales, se veían totalmente impotentes, pues no se conocía un remedio para el mal. Al término de la plaga, un cuarenta por ciento de la población de Constantinopla había sucumbido". Procopius –está escrito en una nota que tengo a mano– señala dos aspectos importantes: primero, la plaga comenzaba en la costa antes de expandirse tierra adentro; segundo, los médicos que estaban en contacto directo con los enfermos no se contagiaban tanto como el resto. Esta plaga fue recurrente hasta el año 590 y no perdonó a ningún pueblo, pues llegó a las regiones más remotas. Si alguna población se congratulaba de haber escapado a su influjo, invariablemente recibía su visita. "La depravación y la vida licenciosa durante y después de la epidemia sugieren que solamente los más perversos sobrevivían", observa Procopius.

+1347-1351: La peste negra –conocida en el mundo debido a las manchas pardas y negras que aparecían a consecuencia de hemorragias subcutáneas– constituye una de las mayores catástrofes registrada en la historia de la humanidad. Decenas de médicos murieron a causa de ella. Por eso, quienes afrontaban las epidemias se protegían con vestidos especiales. La peste negra fue un brote de peste bubónica, una terrible enfermedad, leí recientemente en un artículo aparecido en una revista científica argentina. Se ha extendido en forma de pandemia varias veces a lo largo de la historia. Es causada por la bacteria *Yersinia pestis* que se contagia por las pulgas con la ayuda de la rata negra (*Rattus rattus*), hoy conocida como rata de campo. No está enteramente especificado dónde comenzó esta epidemia, la más terrible del siglo XIV, tal vez en algún lugar del norte de la India, pero más probablemente en las estepas de Asia central, desde donde fue llevada al oeste por los ejércitos mongoles.

+Como las pestilencias arropaban la vida medieval y renacentista, los mataderos de los carniceros y las zanjas de desagüe eran muy impopulares en tiempos de peste.

+1646-1665: La peste negra amenaza de nuevo. La tragedia se propaga rápidamente por Europa, donde permaneció endémica cuando no epidémica hasta el siglo XVII.

+1670: Libre de pestes.

+1720: Salvo Marsella, la mayoría de las naciones occidentales se libraron de las grandes epidemias.

+Una epidemia de viruela aparecerá con el nuevo siglo.

+La hambruna se extendió por todas partes. Los pobladores, desquiciados, decidieron a la misma hora y el mismo día comerse los burros y los perros realengos que merodeaban en los patios. Cuando éstos escasearon, se dieron a la tarea de cazar ratas y culebras. Luego, insatisfechos, se comieron sus propios cabellos y bigotes, y quienes tenían vellos abundantes en las extremidades los pasaron por agua caliente y los prepararon como fideo.

+"La isla está a días de sufrir una sequía larga y devastadora, y no quedará un árbol en pie", dijo una anciana a título de broma. La gente se burló de la mujer, sin detenerse a pensar si la sequía había causado daños en las aldeas más pobres y olvidadas del sur.

+1785: Grave epidemia de sarampión en la ciudad de Quito.

+1855, China: Tercera gran pandemia de peste. Al poco tiempo se disemina por el mundo.

+1898-1918, la India: 12,5 millones de muertos.

+1960: Habrá pestes sociales como jamás las ha habido: crisis económicas, guerras, contaminación de los ríos y mares. El polvo será pastoso y no habrá aire limpio; no habrá nubes ni nieblas que le canten a la tierra.

+1969: La peste del suicidio azotará a la humanidad. Para este año y los siguientes se suicidarán diariamente en el mundo de 1000 a 1100 personas (depresiones endógenas e involutivas + psicosis arteriosclerótica + psiconeurosis + estupefacientes + alcoholismo +++).

+1970: El cólera se desarrollará durante el periodo 1961-1970 a partir del sudoeste del Pacífico y del sudeste asiático, y se propagará por Afganistán y el Cercano Oriente hasta el sur de la URSS, África y Europa.

Los Mongoles

Sin fecha: Al mando de Batu Khan, otro de los nietos de Gengis, los mongoles atraviesan el Volga hasta llegar al sur de

Rusia. Sólo ellos han conseguido invadir ese país con éxito en invierno. Lo asolaron en cuestión de tres años, desde 1237 hasta 1240. Novogord fue la única gran ciudad no conquistada, salvada por un deshielo de primavera que obligó al ejército comandado por Batu a retroceder.

9 de abril 1241: Los mongoles derrotan a un ejército conjunto de polacos y alemanes; se habían aliado para frenarles, pero al fin los barrieron del mapa.

Sin fecha: Acabo de leer que Gengis Khan consiguió unir a las tribus mongoles gracias a un sencillo pero genial plan: les dio un enemigo común y recursos para pelear, y una identidad propia para unirlos bajo su liderazgo.

Igual: Sin lugar a dudas, una de las causas de la decadencia de los mongoles fue la aparición de ejércitos más preparados para luchar contra ellos, como era el caso de los terribles cosacos y sobre todo la aparición de las armas de fuego.

Papeles sueltos del Dr. Gengis Vick-Aux

Cuenta mi padre que mientras se restablecía la ciudad de los daños causados por el ciclón de San Zenón el cura párroco hacía procesiones con la imagen de madera de San Felipe cargada a caballo. Los fieles, comentaba él, portaban velas, quemaban incienso y elevaban plegarias a Dios para evitar nuevas tragedias, tal como hicieron quienes vivieron el terremoto anunciado por Lulaf, el cual se produjo en el año y día indicados. En notas aparte, mi padre decía que Junix, el padre de Hume, mi tatarabuelo, opinaba como Demócrito que para vivir tranquilo no es necesario hacer muchas cosas ni en privado ni en público, y por esa razón nunca retuvo ningún asunto más allá del mediodía. No leía ni una carta, para no tener nuevas preocupaciones. Jamás se dejó llamar por las huellas transversales de quienes van con prisa de un lado para otro.

Escribe mi padre que mi bisabuelo Poncio convocó una tarde de invierno a su casa a sus familiares para que lo lloraran como si estuviera muerto, pues quería saber cuál de ellos lo quería más. Lo lloraron con desenfreno, y él se sorprendió de cuánto lo amaban. Esa misma tarde murió emocionado, con el corazón abierto a la alegría.

A continuación, muestro un ejercicio de árbol genealógico iniciado por mi padre antes de su fallecimiento. Lo escribió a mano, con tinta china, en una cartulina gruesa, tamaño dieciséis pulgadas de largo por veinticuatro de ancho.

FAMILIA VICK-AUX

Nombre	Parentesco	Año Nacimiento	Lugar	Muerte
JUNIX	Padre Tatarabuelo	1769	Brastilava (Checo-slovaquia)	1809
HUME	Tatarabuelo	1800	Alsacia Lorena (Francia)	1852
PONCIO	Bisabuelo	1840	Sevilla-España	1900
CUBILAY	Abuelo	1870	Sevilla	1925
GENGIS	Yo, tu padre	1900	Toledo-España	---
ALEJANDRIX	Único hijo	1929	Puerto Plata (República Dominicana)	---

Igualmente, dejó como anexo a sus descripciones de plagas y pestes, varios organigramas, cuyo contenido no he podido descifrar. Doy a conocer tres de ellos con la esperanza de que alguien sea capaz de interpretarlos, pues a mi entender encierran mensajes de interés para la humanidad.

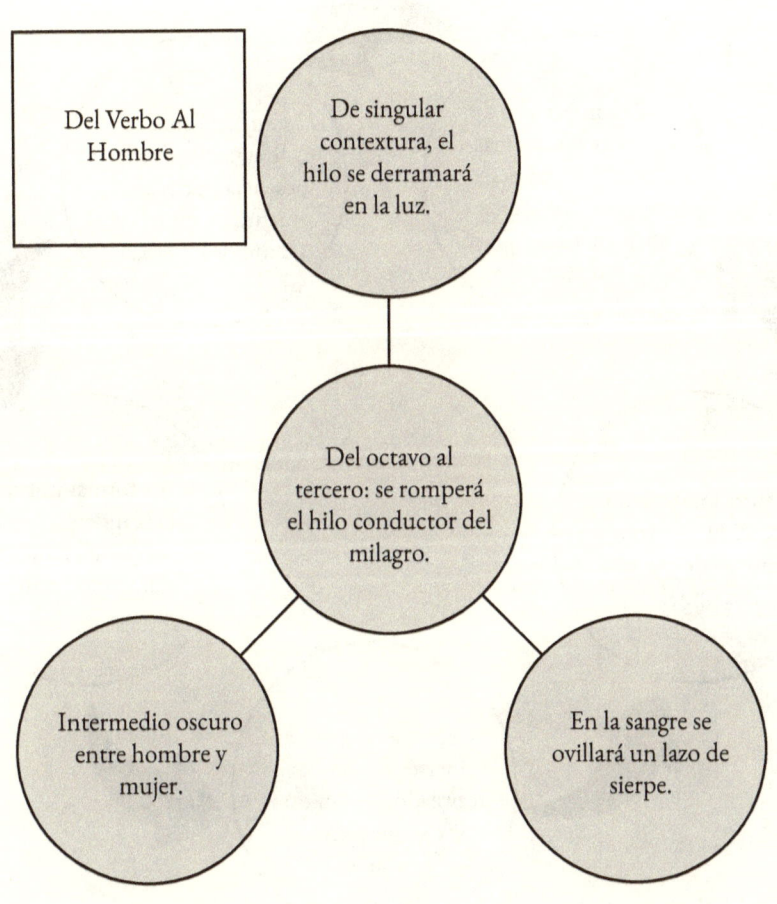

Del Verbo Al Hombre

De singular contextura, el hilo se derramará en la luz.

Del octavo al tercero: se romperá el hilo conductor del milagro.

Intermedio oscuro entre hombre y mujer.

En la sangre se ovillará un lazo de sierpe.

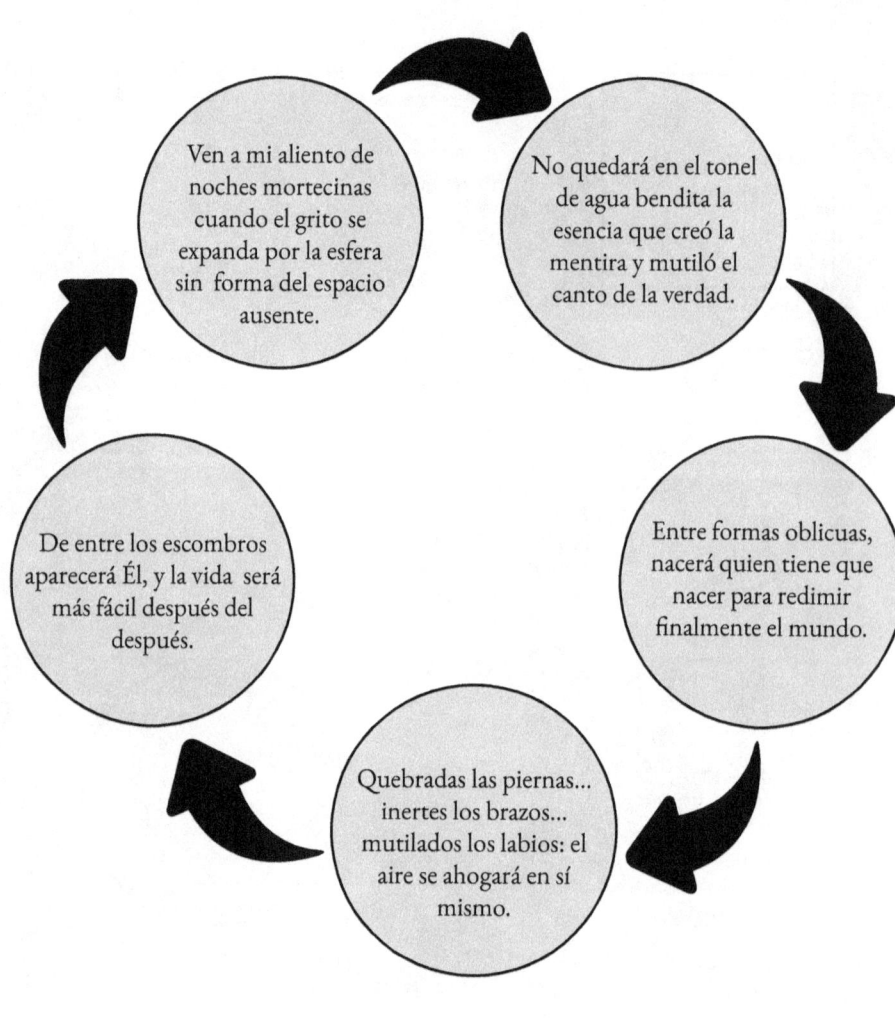

Ven a mi aliento de noches mortecinas cuando el grito se expanda por la esfera sin forma del espacio ausente.

No quedará en el tonel de agua bendita la esencia que creó la mentira y mutiló el canto de la verdad.

Entre formas oblicuas, nacerá quien tiene que nacer para redimir finalmente el mundo.

Quebradas las piernas... inertes los brazos... mutilados los labios: el aire se ahogará en sí mismo.

De entre los escombros aparecerá Él, y la vida será más fácil después del después.

Muerte en el filamento amarillo de la orilla indeleble.

Alerta en la traición de antes como ahora: nunca será de otro modo sino como fue siempre.

Del reptil a la aurora blanca apenas hay un trecho: no lo cruces ahora.

Briznas de pestañas secas más allá del equinoccio: de regresar, hazlo en los últimos días del siglo.

Despellejada en la noche más oscura del siglo: vuela, si puedes; o salta ahora.

VII

EL PRIMER BESO

+ Notas sueltas +Las treinta y una plagas
de diciembre

Año 2006

Alejandrix, ¿qué te parece esta cita de Séneca? Tuya, Anna.

Cuando desprecia lo vulgar y acostumbrado y se levanta a lo
alto por un instinto sagrado, canta por fin algo grande con boca
mortal. Mientras una persona esté en sí, no puede alcanzar algo
verdaderamente sublime y arduo; es menester que se aparte de lo
acostumbrado, y ha de elevarse tascando el freno, y arrebatando a
su jinete lo ha de llevar allí donde por sí solo no se atrevería a
subir.

El primer beso

"He comenzado a escribir *Las treinta y una plagas de*
diciembre", le comuniqué a mi amada Anna Lanfoster, y, al
oírme, murmuró por lo bajo algo que ya había dicho Aristóteles:
Nunca hubo un gran ingenio sin alguna mezcla de locura, porque
no puede haber cosas grandes y superiores a las demás sino la
mente excitada.

Cuantas veces nos reunimos, le leo emocionado mis escritos, pocos o muchos, no importa. Ella, al término de mis lecturas, dice siempre lo mismo: "Alguna vez da alegría enloquecerse".

Antes de iniciar este proyecto de las plagas de diciembre, con el cual quiero rendirles tributo a mis antepasados, solía escribir como mi padre notas sueltas, referentes a acontecimientos relacionados con la ciudad y con el amor que nos prodigamos Anna y yo. De esas notas deseo transcribir a continuación algunas, no sin antes aclarar que aunque hemos compartido juntos nuestra infancia y nuestra juventud, y momentos estelares en la vida de nuestros padres, nos enamoramos, ella con veinte años y yo con diecinueve, cuando el reloj público de Puerto Plata, incrustado desde 1881 en el frontal de la torre de la iglesia parroquial, marcó las ocho de la noche correspondiente al 24 de diciembre de 1948. Frente a la torre de la parroquia y ante la cara sonriente de la luna, Anna acercó su boca a la mía y me la humedeció en silencio. Esa noche, recuerdo, visitábamos la ciudad con nuestros padres, quienes repartían regalos entre los pobres.

—Ya era hora de que nos besáramos –dijo Anna Lanfoster.

La miré medio desconcertado. Ella, en cambio, se mordisqueó los labios y preguntó en voz baja si no me había gustado su beso. No le respondí, y ella asió mis manos y corrió conmigo hasta el parque, donde estaban su padre y el mío rodeados de niños y niñas. Al momento, nos fuimos a cenar con ellos a casa de un hacendado, estrecho colaborador del militar aquel que allá por el año de 1928 recibiera por equivocación a mi padre en el muelle de pasajeros, cuya estructura es de madera y de hierro, con barandilla a lo largo, y termina en una glorieta, con forma octogonal. Pasada la cena, y aprovechando que nos quedamos solos, Anna volvió a besarme dos veces más. Al rato, lo intentó de nuevo, pero la detuve. Achicó los ojos, como si me preguntara: "¿No quieres mis besos?". Le acaricié las mejillas y la besé con pasión. Ese es el beso más largo que le he dado a mi amada, pues duró alrededor de siete minutos, justo el tiempo que estuvimos solos.

Cuando volvimos a vernos a la mañana siguiente, la agarré por la cintura y la atraje hacia mí con frenesí, y de su boca salió un suspiro ardiente. A partir de ese instante, y hasta ahora, ella y yo hemos vivido el uno para el otro.

Sin pretender ser su biógrafo, he de decir que Anna Lanfoster no ha profesado nunca la religión protestante-metodista, como la mayoría de los estadounidenses llegados entre 1825 y1839 a esta ciudad para desarrollar los cultivos de cacao, tabaco y otros renglones agrícolas en la región (en el 1870 vinieron alemanes, ingleses y cubanos); tampoco es partidaria de ninguna otra religión. Ciertas damas de la ciudad solían acusarla de atea, y hasta de practicar juegos indebidos con Lucifer, y digo solían porque hace tiempo no escucho nada al respecto. Pero Anna ha sido siempre una mujer demasiado libre y superada para darle importancia a tales comentarios. Todavía a su edad baja al pueblo, y muestra abiertamente la simpatía y el orgullo que la caracterizan. Una tarde, en el Parque Central, un joven exclamó: "Ojalá todas las mujeres de Puerto Plata jueguen con el diablo, pues si la Lanfoster luce alegre y simpática por él, las demás deberían imitarla".

Notas sueltas: las seleccionadas *(cometí el desliz de no poner fechas –¡lo lamento! –, pero están escritas entre los años 1953-2005).*

Cómo olvidar el riachuelo aquel que cruzaba por detrás de la casa de Anna Lanfoster, y en el que ella y yo nos bañamos tantas veces. Una mañana de 1987 lo encontramos seco; sí, totalmente seco. Nos miramos fijamente y lloramos. Sí, lloramos porque siempre hemos sentido ella y yo los dolores de la naturaleza. Como ese riachuelo nos brindó amor y paz, sin él es imposible comprender la energía despedida por nuestros cuerpos cuando hacíamos contacto con su agua primorosa. Tiempo después del primer beso, principalmente cuando su padre iba a la ciudad, solíamos bañarnos desnudos. Nadie se atrevía a cruzar cerca de su casa,pues era vigilada por dos perros rabiosos, amaestrados para que atacaran con frenesí a los vagabundos que merodearan por sus predios. Desnuda, Anna no ha dejado de ser nunca un verdadero espectáculo.

*****

—Cuando pienso en los disparates que he dicho, envidio a los mudos –le dije a Anna Lanfoster, y ella sonrió infantilmente.

—¿A cuáles disparates te refieres?

—Primero hablé del tiempo separado del espacio, pero sin espacio no hay tiempo. Es imposible hablar del tiempo al margen del espacio, quiero decir.

—No son disparates los temas relacionados con el universo, ni especular con eso de si el tiempo fue primero que el espacio, o el espacio apareció antes que el tiempo. Ya quisiera yo hablar de esos dis-pa-ra-tes.

—Hablé del movimiento como parte integral de la infinitud sideral, te decía. De donde deduzco...

—Es mejor no deducir nada –dijo Anna, para finalizar la conversación.

Era de noche, y los grillos y las chicharras estaban alborotados. Ella me atrajo a su alcoba, y allí nos amamos. Feliz, me dormí entre sus piernas.

*****

El padre de Anna me miró de soslayo, y como sabía de nuestros amoríos, creí que me preguntaría si mis intenciones para con su hija eran serias o pasajeras. Yo estaba cuadrado como un gallo de pelea para contestarle que mi amor por ella era sincero. Sin embargo, su preocupación tenía que ver con asuntos muy distintos.

—Ya eres un hombre, Alejandrix, y debo hablarte seriamente de tu padre –dijo en voz baja Groster Lanfoster.

De súbito, me asusté porque pensé que se referiría a alguna enfermedad mortal de mi padre. No sé por qué lo pensé si hasta hoy, por suerte, ha sido un hombre sano. El señor Lanfoster me dio tres palmadas en la espalda y se alejó unos pasos de mí.

—Debes preguntarle a Gengis si la amistad con ese militar le favorece –dijo.

Se me enrojeció la cara y tosí de puro nervio.

—Mi padre lo considera un militar honrado y serio.

—¿Y tú? ¿Qué opinas tú, Alejandrix Vick-Aux?

Temblé de arriba abajo por dos razones: la primera, porque me obligaba a tomar partido en una decisión que le incumbía a mi padre; y la segunda, porque era la primera vez que el señor Lanfoster pronunciaba mi nombre y apellido, con lo cual le daba importancia a su pregunta.

—Creo, señor Lanfoster –medio tartamudeé–, que mi opinión al respecto no hará variar la de mi padre.

Él se frotó con ambas manos la frente y salió cabizbajo de la casa para internarse en el bosque. Minutos después, Anna llegó de la ciudad, cargada de libros.

*****

Mi padre se montó tranquilamente en su automóvil, para iniciar un viaje por cinco días a la capital, que planificara a principios del mes recién pasado.

—Ve despacio por esos caminos, y cuídate de los pillos y mendigos –le gritó el señor Lanfoster.

—Pero no iré por caminos oscuros —bromeó mi padre.

—A veces, los claros son los más oscuros –vociferó el señor Lanfoster porque la máquina de mi padre ya estaba en marcha.

—Trataré de investigar cuáles de los claros son oscuros, y cuáles de los oscuros podrían ser claros –dijo mi padre.

El señor Lanfoster rio a carcajadas. Cuando la máquina se perdió entre el follaje, exclamó para sí:

—¡Luz, guíalo!

*****

Anoche bebimos vino hasta muy tarde, no con la intención de embriagarnos sino para divertirnos, pues *como en la libertad también en el vino es saludable la moderación.*

Anna, alegre, cantó boleros, y los cantó con más pasión y entusiasmo que muchos cantantes conocidos. Su voz se oyó impecable, limpia y seductora. Aunque no es frecuente escucharla cantar, yo conozco de sus cualidades porque en más de una ocasión, en fiestas entre amigos, ha cantado para deleitarnos con su voz melodiosa. No sé si fue en broma o en serio que el señor Lanfoster le dijo hace pocos días que se dedicara de lleno al canto porque tenía condiciones para llegar a ser una gran artista. Mi padre también se lo ha expresado. Últimamente, cuando habla con ella, la anima a decidirse. Pero Anna –a veces es tan tímida mi amada– se queda callada, con los hombros encogidos, mas no puede evitar que en sus labios aflore una sonrisa de agradecimiento.

*****

No sé por qué Anna se ha pasado estos días de mal humor; tampoco he querido preguntárselo. En ella, esta actitud es extraña. Nunca la había visto comportarse de esta forma, ni cuando era una niña rebelde o esa joven audaz e intrépida que la gente admiraba.

—Te veo y no te conozco –le dije anoche–. ¿Quieres que nos separemos durante un tiempo?

Ella se mecía en una hamaca que yo mismo le había instalado hace poco en la galería de la casa, y en vez de contestarme prefirió mantenerse muda. Yo estaba sentado en una cómoda mecedora. Miré hacia lo profundo del follaje y la vista se me perdió en el verdor de las ramas. Cuando al rato me levanté para marcharme, Anna se tiró rápidamente de la hamaca y corrió hacia mí como una niña asustada.

—No, no te vayas –dijo con voz temblorosa–. Quédate conmigo esta noche.

Puso sus manos frías en mis brazos y dejó caer la cabeza en mi pecho. Me abrazó por la cintura, y sentí deseos de amarla. No vacilé en cargarla y llevarla a la alcoba donde tantas veces hemos honrado a plenitud el amor.

Era la primera vez que yo probaba un beso de Anna presa de mal humor, y pese a todo lo he disfrutado, pues aunque tenía cierto agror, lo compensaba la pasión de su lengua alborotada.

Ido el suspiro inevitable del amor consumado, ella se aferró a mi cuerpo muda como antes, y en su desnudez aprecié algunas manchas moradas que no me gustaron para nada. Callado como ella, pensé furtivamente en las mujeres amadas en su tiempo por Hubix, Pubex y por el resto de los Vick-Aux. De repente, Anna se transformó en Lannafas, y ésta se elevó como una paloma blanca hacia el techo y desde allí me guiñó el ojo derecho y derramó sobre mi boca la dulzura divina de su aliento. "Ven a mí —susurró Lannafas—, búscame". Cuando iba a contestarle, me sentí triste porque no me salía la voz. Superada esta visión, Lannafas se esfumó como por arte de magia. Entonces volví a prestarle atención a las manchas moradas aparecidas en el cuerpo amado de Anna Lanfoster.

No supe en qué momento me despertó la mañana, fresca y cantarina. Anna ya se había levantado y tenía puesto en la mesa el desayuno. Cuando me aseé y salí del baño, la vi tirada en la cama, medio desnuda. Todavía se le notaba de mal humor, y como no le dije nada, me acompañó al comedor a desayunar conmigo. Nunca habíamos permanecido en silencio tantas horas.

*****

No sé por qué la expresión *Labda, encinta, dará a luz una piedra despeñada* ha impresionado tanto a Anna Lanfoster. Desde que leímos ese pasaje no deja de hablar de los peligros de la preñez, quizá porque ella en el fondo teme quedar embarazada. Hace muchos años, recuerdo, me dijo: "No concibo mi vientre en estado de preñez". Le advertí que si lo decía por mí no se preocupara, pues yo estaba convencido de que sería el último de los Vick-Aux. En realidad, la idea de tener un hijo con Anna o con cualquiera otra mujer nunca ha sido motivo de preocupación en mi vida. Tal vez de joven me hubiese gustado tenerlo, pero a mi edad, aunque estoy en condiciones de procrear, es mejor ni pensarlo. Hoy temprano, la oí repetir hasta el casancio: *Labda, encinta, dará a luz una piedra despeñada.* Al ver sus gestos, pensé que ella trataba de descifrar si había o no algún misterio en esas palabras. Cuando dejó de recitar el texto ya dicho, le pregunté si dar a luz una piedra despeñada era posible. Se quedó en silencio, pero cuando se decidió a hablar, me dejó frío. "Son cuchillos y garras infernales; son espadas y morteros; son aviones y tanques de guerra: son esas cosas lo que paren hoy día las mujeres", dijo.

*****

—Te han visto varias veces con amigos en bares –comentó Anna.

—Varias veces no; tal vez dos.

—Ya no eres un jovencito para trasnocharte.

—¿Trasnocharme yo? ¿Quién se pasa todas las noches contigo?

—Anoche llegaste tarde a tu casa.

—Porque un coronel amigo de mi padre me invitó a hablar con él en su oficina de la fortaleza. Luego, ya sabes, me brindó un trago y al poco rato otro. Cuando vine a darme cuenta, era ya de madrugada.

—¿Y de qué hablaste con el coronel? –preguntó Anna con cierto dejo de miedo.

—Si ni abrí la boca porque él habló todo el tiempo.

—¿Y qué te dijo?

—Bueno, habló de sus mujeres, de sus parrandas. Dedicó buena parte de la conversación para referirse al aprecio que le tiene a mi padre.

—¿Y cuál era su interés?

—Pues mira, cuando nos despedimos, me pidió que le contara a mi padre de nuestra conversación.

—¿Solamente eso?

—Me abrazó con el calor de un amigo de años, le echó una mirada a su entorno y me aconsejó que imitara en todo a mi progenitor. Luego fue conmigo hasta el automóvil. Él mismo abrió la puerta y la cerró. Cuando eché a andar la máquina, me preguntó:

—¿Por qué frecuentas tanto la biblioteca municipal?

—¿Yo?

—Sí, tú mismo.

Anna se levantó de golpe y tumbó un florero de porcelana, que se rompió al chocar con el piso. Yo, nervioso, me dispuse enseguida a recoger los pedazos. Ella se quedó quieta, mirándome fijamente.

—Deja eso, yo terminaré de recogerlo –musitó.

Pero no la escuché. Recogí y amontoné los pedazos y fui a la cocina en busca de una funda para echarlos. Cuando regresé, Anna había salido de la casa, y se paseaba meditabunda de un lado a otro del jardín, que con tanto esmero cuidaba todas las mañanas. Había un zafacón medio escondido entre cinco matas de rosa, y allí deposité la funda.

—Se supone que le dijiste la verdad –murmuró.

—¿Qué otra cosa si no?

Calló por un segundo, y luego me sorprendió cuando preguntó:

—¿Y qué le respondiste?

—La verdad.

—¿Cuál verdad?

—¿Qué te pasa, Anna? –le pregunté con tono de reproche.

—Cuídate de ese coronel –dijo ella, y entró en la casa.

Eran las diez de la mañana. Me adentré en el bosque y no volvimos a vernos sino al día siguiente. En la noche, recuerdo, pensé en el coronel, y me dio miedo.

Hoy he recibido, en sobre lacrado, unos escritos, como notas al vuelo, de Anna Lanfoster. Supongo que vino temprano a visitarme. Como yo no estaba en la casa, decidió dejarme el material debajo de la puerta de mi dormitorio. Ahora simplemente quiero reproducir en mis papeles cinco de sus escritos.

FUEGO DE DIOS: Y el hombre le dijo a la mujer: "¡En tu alma hay fuego de Dios! ¡Arrójate al piso y expulsa los demonios que inficionan tu sangre!". La mujer no le hizo caso, por el contrario, se le rio en la cara.

EL DEDO INVISIBLE: Estaba yo en el punto final de la distancia cuando vi tu sombra echa un mar de sangre. Un dedo invisible me llevó hasta ti. Traté de tocarte, pero ya te habías transformado en tierra seca.

ALUVIÓN NOCTURNO: Advertido, como estaba, de un posible aluvión en horas de la noche, no pudo dormir porque no sabía con certeza en cuál noche del año sucedería. Por eso, pienso yo, perdió el sentido de la oscuridad.

OTROS HABLAN POR ÉL: Callado, indeciso, huía hasta de sí mismo. Siempre le tuvo miedo a la palabra. En la escuela, cuando el profesor o la profesora le hacían preguntas de historia, los amigos respondían por él. No contestó a nadie una sola pregunta. Jamás dijo nada delante de otro. Fue ajeno a su propio pensamiento para que éste no lo delatara. Todavía, de anciano, otros hablan por él.

VERANO BOREAL: Jamás había percibido el olor del rocío, que hoy, al amanecer, se presentó ante sus ojos con los colores del fuego. De solo verlo empezó a sudar como polvo nacido y crecido en el desierto o como piedra desnuda próxima al sol, distante de la lluvia. Parpadeó, y las pestañas se le quemaron por el calor. Se le enrojecieron los ojos y nunca más volvió a dormir porque el verano boreal se apoderó de sus córneas. Desesperado, buscó agua por los confines de la tierra, pero todo era cenizo.

Un sonido de sirena, largo y rotundo, en medio de la noche. Varios militares se mueven con precisión y rodean la casa. Cinco golpes fuertes en la puerta principal. Una voz estentórea anuncia la presencia del jefe.

—Doctor Gengis, doctor Gengis, abra pronto. Ha llegado su amigo.

Desde mi habitación, escucho los pasos de mi padre. Prende algunas luces de la casa y corre a abrirle al militar.

El sonido de sirena desaparece. Un automóvil se detiene frente a la casa y se abren dos puertas. Murmullo afuera. Mi padre abre.

—Amigo querido –grita el visitante–, ¿no sabías de mi presencia en Puerto Plata?

—Lo sabía, pero pensé...

—Debiste ir a juntarte conmigo. No está bien que sea yo quien te visite siempre. La amistad se cultiva, así como el arroz o cualquier otro cereal.

Palmadas efusivas. Salí del cuarto a hurtadillas y me acerqué a la sala para ver al amigo de mi padre, y lo vi, pero envuelto en sombras medio difusas.

—Bueno, bueno, póngase cómodo –dijo mi padre, alegre.

—Ando rápido. Los compromisos me agobian.

—Ayer recibí de España un coñac especial. Le haría bien para el viaje tomarse un trago.

—Trabajo es trabajo, amigo mío. ¿Cómo está tu hijo?

—Creciendo.

—Salúdalo de mi parte. Y ya sabes, cuando tú necesites algo...

—Lo llamo.

—Así es, Gengis; así es.

Abrazos y pasos veloces. La sirena se expande por el bosque. Las dos puertas del automóvil, que permanecieron abiertas, se cierran ahora de golpe. Mi padre ha salido hasta el jardín. Apreté los ojos hasta que el eco de la sirena dejó de perturbarme. Vuelve la calma. Mi padre regresa. Cierra la puerta, mira a su alrededor, va al bar, próximo a la cocina, se sirve un trago de coñac, espira un fuerte aliento, y con la copa en la mano se pierde en su habitación. Respiré hondo, y aunque la curiosidad me intranquilizaba, no tardé en dormirme. Esa noche soñé con el amigo de mi padre. Lo vi delante de mí convertido en una masa gigantesca, oscura, que expelía sobre mi cuerpo un vómito gelatinoso y rojo. La masa me arropó por completo y desperté aterrorizado, pero en el sueño. Cuando me vio despierto, me extirpó las córneas. Grité y volví a la realidad. Luego, con los últimos cantos de la madrugada, el sueño se agazapó nuevamente en mis pestañas. Al día siguiente, mi padre no comentó nada de esta visita tan especial. Tampoco yo dije nada. Era un silencio obligatorio; un silencio que nos imponíamos de manera absurda nosotros mismos.

*****

Anna Lanfoster: 19 años, delgada y espigada, con esa cabellera llena de rizos rubios, con esos ojazos azules y alegres, con ese caminar casi divino.

Anna Lanfoster: conversadora, versátil, con esa voz hipnotizadora, con ese encanto en la boca, con esos labios dulzones.

Anna Lanfoster: audaz, vivaz, inteligente, con esas ideas luminosas, con esa pasión arrebatadora.

Anna, mi Anna Lanfoster: estrella que cuida de mis pasos y los guía.

*****

—Invertir en tierra y en casas es lo más conveniente –comentó Groster Lanfoster.

—Iniciemos juntos algunos proyectos –dijo mi padre.

—Mira, en las próximas décadas el negocio por excelencia en esta región será el turismo. Si compramos ahora tierra a poca distancia del mar, tendremos en pocos años una mina de dinero –dijo Groster Lanfoster con voz de soñador.

—¿Qué esperamos para adquirir una buena porción? –preguntó mi padre, dispuesto a iniciar la empresa.

—¿De cuánto dispones tú?

—Tengo dólares suficientes para invertir.

—¿Heredaste una botija?

—¿Lo dudas? –respondió mi padre, a punto de reírse.

—Dame una semana para pensarlo. Pero si quieres invertir por cuenta tuya, hazlo; es el mejor consejo que te puedo dar.

Anna y yo jugábamos cerca de nuestros padres. Ellos nos acariciaban el pelo y nos sonreían.

—No lo olvides –dijo antes de marcharse Groster Lanfoster–, la tierra será la garantía de nuestros críos.

El señor Lanfoster se esforzaba en hablar bien el español, y muchas veces mi padre y él se entendían en inglés.

*****

Si algo inquieta a Anna Lanfoster son los cálculos de Hume y los organigramas diseñados por mi padre, especialmente el de *Muerte en el filamento amarillo de la orilla indeleble*. Se pasa horas tratando de descifrar el contenido de estos textos, los cuales le fascinan cada día más. "Me han embrujado –confesó anoche– y no descansaré hasta descubrir su verdadero significado".

*****

Estamos preocupados porque hoy sufrió Anna un desmayo. Mi padre no perdió tiempo en verla y aunque no le encontró ningún trastorno funcional, nos dijo al señor Groster y a mí: "Debemos observarla durante las próximas veinticuatro horas".

—Como tengo mucho trabajo y ya Alejandrix es un hombre, le toca a él cuidarla –dijo el señor Groster con un marcado dejo de broma, y agregó, mirando a mi padre–: Si ella necesita algún medicamento, dímelo ahora porque iré dentro de un rato al pueblo.

—No hay necesidad de recetarle. A veces, hasta leer rápido puede producirte un desmayo, y esta muchacha ni para comer suelta los libros –comentó mi padre. Miró a Anna y le advirtió–: No más lectura por hoy. Debes fijar la mente y los ojos en el bosque, y no estaría mal, entrada la tarde, un paseo por el Atlántico.

Anna asintió con la cabeza. Al rato, nuestros padres salieron de la casa y continuaron conversando entre los árboles. Me acerqué a mi amada y le acaricié los cabellos.

*****

Han pasado los años y Anna jamás ha vuelto a desmayarse. Se ha hecho adicta a la Internet, y a los libros de autores griegos y latinos. Dedica mucho tiempo a la investigación y saca notas de sus lecturas. Las clasifica por tema y las guarda en un archivo de metal, como si las coleccionara. "La señorita Anna Lanfoster se volverá loca de tanto leer", murmuran en el pueblo. Quienes lo dicen, pienso, es porque detestan la lectura.

*****

—El aire está como rancio –dijo Anna.

—¿Rancio?

—Sí, rancio y pesado. Y huele a sangre.

—Tal vez hay un animal cortado cerca de nosotros.

—Ese olor no es de sangre animal, sino humana. Y es mucha la sangre.

La noche nos cayó encima mirándonos nerviosos y en silencio.

*****

—Hay hombres armados en algunas lomas –comentó Anna.

—Son aventureros –musité.

—¿Aventureros? No, son comunistas –aclaró mi amada, y añadió–: Se verían hermosos la hoz y el martillo en el cielo de la isla.

*****

Cuando Anna me entregó y leyó aquella nota de que *"no es el Nilo quien deslinda el Asia de la Libia; el Nilo se abre en el vértice del Delta, de tal suerte que vendría a quedar en el intervalo entre Asia y Libia"*, no sé por qué motivo imaginé que ella era el Nilo, y entraba en mí. Sí, la sentí como agua en mis venas. Al principio, era turbia aquella agua; al poco se aclaró y se volvió fuente de besos cristalinos.

*****

Anna no me habló ayer porque desde un tiempo acá se le ha metido entre ceja y ceja que salgo con una muchacha trigueña, con quien me han visto recientemente, según ella, en el cine. Pero Anna sabe que no suelo ir de noche al pueblo, y si lo hago, la invito a ir conmigo. Tengo una amiga trigueña, simpática y atractiva, no lo niego. Enviudó joven y vive sola en una casona victoriana. Ahora debe tener 27 años, pero conserva los atributos de cuando era adolescente. La he visitado tres veces; no más, lo juro. Se llama Ana. Así, Ana pelado, sin apellidos, como si no tuviera pasado. Ayer, por curiosidad, fui a visitarla, pero ya no estaba. "Empacó sus enseres y se fue a vivir al sur", me informó una vecina. "¿Y la casa?", le pregunté. La vecina tragó saliva en seco, se aclaró la garganta y dijo: "La vendió y se fue".

*****

Como no solemos contar nuestros secretos de vida, se van con nosotros a la tumba, y solamente los muertos saben de ellos. Nadie ha sido capaz de contar su vida tal como la ha vivido. De dos partes, desnudamos una; la otra la guardamos en el mundo del olvido.

*****

LAS TREINTA Y UNA PLAGAS DE DICIEMBRE

A Anna le ha encantado este título porque a su juicio recoge vivencias de mis antepasados. Cuando me escuchó decir "Las treinta y una plagas de diciembre" –lo dije con un halo de misterio– se abalanzó sobre mí, me abrazó por el cuello y me dio un beso largo en la frente, que yo hubiese preferido en los labios, aunque por la edad tal vez ya no estamos para eso. Se acomodó en mis piernas y me susurró al oído: Léeme las diez primeras líneas. Una vez complacida, me animó a leerle lo que seguía.

Día 1. Hora 15:00. Introducción a las plagas.

Cuando el niño se levantó del sillón como un hombre y cruzó el amplio escenario, supe que su voz era fuerte, y su discurso, fascinante. Se detuvo al lado del podio, se cuadró frente al micrófono y ante nosotros como un gladiador de la palabra y señaló hacia el fondo, donde en cada extremo había un cartel gigante: el del lado izquierdo representaba una silueta de un hombre grande y gordo, con un letrero en la frente, escrito con tinta negra, donde decía simplemente: EL ADMINISTRADOR; en el del lado derecho, había una figura semejante a una pitonisa, rodeada de vapores melifluos y hojas de laurel. Antes que el niño comenzara a hablar escuché, en lo más hondo de mi tímpano, su voz de oro. Dijo textualmente lo siguiente, como si su intención fuera la de emular a Paracelso: "Todas las enfermedades desde el comienzo del mundo han surgido siempre unas tras otras; de ahí que los pueblos les hayan dado el significado de flagelo o castigo divino. Por eso vengo a hablarles de las plagas de diciembre, que son, como sus días, treinta y una. A ellas dedicaré el tiempo necesario hasta desentrañarlas, y no tendré prisa en contarles cómo inciden en nosotros". Pero no era la voz del niño la que hablaba, sino la mía.

Me golpeé la frente con los nudillos de la mano derecha con la intención de superar este dilema, y mientras más lo hacía, más estridente era mi voz. Decidí mirar atentamente al niño. Tomé aire para calmarme. Él me buscaba con sus ojos negros y abría lentamente la boca. Sus palabras se posaban en mis labios, pero quien hablaba –repito– era yo. "¿Por qué hablar de plagas, niño mío?", le pregunté desde mi butaca. Mas él no me escuchó; no, no me escuchó. Tocó con el dedo mayor de la mano derecha el bordillo del micrófono, dijo ¡aló! tres veces y luego cantó. Sí, cantó porque anhelaba cantar y no hablar de plagas en diciembre. ¿De cuáles plagas iba a hablar en el mes en que la fantasía se vuelve azúcar y retoza con nosotros para apartarnos del dolor? Quería cantar, digo, y lo oímos cantar. Entretanto, yo seguía pensando en las plagas.

Volví a escuchar la voz del niño, que era, como antes, la mía. Y dijo, es decir, dije yo: "Las plagas de diciembre no deben asombrarnos porque son siempre las mismas. Las primeras plagas de esta época tuvieron su origen antes de aparecer el hombre en la tierra, y aunque para entonces los meses no tenían nombres porque el tiempo era simplemente tiempo sin horas, sin minutos ni segundos, a ciertos antropólogos y geólogos les dio por comprobar a cuál de nuestros meses corresponderían esas desgracias milenarias, y concluyeron recientemente en reseñar que, en efecto, aquel tiempo sería el equivalente a un mes de diciembre del calendario gregoriano". Súbitamente, la voz entusiasta y optimista del niño cantor se impuso sobre la mía.

—Demóstenes, dicen, bajaba al puerto de Falera a declamar al ruido de las olas para acostumbrarse a vencer la voz de su bramido —recordó y agregó, cantando—: De la tiniebla roja/ emanará el tormento/y signará/los caminos de la vida.

Él deseaba que yo escuchara cada palabra de su canción, pero mi afán por ahondar en las plagas de diciembre me impedía complacerlo. Decidí salir del auditorio y darle rienda suelta a mi inquietud. Solo cuando estuve lejos de aquella criatura me di cuenta de que las figuras del Administrador y la Pitonisa habían seguido mis pasos. Desde entonces, las plagas de diciembre se agolparon en mi mente y ahora, recién comenzado el mes, me ocuparé por separado de cada una de ellas.

Día dos. Hora cero. Primera y segunda plagas de diciembre: Jolgorio y letargo.

> *Jolgorio: fiesta, diversión, jarana.*
> *Letargo: (del gr. lêthê, olvido, y argos,*
> *lánguido). Med. Estado consistente en la*
> *supresión de las funciones de la vida y del*
> *uso de los sentidos. Fig. Modorra,*
> *enajenamiento del ánimo.*
>
> *

Cuando amanece azul cada mañana, la risa es de la tierra, del mar y del cielo; el jolgorio, no. El jolgorio es otra cosa, como lo es el letargo, tan distante del reposo y del sueño *(Anna Lanfoster).*

El silencio era sepulcral. No se movía nada, ni el viento. Y la luz del sol era tenue. Pero en cuanto la hora cero bostezó y marcó el primer segundo, se escuchó a lo lejos una bachata y enseguida un merengue, interrumpido por un reguetón y un anuncio estridente en la radio que incitaba a la gente a beber ron y cerveza desde temprano para celebrar la llegada de diciembre. Aquellos que aún dormían se despertaron alegres y sin lavarse la cara ni cepillarse los dientes salieron a la calle tal como estaban vestidos, en pijama y en paños menores, y vieron al Administrador, con su figura agigantada en el cielo. Sin avisar, instalaron en los rincones altoparlantes para anunciar el inicio de la fiesta navideña y la distribución gratuita de alcohol. Solamente la Pitonisa había leído en una piedra perdida en el tiempo que las plagas y las pestes son la respuesta de Dios a la conducta inapropiada de la humanidad, y aunque no le daba credibilidad a esta idea, tampoco la descartaba del todo y, por eso, alertó a los pobladores. Su voz, sin embargo, fue ahogada por las de los altoparlantes. "Desde ahora en adelante se acabó la amargura –se oía en los aparatos–. A gozar, señoras y señores, a gozar al ritmo de güira, acordeón, maracas y tambora. No al luto. No a la tristeza. No al pesimismo. El deleite es parte de la vida. Bailemos y cantemos. Bebamos hasta el último día de diciembre". Y la gente bebió, rio y bailó. "Los deleites se abandonan por causa de otro deleite mayor –vociferó la Pitonisa y sentenció–: De los deseos nacen los odios, las discordias, las sediciones y las guerras". Nadie la escuchó porque el jolgorio se había apoderado hasta del cielo. Pasadas las horas, cuando el sol languidecía, no quedó lugar en la tierra donde el silencio se guareciera. Todos los acordeonistas asistieron al jolgorio. Los guitarristas iban de bar en bar, de calle en calle, de casa en casa, y tocaban ritmos contagiosos. Las puertas de las iglesias se abrieron más temprano que otros días para celebrar en grande la fiesta. Los altoparlantes de multiplicaron como hormigas; las casas licoreras los instalaron en las esquinas y en los tejados, y consiguieron que el Administrador, tras recibir un fardo de papeletas, autorizara colocarlos en los edificios patrimoniales y en la cima de las lomas más altas. Las voces de los altoparlantes, impertérritas, seguían anunciando: "La fiesta recién comienza. Cuando entre la noche tiraremos a la calle miles de barriles de cerveza y ron". La Pitonisa elevó su voz para acallar las de los altoparlantes: "Tufo y sangre en la desdicha inicial. Catarsis en el rocío de los siglos. Escorpiones y garrapatas en la piel, y en los ojos garabatos de letras muertas", dijo, pero la gente había bebido demasiado y no la escuchó. Ya a las doce en punto de la noche, mujeres y hombres, y hasta los menores de edad estaban entontecidos. Al día siguiente, a nadie le fue posible comentar los sucesos del jolgorio. El Administrador, feliz, resolvió esconderse en su propia silueta.

Hora 20:00 del mismo día.

El primero en caer en el letargo fue un niño de cinco años, a quien su padre le había dado de beber dos jarras de cerveza. "Diciembre es diciembre y debemos celebrarlo con alegría", vociferaba el padre. Luego le siguió una anciana, quien coincidencialmente celebraba un siglo de vida y no vaciló en beberse a punta de boca una botella de ron. Cuando abrió la segunda para repetir la osadía, cayó redonda en el piso, que si no es porque un nieto suyo la hala por los cabellos se hubiera roto la cabeza. Resultó imposible determinar quién fue la tercera víctima de esta plaga, pues las multitudes se convirtieron en una sola masa, en un solo cuerpo. Así, cientos de jóvenes dormían tirados en las plazas públicas, descalzos y desnudos. Había condones por doquier y montañas de botellas vacías. Y había charcos de cerveza y ron en las aceras, y hasta en los altares. El Administrador seguía de cerca estos acontecimientos y no paraba de sonreír. La Pitonisa lo buscó con la mirada, se acercó a él y le dijo: "Garfios derretidos en tus andanzas oscuras. Fustas en tus huellas dilatadas. Del viento al mar, del mar a la llanura: serán estridentes los gritos de las piedras". El Administrador se rio a más no poder, se apartó de la Pitonisa y, para sorpresa de él mismo, bostezó con sueño. La gente fue presa lentamente de un insomnio tan profundo que se prolongaría hasta la hora 10:00

del tercer día. Durante esta plaga del letargo, chicos y grandes –
en especial, los grandes– olvidaron sus penurias, y la isla quedó
sumergida bajo los efectos del alcohol. Sin que nadie hasta ahora
haya asumido el compromiso de explicarlo, a muchos de los
pobladores les resultó imposible dormir con tranquilidad más
de tres horas porque tuvieron sueños insólitos.

Día 3. Hora 10:01. Plaga de las pesadillas.

*Pesadilla: Congoja, dificultad de respirar durante el
sueño.*

Sueño poblado de imágenes desagradables.

*

Cuando Anna Lanfoster escuchó la palabra pesadilla en
plural, comentó con naturalidad: "Suelen llegar a los hombres
como te lo enseñaré yo: nos rondan en sueños las imágenes de lo
que pensamos de día; recorren nuestras neuronas y ya no
tenemos control de ellas. Generalmente es así, y se volverá más
complejo con el tiempo" *(ver Los Nueve Libros de la Historia,
Libro VII,16: Alejandrix).*

Sueños horribles se arremolinaron en las neuronas de los
isleños, tal vez porque horas antes oyeron decir que el
Administrador había matado a machetazos a una mujer, a quien
luego desolló y colgó su piel en forma de odre en la cabeza de una
estatua de Cristóbal Colón. Ni los hombres de carácter
impetuoso despertaron del letargo. Hubo quienes estuvieron a
punto de despertar, es verdad, pero no se libraron de la pesadez
que les dominaba los párpados y las extremidades. Los sueños
fueron muchos, y, como dije, horribles. "Solo el sabio que
amputa y circuncida toda vanidad y error, vive contento dentro
de los límites de su naturaleza, sin dolor y sin miedo", dijo la

Pitonisa, apartada de la noche. Procesó otro pensamiento y lo pronunció enseguida: "El dolor del cuerpo se acrecienta cuando imaginamos la amenaza de algún mal eterno. Y el deleite es mayor cuando no hay tales temores". Hubo lluvia de hormigas, ranas y langostas gigantescas. Las hormigas se amontonaron en la piel de los niños; las ranas lamieron los ojos de los jóvenes y las langostas despedazaron los senos de las adolescentes. El Administrador gozaba estas imágenes con delirio infantil. De un momento a otro aparecieron ratas con tres cabezas y doce patas, y abrieron las fuentes maternales de muchas mujeres embarazadas porque tenían hambre de fetos. Millones de serpientes airadas persiguieron a infantes de dos y tres años, y cuando los atrapaban no vacilaban en tragárselos. La tierra se agrietó. En cada grieta apareció la silueta del Administrador al lado del archiconocido ojo de Dios que lo ve todo. Las hormigas le cayeron encima, y aunque no se atrevieron a propinarle picaduras, sí lo cubrieron por completo. Grandes y chicos, desamparados, intentaron escapar por entre las grietas, pero quienes llegaron hasta ellas se achicharraron en medio de un fuego implacable que los sorprendió, y que aprovecharía las hendiduras para salir del subsuelo convertido en lava y adueñarse de la tierra. Y el fuego se apoderó de todo lo vivo, hasta de las hormigas, langostas y ranas gigantescas, menos de la silueta del Administrador, que corrió a ocultarse a un punto secreto de la isla. Tampoco alcanzó a la Pitonisa, quien con honda tristeza veía los acontecimientos desde el cielo. Niños y adultos soñaron a la vez estas catástrofes. Luego, cuando la tierra era lava, algunos, quizá los más privilegiados o quién sabe si los más atrevidos y fuertes, vivieron sus propias experiencias. Así, una niña, violada por su padre dos días antes de cumplir diez años –ahora tiene doce–, soñó que un barreno le perforaba el vientre mientras un fantasma le extirpaba la vagina, y en lugar de llorar o pedir ayuda, exhortó al fantasma a acuchillarle el cuerpo. Por su parte, un anciano octogenario vio sus años fragmentados en medio de grandes llamaradas, que luego lo visitarían cada año convertidas en máscaras de terror. No tardaría en verlas a su lado, y oírlas decir a gritos. "Busca una mandarria y destrúyenos". Una noche, él buscó la mandarria y las destruyó de un golpe. Un joven despertó en medio de estas pesadillas y soñó despierto que la tierra estaba llena de animales prehistóricos, envuelta en una neblina roja. No obstante, divisó, en la boca de cada animal, cuerpos de niños famélicos. Deseó morir, sin darse cuenta tal vez de que la muerte jugaba un papel fundamental en esta tercera plaga de diciembre. Cuando los pobladores despertaron, muy pocos percibieron que sus sueños eran la expresión más fehaciente de la realidad que los abatía.

Hora 6:05 del cuarto día. Plaga de la mudez.

Mudez: Imposibilidad de hablar. Silencio deliberado y persistente.
Mudo, da: (lat. mutus). Privado del uso de la palabra.

*

En el principio, las piedras guardaron su silencio; al final hubo ruido y dislocadura *(para Alejandrix, de Anna)*.

Cuando cada uno trató de contar las pesadillas soñadas, ignorando que todos habían soñado lo mismo, se espantaron ante su mudez. Querían hablar, pero no podían. Había algo en el ambiente que les atragantaba, algo que ellos no estaban en capacidad de explicar porque ni lo veían ni lo sentían. Era algo misterioso, no había duda; algo insólito, jamás vivido por la población. Mientras más esfuerzo hacían para pronunciar una vocal o una consonante o, en última instancia, una interjección, no lograban decir nada. Se miraban asombrados y gesticulaban para comunicarse. Sin embargo, oían perfectamente los sonidos, hasta los más leves, como el zumbido pasajero del viento o el croar lejano de una rana, y ni qué decir de la anarquía de las ciudades, ya sumidas a la hora 6:45 de este cuarto día en una bulla infernal, la cual unida al estruendo de las bachatas, merengues y reguetones, y a los altoparlantes móviles que anunciaban por doquier los primeros baratillos de diciembre, espantaban al cielo. Por ello, la Pitonisa se vio en la necesidad de bajar a tierra y proclamar: "Del ruido a la muerte ya no hay distancia porque es lo mismo. Apaguemos esta vida y volvamos al silencio y a las claves verdaderas del sonido". El Administrador le respondió sin dejarse ver de nadie: "Mejor cuídate de la bulla incesante, sembrada y crecida hasta en los montes". Como los oídos de los pobladores se volvieron muy sensibles, su propia respiración les molestaba. Doce ancianas vestidas de negro subieron a lo alto de un campanario y tocaron las campanas para que Dios les devolviera la voz. Pero Dios no las escuchó, y ellas, desesperanzadas, unieron sus manos temblorosas y se arrojaron al vacío. Los isleños escucharon el golpe fatídico de aquellos doce cuerpos cuando cayeron a tierra y, creídos de que la voz les retornaría a las cuerdas vocales, decidieron hablar. Pero nada, la mudez se volvió más profusa. Quienes vieron a las ancianas lanzarse del campanario narraron con sus gestos la tragedia, ignorando que la misma se reproduciría en aquellas zonas donde hubiera una iglesia. Así, lamentablemente, a la hora 9:03 había más de trescientas ancianas muertas. Un pitazo rotundo sonó a lo largo y ancho del territorio. Los pobladores se calmaron porque lo interpretaron como aviso de que pronto estarían en capacidad de hablar. De súbito, apareció volando en el cielo el

Administrador, vestido de rojo, y escribió entre las nubes un mensaje, que solo quienes sabían leer interpretaron como presencia de Dios. "ID A LOS TEMPLOS", rezaba el mensaje, reproducido a la vez por los altoparlantes. Y la masa ignara corrió hacia los templos. Hombres y mujeres se dieron golpes de pecho hasta terminar revolcándose desesperados en el piso. La Pitonisa se escabulló entre la multitud y vociferó: "¡Lodo para los débiles!". Cuando ya a la hora 22:04 los pobladores creían que jamás volverían a hablar, alguien, un enano pelirrojo, oyó el grito de un niño recién nacido, y se alegró, porque si el grito era efectivamente de un niño había esperanza de recuperar la voz. Corrió en busca del grito y creyó que lo alcanzaría. Entusiasmado, olvidó la lógica del tiempo y del espacio, y se aferró nada más a ese sonido. Cuando la hora 24:00 estaba a punto de caer envuelta en esta plaga de la mudez, el enano encontró, en una cueva y solo, a la criatura. La cargó y la meció en los brazos, y dejó de llorar. Pero el enano no quería eso, pues con su silencio, pensaba él, se prolongaría el estado de mudez colectiva. A toda prisa, soltó al niño, y éste lloró otra vez. En el ínterin, el enano recuperó la voz, y ya, cuando no dudó en comprobarlo salió corriendo de la cueva y dijo eufórico: "Un niño nacido bendito me ha devuelto el habla. Si quieren volver a hablar, vayan a la cueva y adoren al crío como lo adoré yo". Y hasta el Administrador, en compañía de los jefes eclesiásticos, vino a verificar si estas palabras del enano tenían fundamento o no. Cuando los primeros en llegar a la cueva y en adorar al niño confirmaron que la voz perdida había retornado a sus cuerdas vocales con más vigor, rieron de felicidad. "Aleluya, aleluya, aleluya! ¡Viva Dios en las alturas!", cantaron al unísono. La Pitonisa, indefensa, recogida en sí misma, musitó: "El metal retumba en la lengua y corta los hilos bondadosos del aire".

Día 5. Hora: 00:01. Plaga de la risa.

Risa: (lat. risus). Movimiento de la
boca y del rostro que denota alegría.
Risa sardónica, contracción convulsiva
de los músculos del rostro que imita la risa.

*

"Estoy obsesionada con tus imágenes, Alejandrix. Las disfruto y, aunque te vienen de lejos, parecen de hoy y acontecerán siempre", me *dijo Anna Lanfoster cuando iniciamos la lectura de esta quinta peste.*

Los pobladores rieron y cantaron durante las horas restantes del día. Fue una risa general, con las mismas características en cada ser humano: larga, estridente, incontrolable y maloliente; esto último se debió sin duda a la cantidad de alcohol ingerido. Ellos mismos sintieron asco de aquel vaho y resolvieron buscar lugares abiertos para no infectar a los niños, que eran, en realidad, quienes más reían. Pese a la plaga de la risa, muchos corrieron hacia el mar. Allí estaba la Pitonisa, como una estatua ecuestre. Su voz retumbó en ecos: "Decisión de los cobardes. Del yodo a la sal apenas existe el llanto". Mas nadie entendió. Al rato, desapareció porque en el horizonte se abrió como un abanico la silueta del Administrador. Las olas golpearon los farallones con furia. Hubo quienes pensaron que el mar entraría a tierra firme y se tragaría sus pertenencias con todo y risa. No le advirtieron a nadie de la posible desgracia, y era lógico porque la risa no los dejaba hablar. Quienes llegaron al mar, lo vieron cubierto de sangre, y fue cuando la risa alcanzó más sonoridad. Cientos de niños se lanzaron al agua porque creyeron verla convertida en jugo de fresa o en refresco con colorante rojo. Entonces bebieron agua de mar y rieron entre las olas, que por acto de magia se calmaron y se unieron al coro de la concurrencia. "La bravura del mar nos despedazará", pensaron muchos. No solo lo pensaron; también vieron a los niños reír con más ganas mientras sus extremidades eran desprendidas por el impulso del oleaje. La pestilencia se multiplicaba como la risa. La gente, en su afán por detenerla, corrió hacia las llanuras más claras donde el viento nunca dejaba de soplar. Pero como ese día no soplaba viento en ninguna de las llanuras, los jóvenes decidieron escalar las montañas más altas porque allí el aire purificaría el mal olor. Nada impidió la pestilencia, la cual se esfumaría únicamente – ellos jamás lo sospecharon– con la desaparición de la risa, y esto aconteció al término de la hora en que la noche le da paso al día. Aunque reían de igual forma, la actitud de cada habitante frente a la risa era diferente, es decir, cada uno la asumió como algo personal, muy suyo (*podría resultar un ejercicio de escritura interminable describir el comportamiento de cada habitante en particular con relación a la risa, observación de Anna*). Finalmente, y con la intención de ilustrar a quienes no han pasado por esta experiencia, voy a hablar de tres casos que me llamaron la atención a lo largo de esta plaga. 1): un muchacho que no paró de vomitar lombrices; 2): una mujer embarazada que defecó una materia verde y dura, en forma de tótem, a las doce del día; 3): un anciano, que de niño soñó con surcar los aires, voló, voló y voló, y desapareció en las nubes. "Soltemos los remos de la ignorancia", proclamó la Pitonisa, emplazada ahora en lo alto de una loma. El Administrador, que no se movió del mar, completó la risa de quienes ya por falta de aliento manifestaban síntomas de cansancio.

Hora 00:45 del día 6. Plaga del escozor.

Escozor: (de escocer, del latín excoquere).
Sensación dolorosa como la de una quemadura.
Sentimiento que causa una pena o desazón.

*

—Sería interesante que introdujeras pasajes de la Biblia en algunas de esas plagas. La Biblia es la Biblia –dijo Anna, con un lápiz entre los dientes.

—Y estas pestes de diciembre son las pestes de diciembre –sentencié, y como no dijo nada, agregué–: Cada peste es de por sí algo semejante a un pasaje de nuevos libros sagrados.

—Hablo en sentido histórico.

No le respondí. Al rato, cuando sentí la presencia de un airecillo fresco en la cara, seguí leyendo el contenido de mis narraciones.

Después de tanta risa era lógico pensar que la mente de los pobladores se obnubilara y entrara, como de hecho entró, en una situación de tal incertidumbre que ya no tendrían conciencia de los acontecimientos anteriores ni de aquellos sucesos por venir. Este desenlace produjo en ellos una angustia jamás vivida. En cuanto la madrugada del día 6 apareció con sus primeros bostezos, sintieron una picazón anormal en la piel y en el alma. Solo cuando el día 7 dio visos de calma –pasadas las doce del mediodía–, sintieron cierto alivio. Al igual que la plaga de la risa, esta de la picazón se presentó con las mismas características en cada uno de los habitantes, y a todos les comenzó por el mismo lugar: por los dedos de los pies. Se trataba –eso creían los mayores al principio– de una simple rasquiña producida por algún polvillo propio del ambiente, pero al ver los pies de los niños llenos de sangre, no dudaron en pensar que eran víctimas de otra plaga. Esta de la picazón fue demasiado dolorosa. Quienes no lloraban ni se revolcaban en la tierra, se arrojaban encima bidones de agua. Muchos se desnudaron y se internaron en sitios distantes del aire dizque para ver si la picazón disminuía. La población, desesperada, buscó, para frotarse la piel, guayos, papel de lija y piedras pómez. Descarnados, lloraban su desgracia. Para colmo, los jóvenes no podían hacer nada por los niños ni por los viejos porque en ellos, sin que nadie pudiera explicar el fenómeno, la picazón era dos veces más fuerte que en los demás. A nadie se le ocurrió ir a trabajar, por supuesto. ¡Cómo, si todos, a la hora, tenían el cuerpo despellejado, como si alguien los hubiese acuchillado! A la hora 16:00, muchos se espantaron al ver el deterioro físico provocado por la picazón. Había quienes no soportaban ver sus brazos en carne viva y querían matarse porque no concebían que la picazón destruyera los órganos del placer. Algunas mujeres, prostitutas de oficio, al notar que sus senos daban miedo, se pegaron fuego con antorchas preparadas por ellas mismas. Quienes resistieron los embates de esta terrible plaga hicieron la firme promesa de vivir en paz con Dios y con los santos, y de permanecer tranquillos, alejados del bullicio y del vicio, durante los días siguientes de diciembre. Muchos, incluso, prometieron, y esta actitud disgustó bastante al Administrador, escuchar con humildad a la Pitonisa; pero al despertar el nuevo día, o sea, el día siete, nadie recordó su promesa.

Día 7. Hora: 20:20. Plaga de las mordidas.

Mordido, da: menoscabado, mermado.

Morder: (lat. mordere). Clavar los dientes en una cosa.

Liberada de miedo,

vengo a tus brazos a visitar la mañana

y a morder tu piel.

¡Cómo negarte que deseo convertir cada

mordida en peste de amor inagotable!

Texto de Anna Lanfoster, escrito la noche anterior.

Como no había sucedido nada raro a lo largo del día 7, la Pitonisa estaba satisfecha, y los moradores felices. El Administrador, por el contrario, lucía disgustado porque la gente en edad de trabajo hizo su vida normal, que es como sigue: levantarse sudoroso, con la rabia de no haber dormido bien metida entre las cejas, salir a buscar agua para asearse –nunca hay en la casa–, montarse desde temprano en las alas de la amargura, respirar pena y dolor en las esquinas y en todas partes, volver al hogar con las manos adoloridas y vacías, y esperar la noche con un pedazo de cartón en la mano para echarse fresco. No quiero hablar de otras particularidades porque no viene al caso referirme, por ejemplo, a si la gente lee o no un libro en medio de sus naturales calamidades, o si quienes estudian en horas de la noche están iluminados por la gracia de la energía eléctrica o por la nostálgica incandescencia de la luz de una vela. Igualmente, me resisto hablar de cosas desagradables como dónde defecan estos humanos, si en los patios o en los montes, o si cuentan con medios más modernos que los aleje de costumbres propias de animales. En fin, la vida de los hombres y mujeres de estos territorios soleados y de tempestades imprevistas, es lo más parecido al trajinar de un caballo de carga o de un burro, quienes sufren desde temprano. Todo transcurría normal, digo, pero cuando llegó la hora 20:20 un niño vio a un anciano desdentado buscando una dentadura postiza para morderse. El anciano, finalmente, encontró la dentadura y se la encajó con cuidado en la boca. Se trataba de un hombre alto, delgado y jorobado, que había pasado mucha penuria en su juventud. El niño, curioso, se le acercó y le preguntó por qué se mordía. El anciano sonrió con pena y no vaciló en decirle: "Me muerde el aire. También te morderá a ti y a quienes te vean. A ésos los morderá igualmente". "Pero ¿por qué?", preguntó el niño. El anciano no le contestó porque las mordidas eran en extremo salvajes y, aunque perdió el habla, tomó aire y le dio paso a un grito inicuo que se le aferró por horas a la garganta. A los pocos minutos sucedió lo mismo con el niño. Una mujer con siete meses de embarazo lo vio mordiéndose de manera inusual, se acercó a él y le preguntó por qué lo hacía. El muchacho le dijo lo que ya había oído en boca del anciano. Y, como éste, presa de las mordidas, gritó. La embarazada, enloquecida, se mordió ferozmente. En su caso, las mordidas, de tan profundas, le perforaron el útero y parió a destiempo. Ahora bien, lo más escalofriante fue cuando el feto, ya en el umbral de la vida, se mordió con rabia. Al verlo, la madre se espantó y estuvo a punto de morirse. Las mordidas se reprodujeron como las hormigas, y ya nadie, "ni Dios", según dijo la gente, escapó de ellas. El Administrador se encerró herméticamente en un tanque de aluminio para no contagiarse de este desenfreno. La Pitonisa se desplazaba lentamente por el cielo y lloraba de tristeza. Al día siguiente, calles, cañadas, patios y plazas públicas amanecieron llenas de carne humana. Pero con el sol de la hora 12:00 del día 8, todo desapareció, hasta las mordidas.

Día 8. Hora: 12:01. Plaga del robo.

Robo: Acción y efecto de robar.

Robar: (germ. Raubon; lat. rapere). Quitar lo
ajeno, hurtar.

Sinón. Despojar, desvalijar, estafar, saquear,
apropiarse, arrebatar, desposeer y hurtar.

*

Creo, como Séneca, que la virtud es el bien supremo. "Tus bienes están dentro de ti mismo y tu felicidad en no necesitarla. No temas a la pobreza: nadie vive tan pobre como ha nacido; ni al dolor: o cesa o se aniquila; ni a la muerte: es término o tal vez lugar de paso. No temas a la fortuna: le he quitado las armas con que podía herirte *(Anna ha dejado este texto entre mis papeles, "por si lo necesitas", subrayó. Hoy vino a visitarme más temprano que nunca, y antes de la lectura bebimos café y hasta oímos boleros).*

El octavo día de diciembre es complejo porque la gente quiere comprar de todo y no tiene ni un centavo a su alcance. El Administrador, quien por experiencia sabía de esta complejidad, decidió quedarse encerrado más tiempo en el tanque de aluminio para evitar ser despojado de su fortuna. La Pitonisa, que nunca ha tenido nada –hoy no lleva puesto ni un vestido siquiera–, optó por no bajar a tierra y sufrir ella sola la agobiante tristeza. Eso sí, tiene los ojos bien abiertos y ve cómo las tiendas, los supermercados, las plazas comerciales, los tarantines, los vendedores ambulantes... ofertan los productos navideños a precios especiales, pero como nadie tiene con qué comprarlos se dañan si son frutas o vegetales, o sencillamente pasan inadvertidos si se trata de prendas de vestir u objetos de uso doméstico. El más patético es el caso de las uvas, exhibidas en las calles desde antes de diciembre, sin tomar en cuenta si el monóxido las contamina o no. Es curioso ver cómo la gente pasa indiferente ante ellas y ante las manzanas y los dátiles. Hasta las nueces, que resisten con orgullo el paso del tiempo, pierden su encanto y terminan tiradas en los basureros. Por eso, no es nada raro que la plaga del robo amenace a diciembre a partir del día 8 –y el Administrador lo sabía–, pues "todo el mundo espera, pero se desespera". Así, cuando el reloj marcó las 12:01, una anciana pordiosera decidió perseguir a otro anciano porque le vio en el bolsillo trasero del pantalón una cartera abultada. Ella se le acercó, estiró cautelosamente la mano derecha y extrajo el tesoro ansiado. El viejo ni se enteró de lo que para él sería, al saberlo, una verdadera desgracia, pues en la cartera llevaba lo ganado a fuerza de sudor en dos semanas. La anciana abrió la cartera y vio la gloria cuando encontró una papeleta de mil pesos, dos de quinientos y seis de cien, es decir, dos mil seiscientos pesos en total. Compró uvas y manzanas, y se las llevó a sus tres nietos, ya grandecitos. Cuando ellos supieron cómo la abuela había conseguido llevarles las frutas, no lo pensaron dos veces para irse a la calle a emularla. Planificaron robos contra dueños de tarantines, quienes a su vez habían robado a otros compañeros suyos. Así, cada uno –por separado y en robos relámpagos– reunió más de tres mil pesos. Cuando el anciano –el de la cartera sustraída– se percató de lo sucedido, no vaciló en lanzarse a la calle a robar, pues sabía que de otra forma no iba a recuperar su efectivo. Llegó a un colmado y como si hubiera hipnotizado a los clientes y al dueño, quien momentos antes atendía afanosamente la caja registradora, recogió la plata ante la mirada atónita de los concurrentes, y desapareció sin dejar rastro. El dueño del colmado, turbado, tomó la decisión de ir a robar a otra parte. Igual comportamiento asumieron quienes presenciaron el robo. Y así hasta que los residentes, todos sin excepción, decidieron robar en lugar de vender. Atrapados en la algarabía de las ofertas navideñas, pero ya con dinero en los bolsillos, compraban hasta lo inimaginable, y cuando lo gastaban volvían a robar. Hubo quienes adquirieron alfombras persas, pese a haber vivido siempre en piso de barro, y arbolitos navideños más altos que el techo de sus casas, y aunque no tenían energía eléctrica compraron bombillas de colores para alegrarse la vida. Esta plaga del robo entró violentamente y no saldría jamás, pues conviviría en silencio, bajo el amparo de la ciudadanía, con las restantes plagas, cuyas veleidades, como veremos, suelen ser muy bellacas.

Día 9. Hora 00:55. Plaga del desorden.

Desorden: Falta de orden. Confusión.
Trastorno funcional.

*

Su aliento penetró vertiginoso en su boca;
su sombra, diluida en el vientre, estigmatizó su
destino. De haber estado yo allí, habría
detenido su impulso con mis dientes (Alejandrix, siempre
tuya: Anna Lanfoster).

La población se sorprendió porque la madrugada del día 9 despertó en medio de un desorden descomunal, y como los más inteligentes habían previsto que la práctica del robo se revertiría en contra de todos, prefirieron callar y montarse en el tren del delirio navideño, para lo cual era necesario que también ellos robaran. Avergonzados, porque eso de robar no es propio de la inteligencia –aunque muchos, con inteligencias excepcionales, lo practican a diario–, se cubrieron los ojos con plumas de gansos degollados horas antes por expertos carniceros. Quizá el uso de las plumas se relacionaba con algún mensaje futurista, pues bien podrían ser usadas por los inteligentes como plumas de escribir y narrar así los distintos episodios que incidieron en el desarrollo de esta nueva plaga. Para sorpresa de todo el mundo, la plaga del desorden se infiltró en la casa del Administrador –éste había salido en horas de la madrugada del tanque de aluminio– y en los edificios de las sucursales provinciales bajo su dependencia. Cientos de miles de hombres y mujeres vieron atónitos cómo millones de hojas salieron volando por las ventanas del recinto administrativo, surcaron los cielos y cubrieron varias iglesias pequeñas construidas durante las primeras décadas de la era colonial. Estas hojas no eran hojas cualesquiera, sino documentos de mucho valor y contratos multimillonarios con empresas extranjeras que habían convencido al Administrador de la necesidad de desarrollar programas arquitectónicos dentro del mar, cómodos y seguros, para atraer la atención de inversionistas de los cinco continentes. La Pitonisa, consciente de esas negociaciones, exhortó a la población a recoger dichos papeles para mostrarle al mundo los rasgos más sobresalientes del Administrador. Y aunque ella misma bajó a unirse a quienes estaban dispuestos a seguirla en esta tarea, no le fue posible apoderarse de una sola hoja porque estas emprendieron vuelo raudo, y en su trayecto se tornaron furiosas y resistentes como láminas de acero, y destruyeron cuanto encontraron a su paso. De súbito, el tránsito se paralizó a lo largo y ancho del territorio nacional: los automóviles, las guaguas y los camiones de carga se apiñaron; los animales corrieron asustados hacia zonas abiertas; las calles se llenaron de guijarros y desperdicios navideños, lo cual, unido a la paralización del tránsito, impedía a la gente trasladarse de un lugar a otro con libertad. Los niños no dudaron en subirse a los árboles, en cuyas ramas había por lo menos más sosiego que en las calles. A nadie, sin embargo, se le ocurrió ir a los templos porque en sus alrededores se habían formado montañas de enseres domésticos inservibles, que obstruían el paso. A las tres horas de haberse iniciado esta plaga, es decir, a las 03:55, los ojos de la madrugada notaron que podían convivir con ella, pues de cualquier manera los años y las horas transcurridos estaban signados por el caos, la expresión más elevada del desorden. Pasadas las 06:40 los trabajadores y trabajadoras reanudaron las labores cotidianas, sin importarles para nada ver en su derredor enormes vertederos de basura, ni caminar por entre ríos de excrementos. Total, así habían vivido siempre, sin conciencia de su realidad. Pero tampoco ahora les interesa saber hasta qué punto incide el desorden en la vida de cada uno de ellos. "De tu cuerpo a la sombra; de la sombra al abismo", dijo la Pitonisa, y quienes la escucharon se rieron.

Día 10. Hora 05:33. Plaga del vómito.

Vómito: (lat. vomitus). Acción de vomitar.
Vomitar: (lat. vomitare). Echar con esfuerzo
por la boca lo que había en el estómago.
*

—Anoche soñé con mi padre –le dije a Anna

—Y yo con el mío. ¡Qué coincidencia!, ¿no?

De pronto nos callamos y nos miramos fijamente, hasta tanto su mirada se diluyó en la mía.

"No diré nada porque igual hemos soñado lo mismo", pensé.

Tronó a lo lejos y comenzó a caer una llovizna fría.

—Me sonrió durante el sueño –dije al fin y agregué–: Estaba vestido como un emperador chino, con un manto rojo idéntico a una serpiente. Detrás de él había una multitud con lanzas largas dirigidas hacia el cielo.

Callé y Anna volvió a mirarme. Se mordisqueó los labios, achicó los ojos y dijo:

—Dos sombras cargaban en brazos una momia. La sacaron de un barco encallado en el mar Muerto y la trajeron hasta mí. "Es tu padre", dijeron las sombras. Y yo huí. Me perdí en el tiempo impreciso de la noche más oscura.

A la hora aquí anunciada, un niño de dos años vomitó en su cuna. La madre no había dormido porque estaba muy nerviosa y acudió a él enseguida. Al verlo, lo abrazó con ternura. De súbito, el niño volvió a vomitar. Y así diez veces más. Sin fuerzas, la criatura derramó sobre el pecho de la madre un hilito de agua amarillenta. Ella, asustada, corrió con él hacia el hospital más próximo. Al pisar la calle, se quedó atónita porque miles de mujeres, con niños que vomitaban en sus brazos, corrían desesperadas en busca de atención médica. Corrían alocadamente, igual los ancianos y hasta los tullidos. Todos corrían, digo, y vomitaban. El vómito colectivo se inició a la misma hora, la referida por mí. Cuando las primeras madres llegaron con sus hijos a los hospitales, y nadie salió a atender a sus criaturas, pues también los médicos y las enfermeras pasaban por el mismo trance, se echaron a gritar. Sin embargo, sucedía algo raro: las madres recién paridas y aquellas con hijos menores de tres años no se habían contagiado. Y como en el resto de la población el vómito no paraba, alguien le comunicó al mundo la situación de la isla y reclamó de las naciones grandes el envío de brigadas de científicos a estudiar y resolver el problema. Exigió que le explicaran por qué esas madres no eran atacadas por esta plaga. Las naciones más poderosas atendieron el llamado de esa voz, y a la hora 10:41 llegaron los primeros científicos, cubiertos con trajes especiales, para evitar cualquier contagio. A las dos horas de su llegada, instalaron laboratorios sofisticados en diferentes puntos del país. Pero los intentos fueron inútiles, y a la hora 21:13, por la complejidad de la situación, decidieron abandonar el proyecto y largarse lejos para no ser víctimas de este mal y evitar su extensión por el globo terráqueo. Pero, lamentablemente, cuando el último de los científicos emprendió vuelo, las madres con hijos menores de tres años empezaron a vomitar, y todas, en coro, culparon de su malestar a los que habían venido supuestamente a resolver la plaga. Suerte que a la hora 23:06 el cielo se nubló y cayó un aguacero. Las aguas se llevaron los últimos reductos de este flagelo. Salvo el Administrador, los contagiados salieron a mojarse, pues cuando vieron que el primero en salir y hacer contacto con la lluvia dejó de vomitar, no dudaron en seguirlo. Como el día 11 amaneció limpio, nadie se detuvo a recordar los embates recién vividos. Solamente la Pitonisa advirtió que los días siguientes serían más nocivos.

Día 11. Hora 09:52. Plaga del olvido.

Olvido: (lat. oblivium). Falta de memoria,
estado de una cosa olvidada
*

Si vengo de lejos y tú estás y no estás,
¿qué me pides que haga para prenderme de ti?
Es mejor ausentarme,
evitar la luz de tu transparencia,
siempre altiva y rebelde
cuando alguien la toca:
para Alejandrix, de su amada

(no sé cuándo dejó Anna este escrito entre mis papeles; presumo que fue ayer

antes de irse a dormir).

Las personas se despertaron temprano y en silencio, pero fue a las 09:52 cuando se percataron de que no recordaban absolutamente nada de lo sucedido el día anterior. Ciertamente, se levantaron con esa plaga del vómito en la mente y hubo quienes hablaron de ella con estupor y repugnancia, porque el vómito alcanzó tal dimensión que cubrió las calles, los caminos, carreteras, ríos, valles y montañas, y hasta las piernas de los habitantes. Muchos, para salvarse, se vieron en la necesidad de nadar. "Las heridas serán cada vez más profusas si no cambian de vida –advirtió la Pitonisa–. Pasado el olvido, el tiempo se ausentará de sí mismo". Nadie la escuchó, tal vez porque independientemente de que la plaga era general, cada cual quería narrar a su manera la experiencia vivida. Una mujer vestida de negro contó que alumbró tres criaturas hembras en un charco de vómito. "Cantaron –dijo–, pero cantaron como ancianas". Las recién nacidas se le escabulleron por entre las piernas. "No las encontré", contó la mujer vestida de negro. Un hombre gordo y de estatura gigante, con voz de barítono, le confesó al Administrador que mientras vomitaba tragaba a la vez vómitos ajenos. "Hasta engordé algunas libras", comentó. Una adolescente afirmó que vio la cara del asco e intentó matarse. "Aquello era demasiado desagradable para soportarlo", dijo. Y así cientos de confesiones. Pero, inexplicablemente, a las 09:52, cuando el Administrador le preguntó a un grupo de jóvenes de ambos sexos qué recordaban del día anterior, ellos se sonrieron, encogieron los hombros y levantaron los brazos para preguntarle a su vez de qué día anterior hablaba él. Aunque era un indicio de olvido, se trataba de una respuesta a todas luces filosófica, pues con lo dicho, el grupo pretendía negar la existencia del antes.

Pero entrar ahora en estas consideraciones sería demasiado traumático por el tiempo que nos ocuparía desentrañar esta idea y porque nos alejaríamos de lo que nos compete, es decir, del olvido. El Administrador se quedó medio alelado. De pronto advirtió que su pregunta carecía de sentido, pues a él también se le había olvidado el día anterior. Como una avalancha de aire que una vez suelto no puede detenerse, el olvido se incrustó en la mente de todos, y ya a las 12:21 nadie hablaba de la plaga del vómito porque no había de qué hablar. A partir de esta última hora indicada, los pobladores obraban como seres salidos de la nada; parecían autómatas, sin vida en los ojos. Sus labios eran piedras machacadas, carentes de palabras. Es como si con el olvido hubieran perdido igualmente la voz.

Día 12. Hora 05:16. Plaga de la prisa.

Prisa: (lat. pressa). Aprieto, apretada. Prontitud, rapidez... Ansia prematura.

*

Del bosque al mar el camino es oscuro; del mar al cielo riela una luz amarilla, y aunque son espacios con distancias diferentes, si la prontitud apremia no tendremos conciencia de lo recorrido: así quiero sentirte, corriendo hacia mí sin la atadura del tiempo. De Anna para Alejandrix: celebremos juntos la luz del nuevo día (con la entrega de estas palabras me acarició los labios con sus preciosas uñas, que hoy amanecieron pintadas de rojo).

Diciembre es un mes tortuoso, y en la medida en que avanza se torna despiadado. No es tan alegre como se piensa. Tiene clavos en los amaneceres y cuchillos cuando el sol se inclina para reverenciar la noche. La Pitonisa ha dicho hoy temprano: "Diciembre tiene cara de luto aunque parezca un payaso, y su caminar es lento pese a la rapidez que arrastra a las multitudes hacia las garras del consumo", pero nadie, como las veces anteriores, ha querido escucharla. El Administrador se levantó atento a los sucesos por venir en este duodécimo día, significativo en el mes porque quien no tenga pasadas las doce de la mañana a su alcance los medios para festejar la cena pascual –como es el caso de la mayoría de nuestros ciudadanos– será víctima de la desesperación y sentirá en la sangre la necesidad de resolver todo con premura. Pero la prisa, en este día, se presentó antes que la gente pensara en ella. En los campos, cientos de campesinos despertaron con el cántico de los gallos a la hora arriba indicada, y, como si el cántico repercutiera en las ciudades –quizá repercutió y no se enteró nadie–, los citadinos abandonaron sus hogares, y colmaron las calles en busca de dinero. Se sorprendieron de la prontitud con que hacían sus oficios y diligencias. Nunca, en realidad, habían caminado y hablado así. Estos moradores (lentos al caminar y de hablar atropellado tal vez porque bostezan demasiado) estaban sorprendidos de la urgencia que regía su vida. Los dueños de colmadones (*categoría de establecimiento comercial única en el mundo, pues sin ser bar abierto permite quitarle espacios a la ciudad para ser usados como tal por los parroquianos: aclaración de Anna*) y supermercados, ante el afán desmedido por vender sus productos, anunciaban, excitados, las rebajas del día. Las horas pasaban veloces y, aunque nadie adquiría nada, pensaban lo contrario. Ya a las 09:33 estaban roncos, y las cajas registradoras parecían ataúdes ante la ausencia de monedas y papeletas. Igual pasó en las tiendas ubicadas en las más grandes y concurridas plazas comerciales, y lo mismo en los colmados y ventorrillos. Extrañamente, sin embargo, los pobladores se desplazaban con más rapidez, pese a su cansancio. Los segundos y los minutos iban a la velocidad de ellos. La tierra no; la tierra giraba sin alterar en nada su ritmo normal; no así las nubes ni las aves, y no necesariamente por causa del efecto que dominaba la vida de los ciudadanos, sino porque el día había amanecido con amenazas de vientos tempestuosos. Por decreto administrativo, y así evitar accidentes, fue suspendido el tránsito vehicular –patanas, camiones, guaguas, carros, motos, bicicletas, triciclos, carretas y carretillas– por calles y carreteras, y el cruce de animales de carga –yeguas, mulos, burros, caballos y bueyes– por las avenidas, túneles y pasos a desnivel de la capital del país. Un joven recién graduado de bachiller y en contacto ya con varias universidades norteamericanas porque quería dedicarse a asuntos de la ciencia (aquí, en su tierra natal, imposibles de realizar), gritó con ínfulas de sabio: "Para detener la prisa deben estirar los brazos hacia arriba, hacia el cielo, y agitar las manos como si partieran moldes de hielo". Nadie entendió lo del hielo, pero todos lo obedecieron, hasta el Administrador, que lo observaba de lejos con cierta suspicacia. Y así pasaron las horas. Finalmente, la prisa, vencida ante el cansancio y el sueño de los afectados, desapareció al día siguiente, a la misma hora que había empezado el día anterior, a las 05:16, para darle paso a la plaga de la pesadez.

Día 13. Hora 05:17. Plaga de la pesadez.

Pesadez: Calidad de pesado. Pesantez,
gravedad.
Pesado: Que pesa. Fig. Tardo, lento.
*

î-Hubix + ç-Pubex + º-Cipriam +^`-Lulaf= Alejandrix
+Vick +

Aux + Timuyin + IX del Año Ruin + Kubilay + Hedor
a carne

quemada + Chistobexi + los Demás y Yo= DESNUDEZ DE LA

LÍNEA MUERTA (juego de palabras y signos de Anna Lanfoster).

Nadie quería creerlo, pero cuando la luz de la mañana se presentó en sus hogares y penetró en las alcobas, comprendieron que les resultaría difícil abandonar las camas y los catres, o sencillamente el piso donde muchos solían dormir. No querían creerlo, repito; por eso, al sentir la pesadez de sus extremidades prefirieron permanecer acostados e inmóviles. En términos reales, no pudieron reaccionar a tiempo porque la pesadez se les presentó una hora antes de las 05:17, cuando dormían profundamente. Olvidaron que a la humanidad le siguen ocultamente la aversión, el odio, los venenos, las espadas. "El hombre es un peligro –dijo la Pitonisa, como Séneca en su tratado *De la Clemencia*–; si no está rodeado por conspiraciones privadas, lo está por la consternación pública". Cuando el reloj marcó la hora 05:17, ya todos eran víctimas de esta nueva plaga, que a diferencia de las anteriores se manifestaba hacia dentro y hacia fuera, con síntomas de cansancio en el cerebro y con fuertes dolores en el cuerpo. Cuantos intentaron moverse entendieron la gravedad de la situación. Se me ocurre pensar que no les habría pasado esto si hubieran recordado que *las serpientes pequeñas se esconden y no se buscan públicamente, y que, si alguna traspasa el tamaño ordinario y crece hasta ser un monstruo, es capaz de infeccionar con su baba todo lo que encuentre a su alrededor.* Los ricos buscaron sus teléfonos móviles –generalmente duermen con ellos bajo la almohada– y llamaron a los principales centros médicos para solicitarles ambulancias, pero como en los hospitales públicos y clínicas privadas la situación de los médicos y enfermeras era igual de grave, no hubo respuestas a sus constantes llamadas. Pensaron en lo más malo, en que perderían la vida y con ella sus goces materiales. Se les ocurrió telefonear a instituciones de salud de distintos países, pero tampoco les respondieron. Los ricos, abatidos, se echaron a llorar. Ellos, ¡tan poderosos!, ahora no podían sobreponerse a este mal. De pronto sintieron ganas de convertirse en los seres más pobres de la tierra, esperanzados tal vez de que por vivir en la pobreza recibirían la bendición de Dios. En realidad, quisieron convertirse en pobres porque pensaron que esos seres infelices no serían diezmados por la plaga de la pesadez. Pero cuando llamaron a gritos a los sirvientes y cocineras y no vieron a nadie, ni oyeron voces respondiéndoles, supieron que la plaga no había dejado en libertad de moverse a ningún humano vivo. Ya pasadas las 07:20, sus residencias eran cascadas de lágrimas espantosas. Los pobres, sin embargo, no lloraron. Algunos, los menos, rieron a carcajadas. Total, tenían poco que perder. Dejar de trabajar un día no les significaba tormento ni amargura, pues era normal en ellos. Mientras las horas avanzaban, la pesadez se agudizaba. A las 14:06, debido a la pesadez, la gente apenas respiraba. Muchos no descartaron una asfixia universal, y los más optimistas se aferraron a la idea de que solo rezando se librarían de este flagelo. "Asistan a misa", le pidieron a la cristiandad. Y puesto que los clérigos y pastores del Señor pasaban por la misma situación, vociferaron: "Rece cada cual por su lado aquello de *si quiere venir en pos de mí, niéguese a sí mismo, tome su cruz y sígame, pues el que quiera salvar su vida, la perderá, y el que pierda su vida por mí, la hallará*". Es triste decirlo, pero ese día, cuando llegó la noche, los isleños se durmieron pensando en que jamás abrirían los ojos porque antes de dormirse el aire no se movía y, según ellos, estaría así por siempre.

Día 14. Hora 06:13. Plaga de la migraña.

Migraña (lat. hemicrania): Jaqueca.

Jaqueca: Dolor de cabeza intermitente que solo

ataca, por lo común, de un lado de ella.

*

—Deberíamos pasear por el bosque, aprovechar la claridad y la frescura del día.

—Si quieres, vamos al mar.

—El sol es mi principal enemigo. Nos lo advirtió el doctor, ¿lo olvidaste?

—Ese doctor exagera, no es como mi padre, que no le daba importancia a las enfermedades.

—Estas manchas desaparecerán de mi cuerpo, si evito los rayos del sol.

—Tu cuerpo, o sea, el mío.

El día comenzó alegre y luminoso. Había pocas nubes en el cielo y el aire circulaba limpio y templado. La gente, desde temprano, se preparó para salir a trabajar con entusiasmo, con planes de ganar mucho dinero, pues hasta los niños sabían que no había otra manera de celebrar la Navidad. "SIN DINERO NO HAY NAVIDAD ALEGRE", se leía en pancartas, colocadas por instrucciones del Administrador en calles, puentes y carreteras del país. Muchos hombres y mujeres vieron cuando la Pitonisa escupió con rabia algunos de estos carteles. "Representan el signo de la desvergüenza", la oyeron decir. Tan pronto aparecieron, los comercios y las calles estaban abarrotados de anuncios que atraían la mirada de los parroquianos y los estimulaban a consumir mercancías poco útiles. En realidad, para ellos fue una sorpresa ver qué bien se había iniciado el día. A la hora siguiente, un niño de cinco años, en una aldea lejana, sintió un leve dolor de cabeza y corrió a contárselo a sus padres. "Los niños no sufren de dolor de cabeza", comentó el papá. La mamá tomó en brazos al niño, lo meció en las piernas y le frotó la frente con las yemas de los dedos. Luego le susurró una canción de cuna, pero la criatura no mejoró, por el contrario, el dolor se le agudizó con la canción. A la madre le preocupó que mientras más le cantaba y le frotaba la frente, el niño redoblaba sus quejidos. A los pocos minutos, tras el papá salir del hogar y dedicarse a atender su conuco y buscarles alimentos a sus animales –tres vacas y cinco cerdos–, el niño pegó un grito fuerte. El techo de la casa tembló, y la madre se apretó la sien porque sintió un ardor incómodo en la frente. El padre, asustado ante la intensidad del grito, se olvidó del conuco y de los animales, y, preocupado, llegó de un salto a la casa y cargó a su hijo. La madre se ausentó por un rato porque le entró una sed infernal y necesitaba beber agua para no quemarse por dentro. No solo bebió agua; también se mojó el cabello. El padre seguía aferrado a la idea de que a los niños no les daba dolor de cabeza, y al escuchar el borboteo del agua se le ocurrió bañarlo. Le echó más de diez cubetas de agua fría, pero nada, el malestar no le escarmentaba. El padre, desesperado, salió a buscar hojas y raíces medicinales para prepararle un té. La mujer siguió al marido y, ya fuera de la casa, le gritó: "También a mí me duele la cabeza". Él le buscó el lado y le acarició la frente. "Entra y báñate con el niño", le dijo, y mirando a lo lejos se adentró en la maleza. Cuando retornaba a la casa, vio a los aldeanos correr y pedir ayuda. A él, en cierta forma, lo consideraban el mejor curandero de la aldea, fama que alcanzó después de haber sanado de pulmonía a un joven de veinte años. "¿Por qué corren?", les vociferó a los aldeanos, quienes al escuchar su voz se detuvieron de golpe. "La cabeza, se nos revienta la cabeza", dijo una mujer. Los demás repitieron al unísono lo mismo. "Como el aire ha absorbido emanaciones infectas de cañadas y pantanos, el dolor se le presenta a todo el mundo a la vez –pensó el hombre y declaró enseguida–: Estamos padeciendo los efectos de una contaminación mortal. Quizá se trata de una migraña de nuevo tipo". Al terminar de hablar sintió un martilleo implacable en la sien, se olvidó del hijo, de la mujer y de los vecinos, y corrió enloquecido por las honduras del monte. *Anna Lanfoster recordó aquellas palabras que Epicuro balbuceó al morir: Te escribo en el día más feliz de mi vida porque es el último. Son tales los dolores de la vejiga y de las vísceras, y ni qué decir de la cabeza* (esto lo añado yo, Alejandrix), *que nada puede acrecentarse a su crudeza".* Al día siguiente, el padre despertó temprano y oyó en una radio portátil, tirada al lado de la cama, que una migraña nueva se había apoderado de la población. Miró a su mujer y al hijo, y se quedó asombrado porque además de dormir sonreían. "Al parecer, el mal se ha ido", pensó. Se tranquilizó y la cara se le llenó de felicidad.

Día 15. Hora 05:40. Plaga de la sangre.

Sangre: (lat. sanguis). Líquido rojo que circula por los vasos

sanguíneos de los vertebrados y transporta los elementos

nutritivos y los residuos de todas las células del organismo.

*

"Jamás había sentido un calor como el de anoche. Me levanté varias veces de la cama y salí a la galería a indagar qué pasaba. Los árboles no se movían, y el cielo, de tan quieto, parecía muerto. ¿Sabes? Me asusté cuando observé los poros de la luna llenos de sangre", comentó Anna Lanfoster antes de entrar en la casa.

"En este entorno de pestes generadas por la conducta de tantos malvados, ¿quién puede conservar sano su cuerpo por mucho tiempo?" –dijo la Pitonisa. El curandero sonrió y observó los rostros de sus dos seres queridos, lejos de pensar que simultáneamente con esa sonrisa se iniciaría, en las distintas regiones del país, la plaga de la sangre, que él y su familia padecerían en horas de la tarde, y no desde temprano como ocurrió con la mayoría de los aldeanos. Ya a las 05:41 un fontanero, padre de nueve muchachos, había visto, en la cañería de su casa, varias gotas de sangre como de lluvia. Solo al tocarlas reconoció que eran gotas de sangre verdadera, y coagulada. Al rato, a poco de averiguar si en otra parte de la cañería sucedía lo mismo, encontró detrás de la casa, donde terminaba uno de los caños, no ya varias gotas sino un charco de sangre. Perplejo ante un acontecimiento de por sí inaudito, le echó una mirada al techo de la casa y estacó los ojos porque lo vio rojo. Alguien, recordó, le dijo en su infancia: "La sangre surgió de la sal". Esta idea la había hecho suya el Administrador, quien desde los primeros pasos del día proclamó a los cuatro vientos: "De la sal a la sangre es muy breve el camino. ¡Sangre, sangre, sangre! ¡Sangre, humedad y calor!". El fontanero pensó que si en el hombre predomina la sal, será sanguíneo; colérico si prevalece la amargura; melancólico cuando su influencia mayor corresponde a la acidez; o bien flemático cuando la dulzura sea la nota temperamental dominante. De súbito, corrió hacia dentro de la casa a buscar a sus hijos, aún dormidos; despertó a los tres mayores –de diez, nueve y ocho años respectivamente–, les dijo que cargaran a sus hermanitos, salieran de la casa y corrieran sin mirar atrás hasta encontrar una iglesia donde refugiarse. Los tres mayores siguieron al pie de la letra los consejos del padre y cuando este quiso alcanzarlos quedó atrapado en la furia de la imagen vista en el techo, transformada ahora en un brazo de mar ensangrentado. A los hijos del fontanero les sucedió lo mismo, pues cuando entraron en la primera iglesia, encontrada en su ruta, gritaron de miedo al verla embarrada de sangre. A las 16:35 no había un lugar libre del *líquido rojo que circula por los vasos sanguíneos de los vertebrados*, y fue precisamente a esa hora cuando el curandero tuvo noticias de la plaga. Él ordeñaba a tres vacas nacidas y crecidas en su propiedad cuando descubrió que era sangre y no leche lo que les salía de las ubres. De súbito, dejó de ordeñar, achicó los ojos, miró hacia la casa, llamó asustado a su mujer y a su hijo, y les gritó: "Corran hacia lo alto de la loma. Yo los alcanzaré cuando encuentre un lugar seguro para las vacas". Pero no encontró ese lugar para los animales, y la mujer y el niño no salieron de la casa por los oleajes de sangre que venían feroces hacia ellos. El curandero vio espantado cuando la sangre se llevó su casa y su familia. En las ciudades, las calles estaban inundadas de sangre, y la población no sabía qué hacer, si trepar hasta las ramas más altas de los árboles o encaramarse en las azoteas de los edificios o si nadar. De todas formas, quienes subieron a las azoteas no se le escaparon a la sangre, que ya a las 21:44 amenazaba con cubrirlas, y aquellos que decidieron nadar se vieron forzados a hacerlo hasta la hora 07:45, cuando, gracias al sol, desapareció esta plaga. Aun así, hubo quienes de tanto nadar siguieron braceando sobre el pavimento y entre la maleza.

Día 16. Hora: 08:00. Plaga de la mueca.

Mueca: (del francés antiguo moque "burla").
Gesto, visaje.

*

"Ayer temprano bajé a la ciudad y vi a un anciano vendiendo máscaras, cuando para esta fecha la gente solo vende arbolitos de Navidad. Acudí a él y le pregunté por qué ofertaba esas máscaras y no motivos navideños. El anciano me miró de arriba abajo como si dijera quién es ésta, y enseguida sonrió a sus anchas. "Llévese una de regalo porque tal vez la necesite", dijo. Y de regreso a casa, a mitad del camino, un niño me quitó la máscara y huyó con ella puesta en la cara", *comentó Anna Lanfoster, tirada en el sillón donde suele sentarse a escucharme.*

La gente se levantó temprano y, aunque era sábado, salió a la calle a hacer su vida normal. Por supuesto, hubo quienes, liberados del compromiso escolar de sus hijos, durmieron hasta avanzada la mañana. Esos no escucharon el intercambio de palabras que hubo a cielo abierto entre el Administrador y la Pitonisa. "Deformada andas por el mundo", gritó el Administrador. "Deformado estás tú. Mírate, ya no puedes con tanta avaricia", replicó la Pitonisa. "Te empecinas en confundir a mis clientes". "No, yo no; tú". "Déjalos en paz". La Pitonisa apretó los labios y desapareció. El Administrador la buscó sin suerte por todas partes. Entretanto, los trabajadores procedían como si los días vividos de diciembre hubieran sido normales. A nadie le importaba haber vivido situaciones como aquellas de la mudez, el escozor o el vómito, quizá porque la mayoría de la población se ha acostumbrado a vivir el minuto presente sin pensar en el pasado ni en el futuro. La razón es que para estos habitantes el pasado ha representado mucho dolor y amargura, y prefieren olvidarlo. Respecto al futuro, hay quienes entienden que será más funesto que el tiempo transcurrido. Pero la mañana se tornaría diferente cuando a las ocho en punto una joven, madre de dos hijos, le dijo al más pequeño –estaba desnudito el pobre–, que apagara el televisor, pues él sabía muy bien que ella le había enseñado a cepillarse los dientes inmediatamente se tirara de la cama, y que después del aseo bucal le seguía el desayuno y limpiarse de nuevo la dentadura, y así siempre. Como ese día el niño se había levantado con el diablo metido en la cabeza, le gritó a la madre que no iba a bañarse ni a cepillarse los dientes porque ya estaba cansado de hacer lo mismo. La madre respiró hondo y contó del diez al cero para controlarse y no maltratarlo físicamente, pero no vaciló en apagar el televisor. Él pegó un grito aterrador; ella se sorprendió y hasta tembló de miedo. Así, el muchacho se levantó y fue directamente a prender el aparato. La madre se repuso del susto, saltó hacia él y le detuvo la mano. Jamás olvidaría la mueca de ira que llenó la cara del crío. Se quedó estática, mirándolo por lo menos unos treinta segundos, sin notar que el gesto de su hijo se plasmaba en sus mejillas. El niño, al ver a la madre sobrecogida, se horrorizó y se fugó de la casa, desnudo como estaba, sin sospechar que su mueca se reproduciría al instante en el rostro de los demás pobladores. Y así fue, por donde cruzaba dejaba su gesto grabado en el aire, y este, de un zarpazo, se apoderaba del primer ser humano que se interponía en su ruta. El crío corrió veloz y en menos de doce horas le dio la vuelta al país. De tanta energía, cuando pasaba por un pueblo o aldea, su mueca se expandía vertiginosa y como fue la misma para todos conviene describirla para evitarle la molestia de preguntar por ella a quien desee investigarla: el ojo izquierdo rodado hacia la carúncula lagrimal y el derecho brotado, enrojecido; la nariz engurruñada y las cejas arqueadas; los labios en posición de soplar fuerte; las mejillas fragmentadas y la frente llena de furúnculos. Aunque era una mueca muy pronunciada, la gente siguió trabajando como si la ignorara. El Administrador, para evitar ser contagiado, se encerró en su oficina finalizada la discusión con la Pitonisa.

Día 17. Hora: 06:02. Plaga de la desdicha.

Desdicha: Desgracia. Gran pobreza, miseria.

*

Recuerdo la plaga de Justiniano, descrita por Procopius y divulgada por mi padre en sus "Apuntaciones sobre plagas, pestes y los mongoles". Cierro los ojos en ausencia de Anna, mi amada, y veo víctimas atacadas repentinamente por una fiebre muy alta. Al día siguiente, los típicos bubones –ganglios linfáticos hinchados, como explicara mi padre– aparecen en la ingle y las axilas. Muchos enfermos entran en coma, escuchan sonidos fantasmagóricos y hablan de su muerte.

Cuando el reloj marcó la hora arriba indicada, el Administrador enseñó los dientes porque se le zafó una sonrisa burlona y macabra. De pronto, una mujer se anegó en llanto, y enseguida otra, y luego diez más. Todas eran jóvenes y hermosas, y soñaban desde principio de año con la llegada de diciembre para casarse. Pero la suerte no las acompañó porque presentado este día, más largo que los faltantes, no vieron ni por asomo a un solo enamorado. Las doce mujeres prorrumpieron en llanto cuando las primeras luces del sol naciente cayeron en sus ojos. "¡Qué desdicha la nuestra, qué desdicha!", exclamaba la más joven del grupo, ignorando que cientos de mujeres y hombres anunciaban a los cuatro vientos sus amarguras porque habían hipotecado sus casas para celebrar en grande la Navidad, o empeñado muebles y objetos de uso cotidiano con el propósito de comprarles regalos a los hijos, y los más cogieron dinero prestado al diez por ciento para viajar al extranjero; en fin, hombres y mujeres endeudados hasta la coronilla a sabiendas de que concluido diciembre perderían sus pertenencias. En medio de este tormento apareció el Administrador y anunció su decisión de imponer una tarifa de multas similares a las que estuvieron de moda en el siglo XII, en Francia, para quienes no pagaran sus deudas en el tiempo previsto. "Quien dé a otro un puñetazo me deberá tres sueldos de multa; por una patada, cinco, y si sale sangre, siete. Quien saque un cuchillo o un revólver sin herir me deberá 60 sueldos y si hiere me los pagará en dólares", vociferó el Administrador. A partir de ese día impuso nuevos gravámenes y los cobró él mismo. Así, como Calígula en sus mejores tiempos, estableció un derecho fijo sobre los comestibles vendidos en la isla; exigió de los litigantes, dondequiera que se juzgase un pleito, la cuadragésima parte de la cantidad en litigio, y decretó pena de muerte contra quienes se probase que habían transigido o desistido de sus pretensiones; a los trabajadores de carga se les cargó el octavo de su ganancia diaria, y a las prostitutas el precio de una de sus visitas. Hasta al matrimonio se le pidió contribución. Y no conforme, creó un impuesto sobre la orina, como Tito, el hijo de Vespasiano. Pero nadie sabe cómo comenzó esta plaga de la desdicha. "Si conocemos la naturaleza de las cosas nos libramos de la superstición, nos libramos del miedo de la muerte, y no somos aterrados por la ignorancia, engendradora de horribles fantasmas", gritó la Pitonisa desde una zona invisible *(ya Cicerón había escrito algo parecido: Anna Lanfoster)*. Alguien relacionó esta plaga con la desaparición de un anciano, quien había vaticinado que tras su muerte la desdicha se propagaría por los cuatro puntos cardinales de la isla. Así, con su ida al otro mundo, el cielo se volvió gris y se derramó sobre la tierra una llovizna metálica, que al contacto más leve cortaba. La gente corrió amilanada a esconderse bajo los techos de las casas de mampostería, y solo quienes actuaron a tiempo no fueron heridos por la llovizna. Tristemente, la inmensa mayoría no encontró cobijo sino en casas con techos de cinc, y los más desdichados en viviendas techadas de paja. "La plaga de la desdicha se inició cuando una niña rompió una muñeca que le había regalado su madre como anticipo de los Reyes Magos", opinaban otros. "Yo no la quiero tan fea", gritó la niña, según cuentan. La madre prorrumpió en sollozos porque la hija no le daba méritos al esfuerzo hecho por ella para regalarle el juguete, pues le costó la mitad del sueldo que devengaba. "Eso está bien que te pase por dártela de rica", le dijo una vecina a la madre. Y la madre le respondió llorando: "Todos los días me pedía esa bendita muñeca". El colmo de la desdicha de la madre se produjo cuando vio a su hija rajar por la mitad con un cuchillo a la muñeca. Pero tampoco esta historia puede creerse a ciegas, pues muchas otras consideran que la plaga reseñada se originó de manera totalmente diferente. Había quienes maldecían las estrellas porque las culpaban de su desdicha y de crear enfermedades crónicas. "Cuando una estrella fugaz cae presagia muertes repentinas y enfermedades mercuriales durante ese tiempo y ese año, tales como manchas en la piel, costras, picores, grietas, úlceras secas, húmedas, fluyentes, purulentas; o heridas ambulantes, pasajeras, corrosivas, cancerígenas, profundas, pútridas, secas", entendían estos. Para otros, la desgracia estaba estrechamente relacionada con la desesperación que le entra a la gente cuando la fiesta pascual está al doblar de la esquina y no cuentan con dinero para celebrarla. Esta desesperación le destroza el alma al más fuerte y solamente el dios dólar puede aplacarla. De no satisfacerse deviene en desdicha. Por eso, no era nada raro escuchar en boca de cientos de empleados públicos su disposición de vender cheques por la mitad de su valor. Se lo gritaban al Administrador, y este reía a carcajadas, complacido. Alguien creyó escuchar la voz de la Pitonisa, cuando decía: "El espíritu sufre y tolera por sí mismo iguales enfermedades que el cuerpo, no lo olviden. Allí donde sufre el espíritu, el cuerpo sufre también, y muestra a la vez las perturbaciones de aquél. Nosotros estamos compuestos por azufre, mercurio y sal". Así las cosas, a las 21:16 la gente, al sentirse desdichada, se propinaba garrotazos en el tórax y en la cabeza, y se arrancaba la piel. Muchos maldijeron el día y la hora en que nacieron. En este grupo se encontraban las doce muchachas que anhelaban casarse. Las hallaron muertas, tiradas en una calle de una ciudad polvorienta y abandonada. Ya decía la Pitonisa que no era posible vivir dignamente, si no se vivía conforme a honestidad, sabiduría y justicia *(palabras textuales de Epicuro: Anna Lanfoster)*. "¡Espadas y cruces en la espalda! ¡Espadas y cruces en la boca y en la frente!", gritó la Pitonisa.

Día 18. Hora 07:04. Plaga de las deudas.

Deuda: (lat. debita). Lo que se debe.

*

—Hay problemas en la ciudad. La gente está disgustada porque no recibe agua, y apenas le dan luz, y la poca que les llega es muy cara –comentó Anna.

—Es el mismo problema en cada pueblo del país.

—La escasez de agua está a punto de desatar una epidemia de alcance nacional. ¿Te imaginas que de pronto comiencen a morir niños por falta de agua potable?

—Para qué imaginármelo si es una realidad. La realidad se vive, no se imagina; tú puedes, eso sí, imaginar a partir de ella. En los últimos años han muerto decenas de niños por falta de agua tratada.

—Ya es una peste, entonces.

—Sí, una peste vieja.

—¿La incluirás en tu lista?

—Será parte del todo. No olvides que los problemas de esta isla son reales aquí y pura fantasía en las naciones organizadas.

Aunque los isleños suelen estar endeudados durante los doce meses del año, no les fue posible evitar el acrecentamiento de sus penas cuando vieron aproximarse la Navidad con múltiples contratiempos. Para ellos, la razón más grande en la vida para sentirse preocupado es estar enfermo de gravedad, no deberle dinero a un banco, a una financiera o a una persona en particular, o la de verse en la obligación de tomar dinero prestado a alguien a quien ya se le debe, pues esta cadena tiene un límite, como también lo tiene el no pagar nunca la deuda completa, sino abonar a esta los intereses correspondientes al vencimiento convenido en el contrato, sea verbal o escrito. Muy bien dijo desde temprano la Pitonisa: "Una modesta fortuna le basta al sabio *("tal y como lo anunció Epicuro", agrega Anna)*, y para vivir en paz con el prójimo y con uno mismo no conviene caer en las garras del vicio ni del consumo". Como ya era costumbre, nadie la escuchó. Sin embargo, una buena parte de la población adulta amaneció aturdida porque le tocaba pagar antes del mediodía intereses exorbitantes, y para cumplir con su compromiso contaban solo con la fórmula de siempre: seguir endeudándose. Así, en cuanto amaneció, los bancos y las financieras, y hasta los prestamistas callejeros, que por esas rarezas de la vida se enteraron con anticipación de que el día abriría con esta plaga de las deudas, se unieron a la voz del Administrador para corear con él, tras la aparición del sol: "Hay dinero disponible hasta para los más infelices". No obstante, advirtieron de manera categórica que los malos pagadores pagarían, en todo caso, en las calendas griegas. El anuncio fue efectivo. Por primera vez, las familias de clase media veían azoradas cómo los pordioseros hacían filas para solicitar préstamos. "A nadie se le ocurrirá cobrarnos los intereses —pensaban ellos— porque solo podríamos pagarlos con la vida, y ningún prestamista querrá vernos muertos". Los pordioseros estaban equivocados: quienes suelen prestar no son tontos y conocen cientos de artimañas para que el deudor pague. Quien se crea capaz de engañar a un prestamista o a un mercader está cien por cien equivocado. Todo el mundo, de clase media alta para abajo, recurrió a los préstamos del día, que por su demanda fueron excesivamente onerosos. Los banqueros y prestamistas se constituyeron en auténticos verdugos contra los solicitadores de préstamos. Al notar la avalancha humana, iniciada a la hora 07:59, notificaron que el plazo para pagar los nuevos préstamos era hasta la medianoche. El gentío ni se enteró de esta medida, implícita en el contrato. Alguien se lo dijo a una de las amas de casa endeudas, quien a su vez se lo informó a otra, y esta siguió difundiendo la noticia hasta que llegó a oídos de los sordos. Ya era tarde cuando la mayoría se enteró, pues apenas faltaban veinte minutos para que el reloj marcara la hora 00:00. Lo siguiente es mejor ni contarlo, que de espanto está lleno el mundo, pero jamás como el vivido por la población de esta tierra pasada la hora señalada para pagar las deudas adquiridas a lo largo del día. Olvidaron que coger prestado para hacer fortuna es la mayor de las esclavitudes. Cuando los pordioseros vieron que un prestamista desnudó a uno de los suyos, en el centro de una plaza pública contigua a una iglesia de la época colonial, y lo cortó por la mitad con una sierra del siglo pasado, y lo despedazó y almacenó su carne en un frigorífico móvil para llevarla a otra localidad y ofertarla como carne de chivo, decidieron unificarse y asaltar las casas de los ricos, donde robarían diamantes valiosísimos, y como los venderían por nada, seguirían robando hasta saldar las deudas adquiridas. Este plan de los pordioseros terminó en tragedia colectiva. Aunque no se contaron los muertos, debemos suponer que los ricos mataron a muchos de ellos y los tiraron al mar para no dejar huellas de la atrocidad. Con el resto de la población sucedieron cosas parecidas. Quienes sobrevivieron, decidieron pensar, para no interrumpir la alegría de la fiesta navideña, que lo acontecido era el fruto de un sueño, que ellos habían visto despiertos. "¡Qué pena, ni despiertos ven lo que deben ver!", retumbó en el aire la voz de la Pitonisa.

Día 19. Hora: 06:13. Plaga del pesimismo.

Pesimismo: Opinión de los que piensan que todo es malo en este mundo. Propensión a juzgar las cosas desfavorablemente.

*

Homenaje al Dr. Gengis Vick-Aux

Nacimiento del rojo en la herida del verde: Sss. SSSdespacio

Salud alborotada en el cielo borrascoso (MRP+z) x Ruta indescifrable y presa de la ira (VcÑ) x cardúmenes muertos en el radial de la hora imprevista= Hojas desteñidas en el umbral del viento.

Dioses desterrados en el albur del milenio que cayó abatido ante su propia insidia +
Insignias del destino embarradas de lodo y sangre +
Tormento en la oscuridad que habrá de ser eterna sobre los siglos=
Guarda silencio, si quieres que la luz penetre en tus ojos.

Anna me entregó este texto junto a un ejemplar bastante deteriorado por el tiempo de Leyes de Manú, editado posiblemente en España, a finales del siglo XIX. Tendré con qué entretenerme esta noche y quién sabe si pueda descifrar el contenido de este organigrama, tarea que no he resuelto a la fecha con aquellos elaborados por mi padre.

A cinco días de la Nochebuena y sin perspectiva de solucionar los grandes y graves problemas económicos, el pesimismo se apoderó de la población, y el silencio era tal que las ciudades y las aldeas parecían cementerios. "Probaré el origen de sus males", les dijo la Pitonisa a varios muchachos que merodeaban cabizbajos y tristes por la periferia de una plaza pública desierta, imposibilitados de trabajar y producir el dinero necesario para celebrar como Dios manda la cena del veinticuatro porque hasta los grandes comercios habían cerrado por los endeudamientos del día anterior. Ante esta situación, los pastores de Cristo decidieron avivar los ánimos de la gente, abandonaron los templos y salieron a la calle con altoparlantes a vocear: "¡Viva el Señor! ¡Viva la Madre de Dios! ¡Vivan los ángeles y los santos! El pesimismo es obra del diablo; ¡desterrémoslo del país!". Pero la ciudadanía no asimiló estas prédicas y nadie se detuvo a persignarse. Los religiosos volvieron a los templos pensando en que la gente quería entrar en ellos y refugiarse en el misterio de sus altares, mas sucedió lo contrario: quienes pasaban frente a las iglesias ni las miraban. Minutos antes del mediodía, cuando el frescor de la mañana se había fugado para no ser embestido por una ráfaga de viento proveniente del mar, los religiosos volvieron a ocupar calles y plazas, y difundieron a viva voz el último mensaje del Señor: "Los pecadores no llegan a la morada de la salvación". Dos hermanos gemelos, ambos de seis pies de estatura, se acercaron a uno de los religiosos, le arrebataron el altoparlante y lo rompieron. El cristiano abandonó la zona. Los hermanos se pusieron de acuerdo en perseguirlo. Tras agarrarlo, le dieron mordidas y lo estrangularon. La noticia del crimen se difundió rápidamente. Los religiosos, asustados, volvieron a sus lugares de rezos, donde se impusieron castigos y sacrificios mayores, en un nuevo intento por vencer y erradicar el pesimismo, y así evitarse el trauma de tener contacto con el infierno. Allí se recogieron y no volvieron a dar la cara. El

Administrador, quien tantas dádivas aportaba a su causa, les ordenó intentarlo de nuevo, ya que solamente ellos estaban en condiciones de salvar a la patria de un desastre mayor. Por supuesto, los asesores del Administrador veían venir este desastre en las próximas horas, y como ya no tenían calidad moral para dirigirse al pueblo, que con su pesimismo al hombro los acusaba de sus pesares y amarguras, creían a fe ciega que su último recurso eran los pastores de Cristo. "Digan a los infelices que si algo nos horroriza y nos hace temblar es para bien de ellos mismos", les sugirieron a los religiosos, quienes, aunque el Administrador volvió a tentarlos con dádivas millonarias, esta vez se comportaron con más sensatez y no lo complacieron, ante el temor de que si salían de sus refugios corrían el riesgo de ser estrangulados por los hermanos gemelos. Frente a la gravedad del problema, el Administrador decidió hablar a la nación a través de la radio y la televisión, y dijo: "La pobreza dignifica y debemos aprender a sufrir la ignominia con paciencia". Desde la aparición de la cara del Administrador en la pantalla, nadie dudó en pensar en que era presa de un pesimismo mayor que el de la ciudadanía. Su aparición incrementó el pesimismo, que devino, ya a la medianoche, en lágrimas ominosas.

Día 20. Hora: 5:21. Plaga de las visiones.

Visión: (lat. visio). Percepción por medio del órgano de la vista: desórdenes de la visión.

*

Le he echado una ojeada al libro de Manú (reputado como el más antiguo legislador indostánico) y he encontrado unos párrafos que bien servirían como introducción a la plaga de "las deudas", correspondiente al día 18, y por su importancia los transcribiré:

151. El interés de una suma prestada, recibido de una sola vez y no por mes o por día, no debe sobrepasar el doble de la deuda; es decir; debe ascender a una suma menor al capital reembolsado al mismo tiempo; y tratándose del grano, de los frutos, de la lana o de la crin, de las bestias de carga, prestados para ser pagados en objetos del mismo valor, el interés debe, cuando más, elevarse hasta quintuplicar la deuda.

152. Un interés que sobrepasa la tasa legal y que se aparta de la regla precedente no es válido; los Sabios lo llaman procedimiento usurario; el que presta no debe recibir, cuando más, sino cinco por ciento.

153. Que el que presta por un mes o por dos o por tres a cierto interés no reciba el mismo interés por más de un año, ni ningún interés desaprobado, ni el interés del interés, por convención previa, ni un interés arrancado a un deudor en una situación de apuro, ni ganancias exorbitantes de una prenda cuyo usufructo reemplaza al interés.

A esta hora, los pobladores despertaron al mismo tiempo, y para asombro de ellos vieron visiones pronosticadas por la Pitonisa. "Soñarán con brumas misteriosas. Los niños y los viejos hablarán de ellas con regocijo. Estimulados por su poder alucinógeno saldrán a las plazas públicas a describir sus particularidades", había anunciado ella. Lamentablemente, nadie quería escuchar al otro porque cada uno tenía ganas de contar las visiones a su manera. Aunque las imágenes vistas por los jóvenes habían sido soñadas, estaban sustentadas –y así lo reconocieron ellos– en años de desesperación y amargura. Es decir, no eran cosas de la imaginación, sino el resultado de una vida azarosa. Así, cuanto sueñan, de una forma u otra ya lo han vivido. Cuando mencionemos algunas de las visiones recogidas, como haremos enseguida, podría pensar el lector –sobre todo si nunca ha estado en esta isla– que se trata de un ejercicio de ficción. Pero no, en verdad todas, sin excepción, proceden de la realidad negada.

Visiones de un niño de tres años: En el aire, un chorro de leche se vuelve lazo de estiércol; entre los labios de la criatura hay una tetera rota prendida en fuego; cien niños como él caminan descalzos sobre trozos de vidrio; una rata gigante devora los senos de dos adolescentes.

Visiones de una niña de seis años: Caen piedras sobre su cuerpo desnudo; dos culebras venenosas se le enredan en las piernas; hay un gemido en su boca ahogándola y una llama quemándola; el cielo está aterrado; gritos de espanto por doquier; la niña cierra los ojos cuando un puñal le raja el cuerpo.

Visiones de un muchacho de 12 años: El Administrador y sus funcionarios tienen alas doradas y vuelan sobre un manto de nubes grises. Le arrojan al muchacho cajas llenas de ratones muertos; él quiere moverse y no puede porque está atado a algo invisible que le roe la piel; un perro con una sola pata lo mira de soslayo; alguien, que perdió hace años las piernas, los brazos y el ojo derecho, lo observa con amargura; un murciélago agoniza en un charco de petróleo.

Visiones de una muchacha de 16 años: Está frente al mar y todo lo ve rojo, hasta el salto de las olas; una montaña de huesos humanos surge en el horizonte; rascacielos llenos de barcazas destartaladas; aviones rotos en el espacio oscuro; detrás de un lamento, se ha ovillado la virginidad perdida.

Visiones de un hombre de 30 años: Una ratonera le atrapa la lengua; dos espadas amarillas le atraviesan los pies; una cruz vieja se le clava en la cara; el puño de un verdugo le golpea el cráneo; un dedo como cuchillo le corta la nariz.

Visiones de una mujer de 40 años: A su lado derecho hay una choza pintada de gris; mira hacia atrás y descubre que no hay nada, absolutamente nada; se mira a sí misma y no sabe si es ella.

Visiones de un hombre de 72 años: Tres muertos (dos hembras octogenarias y un varón nonagenario) rezan por él; está dentro de un ataúd metálico, al cual le falta la tapa; en su cabecera hay una gata recién parida; una lechuza lo mira, y un perico, con ínfulas de humano, ríe a carcajadas; frascos de medicamentos fuera de uso; una jeringuilla con boca de anaconda se los traga.

Visiones de una mujer de 75 años: Es ciega y no tiene carne; con los brazos abiertos busca una gota de agua en el inicio del día; en su entorno nadie quiere mirarla; un grito corre apresurado y ella va en busca de él hasta alcanzarlo.

Día 21. Hora: 06:05. Plaga de las absurdidades.

Absurdidad: Calidad de absurdo.

Absurdo, contrario a la razón.

*

Consejos de Anna para Alejandrix,

escritos en el duodécimo día lunar:

día de las tres partes oscuras.

"Espero que los cumplas porque de lo contrario renacerás en forma de puerco; te lo digo yo, tu Pitonisa", leo en una nota enviada hoy temprano por mi amada.

ESTOS SON LOS CONSEJOS:

Ayunas todo cuanto puedas en estos días porque el alimento que comas se tornará secreción serosa, sangre, médula y huesos; pon guirnaldas odoríferas alrededor de la casa para honrar a tus antepasados y alejar de tu entorno males posibles; es prudente no mirar el sol durante su salida y su puesta para no ser cegado por la luz; huye de ti mismo si te tiembla el ojo izquierdo porque es un presagio funesto para el hombre, como lo es para la mujer si le tiembla el ojo derecho (¿crees que Cipriam ignoraba estas indicaciones?, pregunta Anna).

Atrapados en su afán por contar las imágenes percibidas en la noche del día 20, los habitantes amanecieron en vilo. Ya antes, cuando la luz del nuevo día marcó el final de la madrugada, muchos de ellos no sabían si lo narrado era fruto de aquellas visiones o de las absurdidades tejidas por los pasos de su vida cotidiana: grifos de donde ha huido el agua y ronca el aire; tendido eléctrico en la cabecera oscura de la muerte; carreteras abiertas en medio de cruces silenciosas; la lluvia como signo de luto; el silencio escondido en la faz del espanto; nubes tiznadas de melancolía; noches atrapadas en el insomnio brutal de la locura; gritos redivivos al pie de las montañas; valles heridos en la confección de cada tambora; ríos desterrados en la superficie abrupta de la sequedad; rezos de muerte en el paladar del hambre. Esto no es todo, por supuesto, pues si intentáramos clasificar las absurdidades, comprobaríamos la imposibilidad de la tarea. Aunque los hombres, es sabido, diferimos de las bestias en haber recibido de la naturaleza una razón y un entendimiento agudo, vigoroso, sagaz, obramos, en aspectos esenciales de la vida –no está de más subrayarlo–, de manera más irracional que ellas. Veamos otras absurdidades para recordar simplemente que existen: pizarras calcinadas en el vaho de la aurora; niños famélicos con piedras como huesos en la boca; ancianos y ancianas que desfilan hacia cementerios sin tumbas; en las calles, manos de adolescentes curtidas de semen; millones de jeringuillas que se burlan de las enfermedades; los hospitales que lloran su abandono y su impotencia... El Administrador aparece orondo con un pollo asado en la mano derecha. Recorre suburbios mordidos por el llanto, saluda a un grupo de niños y niñas que piden pan y leche, pero él, en su fantasía, entiende que lo aclaman. La Pitonisa siente ganas de clavarle las uñas en el cuello hasta matarlo, mas prefiere ser parte de las masas para ver de cerca su realidad y entenderla. Cuando el pollo estaba a punto de ser devorado por su propia putrefacción, el Administrador decidió entregárselo a un anciano que había olvidado cuándo comió carne por última vez. Hoy, las absurdidades conocidas y hasta las olvidadas se juntaron desde temprano, y se infiltraron en el pueblo para ver si alguien las reconocía. Así, con las vestimentas de hace un siglo –de ahí para atrás no solo hay olvido, sino también ignorancia– un pordiosero, sentado en una esquina, bajo un caño de agua, mastica piedras blancas a falta de alimento; dos ancianos arrastran por una acera un Cristo de yeso más grande que ellos, lo encaraman en una carreta, cantan "aleluya" y piden limosnas para el Señor, como contribución a sus buenos deseos de que el hombre viva en paz con sus hambres y sus dolores; una niña desnuda está en lo alto de un poste de luz, exhibe una bombilla rota y ríe a mandíbula batiente. Según los transeúntes se trata de una payasada de la niña. "No está muriendo electrocutada", piensan, lejos de entender que la risa de esta criatura es, en esencia, la expresión del dolor cuando se asocia a la muerte. Un niño con apenas seis meses de nacido cae en una furnia: grita, nadie lo escucha; al rato, muere. Esta plaga de las absurdidades se confundió con la de las visiones y, ya entrada la noche, nadie supo explicar cuáles eran las características de unas y otras, pues parecían más de la ficción que las visiones mismas. A la hora 23:11 los habitantes, como estaban inmersos en la borrasca de la miseria, soñaron que cocieron y comieron tierra seca, y cuando ni eso tuvieron, al caer la noche imaginaron que tragaban piedras y lodo. Transidos de cansancio y sueño decidieron acostarse para olvidar las absurdidades, aunque dormirse con hambre era lo más absurdo. Se acostaron, se quedaron dormidos y no despertaron al día siguiente sino a la hora 08:32 del día 23.

Día 22. Todas las horas. Plaga del sueño.

Sueño: (lat. somnus). Acto de dormir.
Representación en la fantasía de diversos
sucesos, durante el sueño.

*

Hoy me he pasado el día en casa de Anna, un remanso de paz, y hemos hablado horas muertas acerca de nuestros padres. Yo recuerdo a Groster Lanfoster alto, fuerte y alegre. Anna recuerda con admiración la personalidad avasalladora de mi padre, a quien comparaba con una figura de bronce que él había comprado una vez en Mequínez, una ciudad de Marruecos, la cual representaba al intrépido y legendario Gengis Kan, llamado Temutchin. La figura desapareció el mismo día de su muerte y aunque he registrado cada rincón de la casa no la he encontrado. Vivo ansioso por dar con ella. El busco desesperadamente, pues se me hace cuesta arriba creer que alguien la ha tomado. Deseo tenerla, ¡cómo negarlo!, porque me remonta al pasado y enaltece los recuerdos de un ser tan querido como lo fue para mí el Dr. Gengis Vick-Aux. *"Hablar de los padres honra, y nos obliga a pensar siempre en ellos", comentó Anna.*

Que la gente se quedara dormida a dos días del 24, era el colmo de la absurdidad, pero así sucedió. Solo la Pitonisa se mantuvo despierta, predicando. "Hierba, tierra para reposar, agua para lavarse los pies, dulces palabras: he aquí lo que nunca falta en la casa de las gentes de bien", dijo (*Alejandrix, dime si sacaste este texto de las Leyes de Manú, susurra mi amada Anna*).

Por su lado, el Administrador, como el ambiente lucía bastante tranquilo, aprovechó y descansó. El día 22 pasó sin horas, como si no fuese un día, sino más bien un instante imprevisto en el calendario. Nadie se levantó ni a buscar una miga de pan porque nadie se acordó del hambre, y aunque los habitantes soñaron con imágenes horribles, cuando despertaron a la hora 05:21 del día 23, no recordaron nada. Gracias al descanso amanecieron contentos, creyendo que sería grato vivir el resto de las horas de diciembre. Veamos algunas de las imágenes con las que soñaron (aconsejamos que no sean leídas por menores de edad ni por adultos con problemas cardíacos). Como los alimentos tradicionales habían desaparecido de la tierra, los pocos seres vivientes decidieron cazar todo tipo de roedores, olvidándose de que la rata negra invadió Europa en el siglo XIII, propagó la peste y fue suplantada por la rata común en el siglo XVII. De estas, la carne más apetecible resultó ser la de ratón. Hubo quienes prefirieron insectos y piel tostada al sol del reptil más odiado, la culebra, cuya caza fue tan voraz que en poco tiempo desaparecería del planeta. De tanto cazar, los pobladores se lo comieron todo, y cuando ya no quedaba nada en la tierra, entendieron que a partir de esta nueva realidad estarían obligados a comerse unos a otros. Pero ¿quién tomaría la iniciativa?, ¿quién daría el primer paso? Que un hombre se comiera a otro no era tarea fácil, pues necesitaba de ciertas tácticas y estrategias que quizá no estaban al alcance de la población. Pero había una forma para adquirir sin riesgo alguno carne humana, y era que los adultos se comieran a los niños, ya que solo con echarles mano, meterlos en un macuto y llevárselos lejos de sus familiares para hornearlos era suficiente. Por supuesto, nadie previó que, tras las primeras desapariciones de niños, los padres serían los primeros en vigilarlos las veinticuatro horas del día y que las cosas, por tanto, resultarían más difíciles. Ahora bien, a ningún adulto se le ocurrió que los niños obrarían con más inteligencia que ellos. Sin embargo, cuando se durmieron profundamente, soñaron que una docena de imberbes, machete en mano, se paseaban por aldeas remotas en busca de hombres y mujeres solitarios –sobre todo ancianos y ancianas– porque era más cómodo cazarlos, y a quienes, además, una vez les caían encima, les resultaba fácil descuartizarlos en un santiamén. Cazada la presa, preparaban fuego, limpiaban la carne antes de cocinarla, se hartaban, enterraban los huesos para no dejar rastro de la matanza y se llevaban a sus hogares la carne sobrante (*Alejandrix, ojalá puedas buscarle espacio al texto siguiente, que he encontrado en Manú:* "Debe arrojar al suelo poco a poco la parte de alimento destinada a las fieras, a los hombres degradados, a los alimentadores de perros, a los contagiados de elefantiasis o de consunción pulmonar, a las cornejas y a los gusanos". O si no este otro: "No hay mortal más culpable que el que desea aumentar su propia carne por medio de la carne de los otros seres", *tuya: Anna*). Desde el inicio de esta situación, los adultos sabían que eran sus hijos quienes mataban a hombres y mujeres, y comían su carne; como les supo exquisita no dudaron en seguir probándola. Esto, por supuesto, estimuló a los niños a redoblar sus esfuerzos y tácticas de caza. El ambiente se tornó caótico: cuerpos mutilados en las calles, huesos hacinados en las esquinas, ojos aterrados en los basureros, bocas silentes; y piel negra, y piel blanca, y piel mulata clavada en el pavimento, en las puertas de las iglesias y de los monumentos históricos. Había hornos improvisados por doquier. Cuando quedaban pocos seres humanos en la tierra, acordaron terminar con la matanza, y esta terminó al despertar el primer niño. Si en verdad en el año 1605 esta isla estaba sumida en profundo sueño, como escribiera Lufaf Vick-Aux, nadie ha de extrañarse que ese sueño perdure todavía.

Oí esta misma idea del "sueño profundo" y del "sueño que perdura todavía" en boca de un prominente poeta y ensayista, de nombre Pedro Mir, a quien conocí hace años en la ciudad de Puerto Plata. Él impartía una conferencia acerca de la situación imperante en los pueblos de la costa norte durante el período conocido como Devastaciones de Osorio (nota de Anna Lanfoster, para Alejandrix y sus plagas).

Día 23. Hora 08:32. Plaga de la ilusión.

Ilusión: (del lat. ilusio, de illudere, engañar). Error de los sentidos o del entendimiento, que nos hace tomar las apariencias por realidades. Esperanza quimérica.

*

Detrás del enigma de la quimera,

entre tus pasos y los míos,

un lazo largo, azul, nos persigue.

A veces me detengo porque lo siento a mi lado.

El camino se oscurece,

el azul se esfuma,

entonces el lazo viene a mí

como una sierpe hambrienta y me muerde.

Y aunque siento un dolor pavoroso,

no grito ni digo nada, por supuesto

(texto de Anna Lanfoster).

La alegría se derramó por las mejillas de los pobladores cuando vieron en el cielo un cartel donde se anunciaba lo mismo que difundían la radio y la televisión: LAS RESTRICCIONES A LAS BEBIDAS ALCOHÓLICAS RECESAN A PARTIR DE HOY. Así, la gente, regocijada, vio caer desde temprano lluvias de ron y cerveza, que trataban de acallar la voz de la Pitonisa, quien triste y desolada decía: "Deben amar lo verdadero, esto es, lo fiel, lo simple y lo constante; y odiar lo vano, falso y engañoso". Pero como otras veces nadie la oía porque todo el mundo deliraba. Mujeres y hombres corrían desnudos por las calles inundadas de alcohol. Muchos no lo creían y salieron a ver. Incrédulos, se contagiaron del entusiasmo reinante entre la muchedumbre. Hasta los niños, bajo los efectos de una ilusión que traducía los anhelos de una realidad ya pasada, bebieron sin descanso, desde la aparición de la plaga hasta los primeros minutos de la noche. Montados en barcos de papel naufragaron y se perdieron en el laberinto indescriptible de ciudades y bosques sin nombres. Muchos murieron en aldeas ignotas, desérticas, donde no había árboles que suministraran madera para fabricar cruces. Beodos y bohemios vaciaron tinajas, tanques de agua, y los llenaron de ron y cerveza; otros obraron de igual manera con relación a los aljibes, sin importarles su significado en la historia colonial de este pueblo. Hubo quienes, en medio de la ilusión, intentaron desviar el curso de los ríos más caudalosos para que circulara alcohol a carretadas por sus cauces. Muchos se embriagaban, olvidados de los compromisos del día, y mientras las horas corrían a todo vapor oían por aire, mar y tierra voces desgañitadas que repetían incesantemente: "Por instrucciones del Administrador, desde hoy en la madrugada hasta el 1 de enero, el expendio de bebidas alcohólicas en los centros de diversión estará libre de restricción". Ante este anuncio, la Iglesia Católica protestó porque era algo así como profanar una de las fechas más sagradas de la cristiandad. Los comerciantes, por su lado, aplaudieron con delirio esta iniciativa. Sabían que la gente –¡quién mejor que ellos para saberlo! – suele consumir más en estado de embriaguez. A muchos comunicadores sociales, pagados por los propios comerciantes, no les tembló el pulso para informar que a solo un día de la celebración de la Nochebuena, el comercio se ha intensificado, como lo demuestra la afluencia de personas a las más importantes arterias comerciales, donde la demanda de artículos y productos confirma que la temporada navideña ha terminado por afianzarse. "Los consumidores saben disfrutar de las fiestas de fin de año a pesar de sus limitaciones económicas", comentaban. Mientras el tiempo corría, la ilusión entre los habitantes era más notoria, y por esto una buena parte de ellos creían ver en los barrios más pobres de las ciudades, a primeras horas de la noche, cenas navideñas patrocinadas, según los comentarios noticiosos, por el Administrador y sus representantes, como anticipo de los festejos de la Nochebuena, que estará animada en cada sector con "discolight", para el disfrute de los moradores. Los empleados del Administrador iban armados según su estatus: con macanas, los mensajeros; con pistolas, los directores departamentales, y con armas largas (rifles y escopetas), sus ayudantes personales. Los gerentes lucían tristes, compungidos, porque se les había prohibido participar en estas fiestas. Aunque desde la madrugada se habían colocado en el cielo y en los rincones más lejanos del territorio nacional pantallas gigantes y altoparlantes de los más variados tipos para retransmitir el mensaje de Navidad y Año Nuevo del Administrador, fue después de la hora 18:00 cuando hasta los sordos oyeron su voz inconfundible. "Los exhorto a renovar los sentimientos de amor y a mantener en alto la confraternidad –dijo y agregó–: Apelamos a los más nobles ideales de nuestro pueblo para continuar avanzando juntos en aras del progreso de la patria". Más adelante, diría lo dicho por otros mucho tiempo atrás, cuando él no había nacido: "El país se encuentra en una época especial de su historia, vivimos en un clima democrático y nos acercamos con pasos firmes a la institucionalización, la equidad y el progreso". Al final de la alocución, dijo con voz cálida: "Esta Navidad será, efectivamente, una etapa de regocijo y de esperanzas renovadas". La plaga de la ilusión terminó con la irrupción del nuevo día, al momento de un niño escuchar los gritos de un cerdo, acuchillado detrás de su casa.

Día 24. Hora: 00:03. Plaga del hartazgo.

Hartazgo: Repleción (calidad de repleto)
causada por el exceso de la comida.

*

La vida de los glotones nadie la tiene por feliz. Son infelices porque comen demasiado. La muerte es suave en el ayuno, y en la hartura, explosiva, ya lo dijo Séneca. Paracelso, por su parte, entendía la muerte como un suceso horrible, cruel y acerbo, del cual se atemorizó el mismo Creador, cuando en el Monte de los Olivos hizo estremecer a Cristo de espanto, quien, cubierto de sangre, le rogó que la apartase de sí, tal vez porque sabía, tal y como aconsejaba el ilustre alemán, que mientras sea mayor el conocimiento de la muerte, mayor debe ser la prudencia y el cuidado en la investigación emprendida contra ella por el hombre sabio *(escribí esta nota cuando llegó Anna).*

Los gritos de aquel cerdo se unieron a otros de gallinas, gallos y pavos degollados por expertos carniceros ante la delirante compostura de un gentío que los aclamaba y los incitaba a seguir matando animales hasta saciar su hambre de siglos. Porque las plagas tampoco llegan, así como así; muchas veces tienen su origen en catástrofes planetarias ocurridas hace millones de años y adquieren su forma definitiva después de un proceso de desarrollo muy lento. En el caso particular de esta vigésima cuarta plaga, es tradición, en estos territorios amigos del sol y de la lluvia, que los habitantes coman carne de cerdo en horas de la noche (desde cierto tiempo para acá se han visto en la necesidad de sustituirla por otras, debido a su encarecimiento). Muchas veces, los pobladores han sido azotados por los flagelos del hambre. Son famosos aquellos tiempos de hambrunas espantosas, del 1605 al 1720, cuando hasta los más pudientes regalaban sus propiedades y emigraban con sus hijos a países lejanos *(ver Testimonial de Lulaf +Mi encuentro con el Nuevo Mundo)*. Tal vez porque estos recuerdos están presentes en la memoria de la ciudadanía, el Administrador ha salido con su séquito de alabarderos a repartir por las barriadas más empobrecidas cajas que contienen arroz, salsa de tomate y carne de pollo asado. Sus representantes hacen lo mismo por toda la nación, y hay quienes, en lugar de alimentos, reparten papeletas y botellas de ron. Quienes no reciben nada, se refugian en la fe divina y piden por la boca lo que no les llegará nunca. Aun así, no pierden la esperanza de probar carne de cerdo o de cualquier otro animal cuando llegue la gran noche. De todas maneras, pese a la repartición de alimentos, había miles de hombres y mujeres buscando desesperadamente su carne de cerdo, como si nunca antes la hubieran probado. A la hora 14:06, los dueños de supermercados, colmadones, pulperías, carnicerías, tarantines, etcétera, etcétera, instalados en calles y carreteras, y quienes habían comprado con tiempo la mayor parte de la producción, ofertaban a los productores de cerdo el doble del valor original, con tal de no defraudar a sus respectivos clientes. La ilusión del día anterior hoy se hizo realidad. Las botellas de ron y cerveza, y las carnes, así como teleras enormes, rodaban por las cloacas (sus promotores obran igual en cuaresma porque en esta nación no se le arrancan los dientes a nadie por violar los preceptos sagrados que rigen la Semana Mayor). En medio de este desenfreno, la

Pitonisa, que ya estaba cansada de hablar sin que nadie la oyera, recordó que los invasores germanos del siglo XI pasaban largas horas en la mesa, *y en la corte de sus reyes se hacían cuatro comidas al día: devoraban bueyes enteros, bebían sin tasa hidromiel (bebida de miel fermentada que embriaga a los hombres más robustos), y una vez hartos referían y cantaban las hazañas de sus guerreros. Y no era raro que se sirvieran dos mil peces de los más exquisitos y siete mil aves.* El hartazgo se prolongó hasta muy entrada la madrugada del día 25 –¡Ay si Epicuro hubiese presenciado tal glotonería! – y recibiría el despertar de la gente con una plaga terrible, signada por la diarrea. "Cuando el hombre come cualquier cosa, actúa así en razón de que se come a sí mismo, es decir, come de su carne y bebe de su sangre", pensó la Pitonisa. Aquel día 24 no quedó un solo cerdo vivo, y la gente no volvió a oír durante muchos meses –ni en los campos ni en las ciudades– el canto matutino y primoroso de los gallos: a todos, a todos, sin excepción, los hornearon durante las horas que duró la Nochebuena. Se olvidaron de aquella vieja sentencia de Séneca: *La virtud solamente es libre y el placer esclaviza.* Entretanto, Paracelso llegó súbitamente a mí y me dijo, a título de advertencia: "Los venenos están en los frutos y en los animales que nos sirven de sustento, y la savia y los jugos de la hierba no son venenos. El hombre tiene necesidad de comer y de beber porque su cuerpo, verdadero albergue de su vida, necesita bebidas y alimentos, sin los cuales se vería compelido a absorber el veneno, las enfermedades y la misma muerte de esta manera. En todo alimento existe un veneno. Saber cuál es ese veneno constituye uno de los más grandes misterios". Tras el reparto de cientos de miles de cajas y fundas de alimentos, el Administrador disfrutó con los suyos de una cena exquisita. "Nadie es digno de entrar en el paraíso a no ser que primero se haya hartado de pan y carne", dijo al final, como si recordara a Maimónides. Según los noticiarios, el plato que le sirvieron al Administrador era una mezcla de hígado de escaro, sesos de faisanes, lenguas de flamenco y huevas de lampreas. "El Administrador es de buen comer por su costumbre de vomitar", comentó un locutor.

Al día siguiente, bien temprano, Anna me trajo esta nota para que le buscara espacio en mis narraciones: +Del hartazgo al hambre +Del hambre a la muerte +De la muerte al vacío +Del vacío a la nada.

Día 25. Hora: 05:38. Plaga de la Diarrea.

Diarrea: (del gr. diárrhoia, de diarrhé, yo fluyo por todas partes). Fenómeno morboso que consiste en evacuaciones líquidas y frecuentes.

"Había quienes vomitaban con facilidad, sin esfuerzo, acompañados de una diarrea acuosa, como agua de arroz y en ocasiones sanguinolenta. Cuando se inicia este tipo de diarrea, el enfermo deja de orinar, presenta una sed moderada, aparecen calambres en los músculos de las extremidades y a veces también en los músculos abdominales externos. Si prosigue la diarrea, el paciente enronquece y a veces presenta afonía. Lentamente se va debilitando hasta caer en el colapso" (*copiado de una hoja suelta que encontré entre los papeles de mi padre, el Dr. Gengis Vick-Aux, en cuyo envés está escrito:* CUADRO CLÍNICO DEL CÓLERA).

Hay dos cosas de mal gusto: el vómito y la diarrea. De la primera, los isleños ya conocían sus estragos, pues lo padecido a lo largo de aquel pasado día décimo de este mes de diciembre, no les gustaría volverlo a vivir jamás. ¡Cuánto no darían ellos por olvidar esa fecha! De la segunda, es decir, de la diarrea, sabían que se presentaba en los niños y en los adultos cuando ingerían alimentos en mal estado o por cualquier otro desarreglo estomacal. Conocían la diarrea típica, la que llega y se detiene con una tacita de zumo de limón mezclado con sal, y aquella otra que amaga con molestar durante varias horas, y que para nadie es digna de atención médica. Pero una diarrea como la de este día 25, aparte de impresionar y asquear a la ciudadanía, fue objeto de interés mundial. Gastroenterólogos de distintas naciones expresaron su disposición de venir al país a investigar lo que para ellos era ya una epidemia, la cual amenazaba con propagarse rápidamente por todo el globo terráqueo. Pero esta plaga, que comenzó como un juego, terminó en desesperación común. Así, en un poblado fronterizo, diez jóvenes se despertaron temprano, a eso de las cinco y treinta y ocho de la madrugada, se reunieron en la iglesia y acordaron dejar como regalo de Navidad una funda de mierda en el frontispicio de cada casa del pueblo. Al no creerse en capacidad de producir tanta materia fecal, discutieron la posibilidad de buscarla en las letrinas cercanas. A todo correr, se acercaron a las primeras avistadas, penetraron en ellas y tras sentir un dolor estomacal demasiado fuerte se sentaron en los cajones de estos refugios, abundantes en esta tierra y proclives a la gusanería. Estos muchachos no atinaron a pensar que en todo juego hay un peligro oculto, que sorprende y ataca cuando menos se espera. En su caso el peligro sería el de una diarrea crónica, la cual los obligaría a permanecer horas muertas sentados en aquellos cajones, oliendo su propia porquería. Tampoco sospecharon que los demás vecinos del poblado sufrirían su misma calamidad ni que pasada su primera descarga todas las letrinas estarían ocupadas. Como los ocupantes no salían, quienes esperaban en fila para entrar se vieron en la necesidad de internarse en el monte para no pasar por la triste vergüenza de ensuciarse delante de sus vecinos. El hartazgo del día anterior se transformó en hediondez, de la cual los propios habitantes querían huir. "Pero ¿adónde, adónde?", se preguntaban. A un hombre de otro pueblo fronterizo se le ocurrió ir a una fuente supuestamente milagrosa, que curaba la diarrea. Una anciana rezadora, experta en oraciones mágicas (quien había anunciado precisamente en los primeros minutos del día 24 que de no controlar la boca la gente seguiría inmersa en una situación difícil), dijo: "Ensuciar la fuente es algo pecaminoso. Si alguien lo intenta, la peste se extenderá por valles, lomas y mares". Y como en los actos públicos siempre aparecen personas impertinentes, dos muchachas menores de dieciocho años, quienes se casarían en las próximas cinco horas, se desnudaron delante de un grupo de hombres casados y se tiraron al agua sagrada, regando por el aire un chorro de excremento. "Detén esta diarrea, agua bendita", corearon. Muchos curiosos se acercaron a la fuente y se persignaron asustados al verla llena de desperdicios de frutas navideñas y carnes podridas. Quisieron regresar a sus hogares, mas no pudieron porque el país entero se había convertido en un charco de heces fecales. A los gastroenterólogos extranjeros, cuya presencia en el país no tenía otro propósito sino el de examinar el origen de esta plaga (vinieron más de veinte), les fue imposible llevar a cabo su plan, porque tan pronto descendió el avión en que viajaban, la pista de aterrizaje se volvió inesperadamente un mar de inmundicias. Con profunda tristeza debemos anunciar que de aquellos diez jóvenes murieron tres.

Día 26. Hora 09:07. Plaga de la pereza.

*Pereza: (lat. pigritia). Vicio que nos
aleja del trabajo, del esfuerzo.*

*

+Sin latidos en el hilo del día+Aliento que corre junto a la noche+Herida la sangre en la parálisis del minuto anterior+Bostezo programado en la puesta de sol+Sin signos visibles en el dial, concluye el recorrido de la sangre *(texto mío: aproximación a mi padre)*.

Como la gente siempre está creyendo en eso de que mañana va a llover, esperaba, quién sabe por cuál capricho, oír en boca del Administrador un decreto prolongando los días no laborables hasta el miércoles 27, o sea, un día más allá del martes 26, pues nadie había podido descansar como Dios manda, debido a la endeblez originada por la plaga de la diarrea. Los más adultos se acostaron pensando en esto y despertaron a las 09:07 dándolo como un hecho. Muchos se levantaron de la cama a las 11:00, con los oídos prestos a escuchar el decreto que nunca pronunciaría el Administrador, pero que al parecer todo el mundo escuchó. Por eso, como si se hubiesen puesto de acuerdo, quienes lograron abandonar la cama permanecieron sentados las horas restantes del día, y los que no, siguieron como nada acostados. A ningún ciudadano (a) se le ocurrió la idea de ir a trabajar porque presentían que la diarrea iba a reaparecer; además, había causado estragos en la población, y el agotamiento era demasiado notorio como para que, a los dueños de los medios de producción, de tiendas y supermercados se les ocurriera pensar que los trabajadores se presentarían a tiempo a su trabajo, cuando ni ellos mismos, salvo el Administrador, estaban en condiciones de cumplir con sus tareas diarias. La Pitonisa, por su parte, se ha librado de tales efectos porque ha evitado probar alimentos en los últimos días. Los males causados por esta plaga no tienen comparación en la historia, ninguna otra había sido tan calamitosa. Niños y jóvenes sucumbieron ante su embestida, y la fetidez se esparció por el aire. Aunque la gente amaneció con sed, quizá porque los alimentos del día 24 estaban demasiado salados, sobre todo las carnes, nadie se atrevió a beber agua por temor de que estuviera contaminada y terminara por dañar sus órganos estomacales, ya de por sí deteriorados. ¡Y ni que hablar de alimentos pesados, que de nada más pensar en consumirlos la gente plegaba la cara y eructaba con asco! Con relación a esto de alimentarse o no, los pobladores pensaban igual, sin que nunca hubiesen sacado tiempo para discutirlo y ponerse de acuerdo. Así pues, lo único que probaron, y ya entrada la noche, fue una rebanada de pan, la cual de paso tostaron para matarle las posibles bacterias. En el fondo, esta situación delataba el desenfreno vivido por la población durante las horas del día 24: la venta de carnes y de bebidas alcohólicas superó la de años anteriores, y los principales puestos de expendio se vieron en la necesidad de traer de las islas vecinas aviones repletos de patas de puerco, y tantos barriles de ron y cajas de cerveza que de no haber sido por la debilidad originada por la diarrea, estarían todavía sacándolos de los aeropuertos. Además, traducía otra cosa muy importante, algo que se ha dicho siempre de este pueblo: su vagancia histórica *(pocos historiadores, sociólogos y economistas entienden dicha vagancia como una actitud de defensa ante la explotación y el oprobio más que un defecto o un rasgo distintivo de su idiosincrasia –del gr. idios, propio, sun, con y krasis,* temperamento*–: aclaración de Anna Lanfoster).* Cuando las campanas sonaron para anunciar la llegada del mediodía, el Administrador llamó por teléfono a los gerentes y directores comerciales. "Explíquenme por qué el país ha amanecido sumido en el silencio, tan quieto y callado que ni las olas de los mares se mueven", dijo con voz temblorosa. Los empleados del Administrador, quienes creían a ciegas que él había decretado la prolongación de los días festivos, se quedaron boquiabiertos, y no precisamente porque pensaron que olvidó su propio decreto, sino porque no daba señales de haber sido abatido por la plaga de la diarrea padecida por ellos. Y, en efecto, la residencia del Administrador olía a todo, menos a mierda.

Día 27. Hora 04:00. Plaga de la reinterpretación.

Re: prep. insep. que forma parte de varias
voces de nuestra lengua e indica repetición,
reiteración, oposición, resistencia, retroceso...
Interpretación: Acción de interpretar.
Interpretar: Explicar lo oscuro. Sacar
deducciones de un hecho.

*

—*La noche me aturde.*

—*Déjala pasar.*

—*La esfera de la luna nos vigila.*

—*Es lo que tú crees.*

—*No, es lo que siento.*

—*Te inquietas sin necesidad.*

—*Interprétalo como quieras, pero me le escaparé a la noche.*

—*Jamás lo lograrás.*

—*¿Por qué no? ¿Acaso puede ella vencerme?*

El Administrador se levantó sobresaltado a las cuatro de la madrugada porque soñó que la Pitonisa lo agarró por el cuello y le gritó enfurecida: "Te queda poco tiempo de vida; todo termina, todo, ¡absolutamente todo!". Luego lo abofeteó y se volvió sombra, y así vuelta sombra se alejó de su lado. Él sacudió la cabeza. Preocupado por la situación del día anterior dedicó tres horas seguidas a pensar en qué era lo más conveniente para una población que lucía aturdida, alienada, sin perspectivas de presente ni de futuro, cuya única aspiración era seguir disfrutando de vacaciones hasta la entrada del nuevo año. ¡Total, si más de la mitad de los hombres y mujeres mayores de edad jamás han trabajado, y no porque no quieran, sino porque nadie les ha ofertado nunca un empleo! En consecuencia, el Administrador decidió asearse, vestirse y meterse en su despacho a pensar seriamente qué cosa iba a decirle al pueblo, porque algo debía hacer él para evitar una situación más compleja. Rechazó recibir llamadas telefónicas durante el tiempo que dedicó a encontrar soluciones y dio órdenes estrictas de no ser molestado por nadie. A las cuatro de la madrugada la gente dormía, como es natural, y el Administrador no dudaba en que solo él permanecía despierto, mas no descartó la posibilidad de que debido a la incertidumbre reinante algunos miembros de su cohorte lo visitaran temprano sin él llamarlos. ¡El momento no era para menos! La idea de la reinterpretación *(interpretar: del latin re "de nuevo, volver a + interpretare", nota de Anna)* se tornó plaga, y por primera vez atacaría al Administrador y dejaría en paz a los habitantes. Apareció ante él con una forma muy indefinida, y fue pasado el mediodía cuando recibió las primeras señales, muy confusas, por cierto. Desde ese momento creyó conveniente negar la historia social aprendida de niño; tan linda esa historia, pues le hablaba de un pasado maravilloso, tramado en la mar embravecida por un intrépido marinero que trajo a la isla la bendición de Dios y de los Reyes de España. Jamás le dijeron que este terruño estaría destinado a conocer la cara del sufrimiento ni que todo cuanto obrase en su derredor llevaría el signo de la cruz como símbolo de desgracia. "Debo reinventar la historia de este pueblo, cambiar hábitos y costumbres, en fin, transformarlo para asemejarnos a la vida de los países civilizados", pensó. Dedujo –lejos de valorar su coincidencia con Paracelso– que existen dos mundos substanciales: uno para los cuerpos y otro para los espíritus, no obstante, estén ambos unidos en vida. El mundo en que dichos espíritus residen a perpetuidad y en el que se hallan substancialmente, igual que nosotros sobre la tierra, conoce también los deseos, los odios, las discordias y una serie de sentimientos semejantes que actúan y se manifiestan sin el consentimiento ni conocimiento del cuerpo. "La nigromancia puede crear figuras e imágenes inexistentes, aunque dotadas de los atributos de la realidad", creía el Administrador. Su padre le había dicho antes de morir, y él lo recordaba siempre: "Ten por seguro que cuando las imágenes están cargadas de maleficio se transforman en enfermedades tales como fiebres, epilepsias y apoplejías". Decretó leyes absurdas: el aire sustituirá los quesos, las carnes y los vegetales; la gente hará en el día lo propio de la noche, y en la noche lo del día; a tientas, y con los ojos vendados, los infantes de la isla registrarán los ríos y los mares en busca de minas perdidas en el tiempo; pero nadie las cumplió. Finalmente, reconoció que era idéntico a cualquier hombre humilde de esta tierra y, como esto le produjo trastornos mentales incontrolables, decidió suicidarse. Para hacerlo, esperó que el reloj marcara las doce de la noche, hora en que ya nadie entraría a su despacho. Cuando a las ocho de la mañana del siguiente día su tesorero personal entró a rendirle cuenta de sus negocios, se quedó paralizado, mudo, al verlo desgonzado y ensangrentado detrás del escritorio de donde solía despachar oficios y correspondencias. Al principio creyó que se trataba de una broma de su jefe, pues en cierta ocasión le había confesado que de jovencito deseó ser actor y trabajar en películas de terror realizadas en Hollywuood. Al recordar ese pasaje, le pareció que el Administrador se había hecho maquillar por un profesional en la materia, con la intención de producir en él la sorpresa de que fue objeto. Pero llegaron otros miembros del gabinete administrativo, quienes comprobaron, en el acto, que se había matado con un revólver, el cual cayó luego en el piso con el barril abierto, como dijera uno de ellos. Sobre el escritorio había dejado una nota escrita con su sangre: "Existen dos hombres: uno visible y otro invisible. El visible es doble y se compone de cuerpo y alma; el invisible, único, se refiere nada más al cuerpo" (*estas palabras coinciden con unas que leí en el libro de Paracelso: Anna Lanfoster*). Así se inició la plaga de la sorpresa, prolífica, como veremos, en sucesos tan curiosos que la muerte del Administrador pasó inadvertida, motivo por el cual lo embalsamaron y lo metieron en un cuarto frío, y como había que presentarle honras fúnebres, convinieron en despedirlo de esta vida un día cualquiera de la primera semana de enero del año entrante.

Día 28. Hora 08:00. Plaga de la sorpresa.

Sorpresa: Acción y efecto de sorprender.

Sorprender: (del francés sorprende). Coger desprevenido.

Maravillar, admirar, asombrar.

*

+9.6x4-777+0= DESESPERANZA Y ARIDEZ EN EL UMBRAL DE LA VIDA+SOL DERRETIDO EN CABEZAS PELADAS+TRASCENDENCIA DEL SILENCIO TORTURADO EN EL RUIDO+SUSTANCIAS VENENOSAS EN ARENAS PRIVADAS+JUEGO Y TRAVESURA DE LA LUZ INDISCRETA+PASADO TENEBROSO DEL HITO MORIBUNDO (*entremetimiento de Hume: Anna Lanfoster*).

Todo comenzó cuando el tesorero personal del Administrador creyó que él lo había mandado pasar a su despacho para representarle el papel de un hombre recién suicidado, escena con la cual perseguía sorprenderlo. Y él, el tesorero, ¡cómo negarlo!, se sorprendió de manera inusual. Por ver lo que vio, le fue imposible comprobar que a esa misma hora una parte importante del pueblo se encontraba todavía dentro de sus hogares, y se preguntaban por qué la luna, y no el sol, seguía dominando las alturas celestes. No tuvo tiempo de enterarse de este suceso porque a los pocos minutos de la tragedia de su jefe, un funcionario del gabinete tomó las riendas del poder y se autoproclamó Administrador. No dudó en comunicarle al tesorero personal del fallecido que a su despacho llegaban noticias de que él había participado con un grupo de gerentes en un plan macabro que terminó por quitarle la vida a su antecesor. Por tal razón, lo destituyó del cargo y lo confinó a un lugar ignoto, del cual no saldría jamás. Igual suerte corrió el resto de los funcionarios porque el nuevo administrador quería tener a su lado, como es natural, a hombres y mujeres de su entera confianza. En medio de esta crisis (ocurrírsele a un administrador la idea de suicidarse en los últimos días del año crea, sin duda, un problema en cualquier parte del mundo), un niño decidió salir de su casa para averiguar por qué la luna aún brillaba si ya, de acuerdo con la hora, debió ser de día. Al rato salieron más niños de la misma edad, pero de lugares diferentes, animados por una inquietud parecida. Se sorprendieron al ver llorar a la luna. Regresaron a sus hogares y lo contaron. No se quedó nadie sin ver este espectáculo. Ante la mirada atónita de la concurrencia, la luna desapareció lentamente y le dio paso a un sol rojizo, inmenso, que se acercaba vertiginoso a la superficie terrestre. Entonces, la plaga de la sorpresa se adueñó hasta de los recién nacidos. Y, ¡vaya extrañeza!, los pobladores se sorprendían hasta de ellos mismos, de qué eran y cómo eran, como si nunca antes se hubieran visto, es decir, les causaba sorpresa saberse blancos, mulatos y negros, que había un grupo muy rico, que la inmensa mayoría de la población era pobre, y que las ciudades parecían vientres desgarrados y los campos ceniza herida en la sequedad del viento. Se sorprendían hasta de verse la cara y de reconocerse idiotizados: ni leían ni investigaban ni creaban. Lo de ellos era gozar hasta en medio de su propia miseria, como si esta fuera parte consustancial de su idiosincrasia. El sol, candente como nunca, eligió a un grupo de mil hombres y les achicharró la piel, mas no los huesos ni la vida como tal; quería que los demás vieran, a través de los elegidos, la dimensión real de su existencia: cadáveres vivos, pero cadáveres. La población, sonriente, observaba cómo el número de "cadáveres vivos" aumentaba cada vez más. Cuando al nuevo administrador le informaron de lo acontecido fuera de su despacho por culpa del anterior, no lo pensó dos veces para dejar el cargo y huir cual potro salvaje del despacho administrativo. Los nuevos funcionarios lo persiguieron gritándole oprobios. "Dejarlo escapar es más inquietante que anunciar el suicidio del gerente", pensaban. Una vez lo alcanzaron, lo amarraron de pies a cabeza. Pero el sol los castigaría a ellos también: dispuso que todos, ricos y pobres, se miraran de frente, quemados como estaban, en el entendido de que era la vía más expedita para dar en el quid en que se originaba la diferencia fundamental entre ellos. Así, como por arte de magia, los pobres vieron, en el estómago de los ricos, fuentes de bebidas exquisitas y manjares exóticos; en el suyo, estiércol y basura. Pero que a tan pocos días de terminarse el año estuvieran aconteciendo sucesos de mal agüero era a todas luces un fenómeno que anunciaba tragedias insospechables, en atención a lo cual se hacía necesario darle un giro diferente a esta plaga. "¡Luz, luz, luz!", gritó la Pitonisa.

Día 29. Hora 06:00. Plaga de las opiniones.

Opinión: (lat. opinio). Parecer del que opina.
Adhesión de la mente a un juicio probable.

*

Nadie se puso de acuerdo antes del salto definitivo. Muchos defendieron la idea de rescribir la historia; algunos eran partidarios de dividirla en cuatro períodos distintos, y los menos, quizá los más débiles, hablaron acerca de los tratados históricos como puro invento del hombre *(texto de Anna Lanfoster)*.

En el despacho del administrador muerto, nadie sabía qué hacer con su cadáver, y en las aldeas, pueblos y ciudades la gente amaneció opinando acerca de todo, hasta de lo que no sabía. Quienes se levantaron con la creencia de haber visto durante el día anterior a hombres y mujeres en cueros, despellejados, con los huesos al aire, dieron testimonio de lo vivido por cada uno. De esta manera, resultó fácil oír comentarios como estos:

Una mujer de 86 años: La piel se quemó, pero no era la mía. No, no era yo, sino la tierra la que se quemaba. La vi quemada. Hasta los ríos y los mares se quemaron. Todo quedó calcinado. La vida se volvió humo y ceniza. Esto vi. También escuché una voz fuerte, la de la Pitonisa, creo. "Quien no abra los ojos se perderá para siempre en los caminos del milenio", anunció.

Dos niños: Hombres y mujeres de diferentes edades mostraban sus huesos. Al principio lucían tristes, pero después se contentaron. Nosotros no sabemos explicar por qué al final del día lucían tan felices. Nuestros padres, quienes en estado normal suelen estar tristes, se sintieron mejor cuando el sol les quemó la piel.

Tres muchachas trigueñas: ¡Es preferible ser como somos y no fingir lo contrario! ¿Por qué este afán de comprar ropas interiores, vestidos, blusas y zapatos caros si somos cadáveres? ¿Por qué no exhibirnos ante nosotros mismos y ante el mundo tal como somos?

Un joven cantautor: El fuego es sabio/ el fuego es noble/ él nos desnuda/y puede mostrarnos/ tal como somos/ solo a través de él/ podremos ser/ lo que hemos querido ser.

Sin embargo, quienes fueron víctimas del sol y no lo recordaban, amanecieron hablando del alto costo de la vida: "Es imposible comprar frutas navideñas por lo caras que están", dijo una ama de casa. "Ni qué decir de las bebidas alcohólicas", comentó un hombre. Todos querían comprar, hasta los mendigos, y comprar mucho. Por tanto, resultaba necesario comprar, pues ese era el mensaje difundido a través de los medios de comunicación. Quienes no tenían dinero para ir a las tiendas y vaciarlas, o a los supermercados y llevarse montones de mercancías, eran seres desdichados, amargados; en una palabra: infelices. Otros, en cambio, hablaban de la necesidad de comprar fuegos artificiales porque los isleños no conciben estas fiestas –que ya tienen muy poco de cristianas– sin esos cohetes que suben al cielo y estallan para convertirse en imágenes del niño Jesús en el pesebre o si no en lluvias de asteroides y estrellas de los más variados colores. Aunque el uso de los fuegos artificiales estaba prohibido, niños y grandes los gozaban, hasta quienes decretaron su prohibición. Había que prepararse para esperar las doce de la noche del próximo día 31, el cual sería azotado –lo digo desde ahora– por la plaga de la oscuridad. A pesar de que cientos de miles de cohetes iluminaron el cielo de la isla, nadie los vio porque todo era pesadumbre y negrura. Al final de la noche de este día 29, los ricos no entendían por qué la gente opinaba tanto, cuando ellos jamás habían externado un solo comentario. ¡Qué iban a decir si lo que deseaban anunciar ya lo habían difundido!

Día 30. Hora 05:55. Plaga de la realidad.

Realidad: (lat. realitas). Existencia efectiva.

*

Anna y yo nos hemos pasado la noche llenando casillas de organigramas diseñados por ella. Como muestra, este ejemplo: las casillas 1 y 3 las llené yo; las 2 y 4, ella.

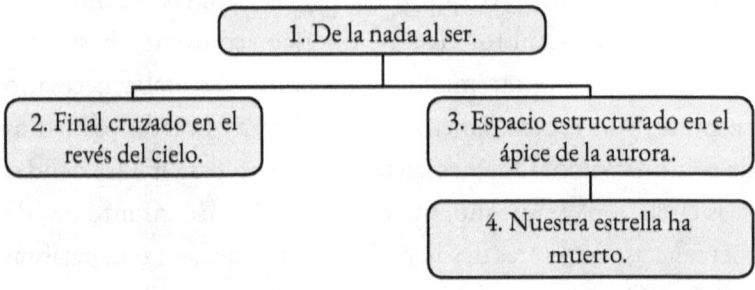

Nunca antes quienes residen en esta tierra circundada por mares habían visto la cara de la realidad como hoy. Acostumbrados a vivir de sueños y esperanzas inalcanzables convirtieron hace tiempo la absurdidad en forma de vida cotidiana. A nadie debe extrañarle ver a un pordiosero ahorrar lo que consigue en la calle para darse el gusto de comprar un televisor de lujo e instalarlo en un espacio pequeño, sin energía eléctrica, techado con cartón y cinc viejos, o ver las esquinas controladas por supuestos inválidos, que una vez terminan su faena salen caminando como nada ante la mirada absorta de los transeúntes. Tampoco es raro ver a una mujer parir en un solar baldío, ni que aparezca un enmascarado y le robe la criatura, ni que los cables del tendido eléctrico ahorquen a ciudadanos y ciudadanas que afanan las veinticuatro horas del día para ganarse honradamente un peso. Aquí lo imposible se ha vuelto posible, como que un caballo arrastre un autobús o que una carreta corra sin ruedas. En estas tierras la lógica perdió su compostura, y la realidad se rige más por la fantasía y lo divino que por el asedio a que está sometida. Pero hoy, repito, es un día diferente. El sol salió temprano y esta vez, en lugar de quemar la piel de los habitantes, quemó el velo de su hipnosis, adherido fuertemente a las retinas de grandes y chicos. Quemado el velo, que según historiadores clandestinos apareció en el firmamento de esta región del mundo después que ciertos verdugos extranjeros sembraran por doquier altares y cruces, la gente empezó a comprender el significado real de cada cosa. De esta manera, el pobre entendió su pobreza, más hizo poco por vivir de otro modo. Cuando llegó el mediodía y se vieron sin un céntimo, y observaron que la celebración del Año Nuevo estaba ya al doblar de la esquina, enloquecieron. Hubo quienes se cortaron las venas y contemplaron con encono su muerte. Otros salieron a robar y a matar, pues había que conseguir dinero a como diera lugar para celebrar en grande la fiesta. Los más conservadores se acercaron a las casas de los prestamistas a buscar dinero, quienes, como es costumbre en estos casos, se aprovecharon de su desesperación y les pidieron hasta veinte por ciento de interés semanal. A estos pobres no les importaba endeudarse, con tal de disfrutar las últimas horas del año. Total, endeudados han vivido desde su nacimiento. Pero la plaga de la realidad fue demasiado cruel con ellos y les mostró imágenes de siglos pasados, que jamás habían visto, aunque convivían con ellas. Se espantaron de su propio espanto y vieron filas de niños famélicos en medio del desierto, decenas de cadáveres entre olas ensangrentadas, fragmentos de embarcaciones frágiles sobre rocas mugrientas, hombres y mujeres enterrados vivos al pie de montañas deforestadas, vientos del Norte que golpean lápidas de tumbas olvidadas, un uniformado que acribilla a un joven, y otro que viola a un niño, puertas y ventanas de hierro que rechistan en el cielo, junto a la voz de la Pitonisa, que recuerda a Cristo: "Id y purificad a los leprosos. Devolved la agilidad y la marcha a los cojos. Dad la vista a los cuerpos". Son tantas las imágenes que yo no podría enumerarlas. A las 23:52, nadie quería ver más. "Por fin, hemos visto nuestra realidad", gritaron. Y es cierto, la vieron, pero con indiferencia. "Es lo que Jesús llamó la nación depravada y adúltera, que a pesar de ver los signos de la corrupción no quiere ponerse a la obra", gritó a viva voz la Pitonisa.

Día 31. Hora 06:23. Plaga de la oscuridad.

*Oscuridad: (lat. obscurus). Falta de luz
o de claridad.*

*

El juego entre Anna y yo ha seguido. Ayer tarde en la noche, en medio de una fiebre ligera que la atormentaba, jugamos a los puntos cardinales de este modo:

Ella: N= Ángeles retorcidos en la angustia del rojo.

Yo: S= Diablos absortos ante la seducción de la libídine.

Ella: E= Cadenas oxidadas en el dolor de los siglos.

Yo: O= Paralela desviada del epicentro del espacio.

Cuando los habitantes despertaron y vieron la oscuridad que los envolvía siguieron durmiendo. Pensaron sencillamente que era de madrugada y no la hora en la cual el sol suele calentar la tierra. Ciertamente, las imágenes de ayer se aglomeraron en sus neuronas y les impidieron dormir profundamente. Así, desde los primeros minutos de este último día del año, la gente se revolcó donde dormía como animal que acribillan. Los niños querían gritar, mas no podían. Igual los jóvenes, que intentaron abrir varias veces los ojos en medio del sueño (quizá los abrieron y no lo recuerdan), mas no lo consiguieron por temor de que la oscuridad los atrapara en sus redes. Cerca ya del mediodía había un grupo bastante numeroso despierto. En las aldeas y pueblos remotos, ancianas rezadoras abrían ventanas y puertas para mirar qué sucedía en las callejuelas o en las iglesias. "La soledad sobrecoge", comentó una de ellas. Que el día amaneciera sin luz fue objeto de comentarios increíbles, y no era para menos, pues nunca antes los isleños habían visto tal cosa. Es más, pese a haber vivido siempre sumergidos en la absurdidad, jamás se les ocurrió pensar en la posibilidad de celebrar el Año Nuevo en estas condiciones. Claro, en ellos sucedió un fenómeno difícil de entender: como la oscuridad era parte esencial de su cotidianidad, el día se tornó gris ante sus ojos y la noche sobrepasó los límites de su color tradicional. Este suceso ponía en entredicho la hipótesis de *que, si la luz de la naturaleza es una verdadera luz, esta ha de ser visible y no oscura o tenebrosa.* A propósito de este cuestionamiento, encontré en Paracelso una nota en la que explica: "Esta luz ha de ser tal que nos permita ver todo directamente, por más que nuestra contemplación sea y deba ser distinta de la que miran los ojos de los profanos". Realmente, hasta ahora, los días vividos han sido oscuros para estas personas, que nunca han tenido conciencia de qué es la oscuridad en sí. Había quienes relacionaban este acontecimiento con la desaparición de la humanidad o con el advenimiento de catástrofes inenarrables. "La tierra se fragmentará en cientos de miles de pedazos y jamás habrá luz", creían ciegamente los ancianos. Los niños, quienes no concebían la idea de nacer para morir tan pronto, lloraban de miedo. Querían vivir, como todo lo que nace, es decir, cumplir el ciclo vital correspondiente al desarrollo humano. Pero, además, rezaban al lado de sus padres para que la oscuridad cediera ante los fuegos artificiales derramados ya en el cielo sin ser vistos por nadie, tal como hemos dicho. En medio de la pesadumbre, una anciana de noventa años farfulló: "Dios no ha pasado nunca por estos caminos". La Pitonisa, vuelta una sombra invisible, le contestó enseguida: "No, Dios no; la conciencia".

El niño miró las siluetas del Administrador y de la Pitonisa –él sonreía; ella lloraba–, cerró la boca, observó a los concurrentes, se separó del podio y volvió a cruzar el escenario con las manos en los bolsillos, para abandonar definitivamente el salón. Al rato, el público se ausentó pensativo, menos yo. Me quedé sentado en mi butaca, repasando las treinta y una plagas de diciembre dichas por el niño. Cuando apagaron las luces del salón, la oscuridad me cubrió con muecas terribles. Anna Lanfoster y yo alcanzamos a vernos los ojos –lo imaginé–, iluminados por un lucero aparecido furtivamente ante nosotros. Lo imaginé, digo, porque la realidad, como ya todos sabemos, era otra.

Cuando terminé de escribir *Las treinta y una plagas de diciembre* corrí a darle la noticia a mi amada. La vida me tenía reservado un golpe terrible: la encontré muerta, tirada boca arriba en su lecho.

Traté de no tocar ninguno de los objetos que solía ver allí, tantos y tan variados que muchas veces me quedé extasiado contemplándolos, porque nunca había estado tan limpia y ordenada la casa como entonces. Realmente, ella se dedicó desde muy niña a coleccionar cuantas cosas encontraba tiradas en las calles o en los patios: sellos de correo, monedas, medallas, estampillas de santos, botellas de vidrio, cántaros, libros, miniaturas de porcelana, platos, cucharas, tenedores, espejuelos, mapamundis, tijeras, zapatos, botas, chancletas, en fin, toda clase de trastos, incluso aquellos que suelen parecernos repugnantes o simplemente inservibles.

Me llevó muchas veces al puerto –cuánto lo recuerdo ahora– a recoger lo arrojado al mar por los turistas: cajetillas de fósforos, envolturas de habanos cubanos, cinturones, cintillos, cadenas y collares enmohecidos, carteras, piezas elaboradas en papel maché en Holanda y Dinamarca, y hasta crucifijos y medallas de oro toledano. Decenas de adornos cubren las paredes, y están clasificados de tal forma que quien entra en la casa no duda en asociarla con un museo. Además –y esto es lo más importante–, a través de estas colecciones se conoce la idiosincrasia de los puertoplateños, y de los forasteros que han tenido la oportunidad de ver la belleza insuperable de esta costa del Atlántico.

A su lado había unos folios rosados, encuadernados en pergamino con este rótulo: NOTAS DE VIDA DE ANNA LANFOSTER 1947-1961. Sin ser un diario, este trabajo de Anna recoge noticias y vivencias que marcaron su alma con huellas imborrables. Yo, en honor de su persona, y para cerrar ya esta historia, transcribiré parte de sus anotaciones, unas marcadas con fechas precisas y otras dejadas a la imaginación, no sin antes referir lo que escribiera ella misma acerca de las vicisitudes y sorpresas vividas por su padre al llegar a la isla de Santo Domingo, y a su estrecha relación con mi padre y conmigo. Anna Lanfoster, lo confieso, fue el soporte real de mi vida. Sin ella me hubiera sido imposible resistir los embates naturales y sociales que con tanta frecuencia atacan los costados, ya de por sí heridos, de esta isla

VIII

NOTAS DE VIDA DE ANNA LANFOSTER

+Apuntes para un diario 1947-1961 +
Informaciones sueltas + Cronograma del dolor

Notas de vida

Mi padre provenía de una familia de militares que pelearon contra los del Norte durante la guerra de Secesión, en la cual murieron sus tatarabuelos y otros descendientes directos. Mi abuelo paterno, Krawsser Lanfoster, incursionó sin éxito en los negocios petroleros. A los 29 años se casó con una californiana, quien moriría junto a él a mediados de abril de 1902, cuando mi padre acababa de cumplir veinticuatro meses de nacido. Una amiga de mi abuela, de nombre Labda, de origen griego, casada con un alemán de apellido Hauffman, se responsabilizó de su desarrollo y educación, hasta que él, ya joven, decidió emigrar a Nueva York. Antes de separarse de esta noble pareja, deseó llevar oficialmente el apellido de su padre de crianza, pero éste le aconsejó no perder nunca su identidad porque sin ella no somos nada. "La identidad es lo único que nos llevamos con la muerte", le dijo. Tras su partida, y ya instalado en la agitada urbe, en una pensión próxima a un mercado público, se enteró del asesinato de Labda y Hauffman por un grupo de bandoleros. Su dolor fue hondo, y vivió triste hasta que tuvo la suerte de conocer a una neoyorquina muy linda, hija de un mercader turco, dueño de muchos y variados negocios establecidos en el puerto, casado con una austríaca de nombre Maudda Laster. Esa neoyorquina, hija del turco y de la austríaca, sería a los pocos años mi madre, y se llamaba Labda, como la esposa de Hauffman.

Nací el 26 de marzo de 1927. Mi padre quería ser ingeniero, pero abandonó los estudios para dedicarse a tiempo completo a administrar los negocios de mi abuelo materno, quien creyó en él a primera vista. A principios de septiembre del mismo año, mi madre animó a sus padres a acompañarla en una travesía por el Mediterráneo. "Ya he hablado con mi esposo y él está en la mejor disposición de cuidar a la niña mientras estemos de viaje", les dijo. Antes de irse de vacaciones, el turco le entregó a su abogado un documento, donde declaraba que en caso de muerte sus bienes pasaban a manos mías y a las de Groster Lanfoster. Diez días después, mi padre recibió la noticia del fallecimiento de ellos, sin que se especificara cómo. Sí supo que arrojaron sus cuerpos al mar, así como el de muchos otros viajeros, porque al parecer fueron atacados por una peste repentina. En medio de la tragedia, le dijeron, alguien gritó espantado: "¡Es el viento, es el viento, es el viento!". Así, y cansado ya de que la muerte lo acorralara de esta manera, vendió su heredad y decidió probar suerte, conmigo en brazos, en otra parte del mundo. Buscó un mapamundi y puso la vista en el Caribe. Recorrió con el índice de la mano derecha el trayecto Nueva York-República Dominicana, y lo detuvo en Puerto Plata. Ya no le daría marcha atrás a su pensamiento.

Yo tenía cerca de seis meses cuando llegamos a esta tierra de magia y fantasía, la cual cuenta durante los doce meses del año con aguas marinas, limpias como el cielo.

No sé cómo ni cuándo se conocieron mi padre y el Dr. Gengis Vick-Aux, ni por qué decidieron vivir uno al lado del otro, en una zona boscosa, a una distancia no mayor de trescientos metros. La edificación de sus casas en las afueras de la ciudad no me extraña, pues en el caso particular de mi padre supe desde niña que vino a esta parte del mundo en busca de tranquilidad. Ya de jovencita oiría en boca del Dr. Gengis: "Me animé a venir a este país porque para mí estos lugares eran todavía primitivos". A nuestra llegada, sin embargo, la ciudad de Puerto Plata distaba mucho de ser uno de esos lugares primitivos; por el contrario, sus calles estaban bien trazadas y las casas eran hermosísimas, y había un comercio activo tanto en el puerto como en toda la provincia. De este modo, en medio de una paz divina, entre árboles frondosos y aves cantarinas, crecimos juntos Alejandrix y yo. Su padre, el jovial y alegre Dr. Gengis –así era como la gente lo nombraba–, me quiso con locura, tal vez ávido de una hembra. Desde mis primeros balbuceos me acostumbré a decirle tío, y como tal lo traté hasta el día de su muerte, acaecida tiempo después del accidente aquel que le quitó la vida a mi padre. Al día siguiente del entierro de mi nunca olvidado Groster Lanfoster, recuerdo, se propagó por la ciudad el rumor de que su muerte fue causada por una bala disparada al vidrio delantero de su automóvil mientras corría por un asesino al servicio del militar amigo del Dr. Gengis. Alejandrix se enfureció y se le metió entre ceja y ceja visitar personalmente, pistola en mano, al militar. "No vale la pena. Sé prudente y preservarás tu vida", le aconsejé. Desde la muerte de mi padre, el Dr. Gengis jamás volvió a hablar con nadie, ni con su hijo siquiera. Unos años después, en su agonía, nos dijo a Alejandrix y a mí: "Estoy destrozado porque es cierto cuanto dicen del militar amigo mío".

El doctor Gengis murió el 22 de noviembre de 1955, y a su entierro asistieron generales y coroneles del régimen, menos su amigo el militar. A la semana de su lamentable pérdida, Alejandrix recibió un telegrama con el siguiente mensaje: ESTOY MUY APENADO POR LA MUERTE DE SU PADRE. COMPROMISOS DE ESTADO ME IMPIDIERON ESTAR PRESENTE EN EL ENTIERRO. DESPACHO DEL PRESIDENTE. Nunca he sabido, pero tampoco se lo he preguntado a Alejandrix, por qué en lugar de romper el telegrama decidió conservarlo, junto con una copia de su acta de nacimiento, la cual especifica: Yo, abajo firmado, Oficial del Estado Civil de la Primera Circunscripción de la ciudad y municipio de Puerto Plata, Provincia Puerto Plata, República Dominicana, CERTIFICO: que, en los archivos a mi cargo, en el libro No. ------ - de actas de nacimientos, en el folio No. 445, hay una partida marcada con el No. 1235, correspondiente a Alejandrix Vick-Aux.

El Dr. Gengis y mi padre se reunían todas las noches, en su casa o en la nuestra, a jugar ajedrez y a beber vinos exquisitos. Por ello mi infancia se ha desarrollado en estrecho vínculo con aquella casona, grande y hermosa, del Dr. Gengis. Recuerdo sus espacios olorosos a caoba y los jardines que engalanaban el patio, donde Alejandrix y yo pasábamos horas muertas hablando con las flores.

Como ambos tutores no confiaban en la educación escolar impartida en el pueblo, contrataron a dos profesoras para guiarnos por el camino del saber. Más tarde, cuando Alejandrix y yo calificábamos para ingresar en la enseñanza intermedia, nos inscribieron en un colegio privado, abierto dos o tres años atrás por un educador de origen argentino. Allí nos graduamos de bachiller: él, en Ciencias Naturales; yo, en Filosofía y Letras. Quisimos ir a la universidad estatal; sin embargo, algo nos impidió desprendernos del Atlántico y de estos bosques siempre renovados. Ante esta situación, no prevista ni deseada para nosotros por nuestros padres, decidimos asumir ciertas responsabilidades en la administración de sus negocios y dedicarle tiempo a la lectura y al estudio de los idiomas español, inglés y francés, que nos han sido útiles en esta región. Como no es mi propósito hablar de estas cosas porque me ocuparían mucho tiempo, solo me resta decir: Alejandrix y yo crecimos felices al lado de nuestros progenitores, y desde que fuimos tocados por la llama del amor, ésta, en lugar de debilitarse, ha crecido en nosotros con ímpetu volcánico y es cada vez más intensa. Y aquí estamos los dos, juntos a pesar de los años.

Apuntes para un diario

13 de agosto, 1947: Ya tarde, entre las sombras de la noche, vi, en casa de Alejandrix, junto al Dr. Gengis, a un hombre idéntico al militar amigo suyo, que por delicadeza no he preguntado si era él. Alejandrix y yo estábamos en la antesala y ellos en la galería, desde donde se mira la vegetación más verde de la isla. El amigo del Dr. Gengis vestía un traje francés, que me recordó, por la forma y el estilo, a los parisinos de los primeros años del siglo pasado. En cambio, el padre de Alejandrix estaba en mangas de camisa. Hubo un momento en que oí claramente cuando el huésped le preguntó al Dr. Gengis qué le recomendaba él para fortalecer, conservar y amplificar la voz. El doctor le respondió de esta manera: "Debe acostarse sobre la espalda, con el pecho cubierto con una hoja de plomo, y tomar lavativas y vomitivos. Absténgase de ingerir frutas y alimentos reputados contrarios". El visitante cambió bruscamente de tema y le preguntó al doctor Gengis si era verdad que él trabajaba sin cerrar los ojos y sin comer durante tres días seguidos.

—Sin cerrar los ojos sí, pero sin comer no –respondió con una leve sonrisa el padre de Alejandrix.

—Eso es imposible –replicó su amigo.

—Si quieres, podemos hacer una apuesta –propuso el Dr. Gengis Vick-Aux.

El huésped rio a carcajadas. Calmado ya, dijo con tono desafiante:

—En este país no hay ni habrá hombre nacido que trabaje más que yo.

Los dos amigos se miraron en silencio. De súbito, se desplomó del cielo una tronada y en seguida un torrencial que duró toda la noche. Cuando acampó, Alejandrix me trajo a la casa, en el carruaje de su padre, porque venir a pie de su casa a la mía, en tiempos de lluvia, es una proeza. Nos despedimos como siempre, con un beso en la mejilla. Y aunque no le pregunté si el visitante iba a dormir en su casa, sospecho que sí, que dormirá con ellos y se marchará en la madrugada.

+++Cuentan que, en octubre de 1937, el militar amigo del padre de Alejandrix autorizó que decapitaran a miles de haitianos por encontrarse ilegales en esta parte de la isla y a otros por haber cometido faltas asaz ligeras. He buscado noticias de este acontecimiento en libros de historia, y en ellos se dice muy poco. A quienes les pregunto, tuercen la boca y se alejan de mí. Pero un anciano, descendiente de haitianos, cuya vida se desenvuelve entre las malezas más compactas de estas lomas, me ha dado una pista. "Sangre, todo era sangre", me susurró al oído, como si se hubiese referido a una peste.

Sin fecha: La semana pasada, Alejandrix y yo, en compañía de nuestros padres, viajamos a caballo a Santiago. Este trayecto dura de cuatro a cinco días por las montañas, por eso, es necesario cambiar de animal varias veces. Es un paseo ensoñador. Santiago es la segunda ciudad más importante del país. Sus calles se abren por entre cerros y planicies, y se empalman para producir una belleza inigualable. Hay muchas casas victorianas, y la presencia de árabes libaneses, llegados de Turquía, es bastante notoria. En cada aldea, en cada pueblo, nuestros padres hacían paradas de horas y conversaban e intercambiaban tragos de ron con los habitantes. La segunda noche amanecieron bailando, y no entiendo todavía de dónde sacaron fuerzas para seguir temprano el viaje. En más de dos oportunidades, vi al Dr. Gengis guiñarles los ojos a muchachas morenas. ¡Qué no haría en mi ausencia! Alejandrix tomaba anotaciones de cuanto veía, sobre todo de aquello relacionado con la naturaleza *(durante ese viaje tomé muchas notas sobre plantas, aves e insectos, que, así como guardé desaparecieron: Alejandrix).*

20 de junio, 1949: Hombres opuestos al régimen desembarcaron ayer cerca de estas costas, se rumora. Un inspector del muelle, amigo de mi padre, le refirió esta mañana que un general muy importante de esta región apresó a uno de esos hombres y mandó degollarle. Luego le hizo pedazos, asó unos, coció otros, los aderezó bien, y lo tuvo todo pronto. Llegada la hora de la cena y reunidos con otros generales y algunos coroneles, se puso en la mesa una bandeja con el cuerpo asado del prisionero, salvo la cabeza, pies y manos, que estaban metidos en un canasto. Después del hartazgo, mostró la cabeza a sus invitados, y les dijo, antes de despacharlos: "Conviertan a los presos en mujeres y cesará todo temor de que se rebelen otra vez" *(ver Clío, 119 y 155: Alejandrix).* Corrí a casa de Alejandrix en busca de más información, pero él no estaba. Fue en la noche cuando nos vimos, y hablamos largo y tendido acerca de este suceso. "Ha fracasado el intento de invasión contra el régimen",

sentenció él, con una sonrisa que aún no logro entender si era de triunfo o de frustración.

28 de junio, 1949: El amigo del Dr. Gengis, se comenta, soñó hace poco que su esposa de tanto orinar llenaba la isla e inundaba la región del Caribe. Según dicen, pues nunca la he visto, se trata de una mujer misteriosa, de poco hablar. El militar no la quiere, comentan, pero le teme como el vampiro a la cruz. "Ella suele pellizcarlo en público cuando bebe, y no le tiembla el pulso para insultarlo si baila demasiado con otra dama", corre la voz *(ver Los Nueve Libros de la Historia, Clío, 107: Alejandrix)*.

10 de febrero, 1950: ¡Los ojos se me han secado de llorar la ida de mi padre!

1952: Estamos en noviembre. Modernos autobuses han sustituido al ferrocarril, y Alejandrix me ha invitado a dar una vuelta en uno de ellos. Él se vistió todo de blanco, hasta el sombrero. Para la ocasión, me puse un traje color rosado que él me regaló la semana pasada. El paseo fue estupendo, pues en el autobús donde nos montamos iba una agrupación musical, que no paró de tocar canciones alegres y románticas.

1954: Frente al edificio del Ayuntamiento Municipal han puesto una estatua del amigo del padre de Alejandrix. Cuando terminaron de colocarla lanzó una carcajada tan estruendosa, dicen, que las máquinas cayeron y los obreros huyeron a la carrera. Uno perdió los brazos y a otro se le desprendieron las piernas. Yo hablé de esto hoy en la tarde delante del Dr. Gengis y él me miró disgustado. Alejandrix me tomó del brazo y me sacó de la casa. "Demos un paseo por el mar", dijo.

1955: +¡Llanto! ¡Dolor hondo! ¡Amargura inenarrable! ¡Ha muerto el padre de mi amado Alejandrix! ¡Ha muerto el Dr. Gengis Vick-Aux! +

1956: ++pabellones con celdas solitarias de un metro por dos, donde arrojan a los presos como bestias ++desnudan a hombres y mujeres, y los golpean con látigos y con un objeto llamado "picana", utilizado para el ganado que se echa al suelo y se resiste a seguir moviéndose ++hay una silla eléctrica donde sientan a los prisioneros y les aplican varias descargas ++matan a palos a los enemigos que tildan de más peligrosos ++sobre los muertos, vómito y risa.

14 de junio, 1959: 198 combatientes enemigos del régimen arribaron desde Cuba a las costas del norte, y vía aérea por Constanza, donde de tanta altura hay siempre neblina. Se dice que el militar amigo del difunto Dr. Gengis, al saber la noticia, gritó a sus criados que mataran diez de sus mejores caballos y luego los quemaran. Los criados hicieron en el acto con sus caballos lo que les mandó.

Septiembre, 1959: Los combatientes han sido derrotados. "Solo a cinco de ellos se les ha perdonado la vida", comentan en el pueblo. El militar amigo del Dr. Gengis está contento y lleva dos días bebiendo sin parar, rodeado de muchachas de la crema de la sociedad.

26 de noviembre, 1960: Ayer mataron a tres hermanas de apellido Mirabal, se rumora, y la semana pasada cogieron en flagrante delito de tramar una conspiración contra el gobierno a más de nueve ciudadanos. El amigo del padre de Alejandrix ha enloquecido.

27 de noviembre, 1960: Lo de las tres hermanas es cierto: ¡las asesinaron!

1 de junio, 1961: Según se dice, anoche, 30 de mayo, mataron al amigo del padre de Alejandrix, al militar que conoció en el puerto y quien poco tiempo después se convirtió en el jefe de

este país. Le llenaron el pecho de balas, se asegura, y aun así no moría. Para matarlo hubo que meterle una espada por la clavícula izquierda, dicen. Al parecer, no lo mataron desde el principio porque llevaba por dentro una loriga de escamas de oro. "Mientras lo golpeaban en la coraza –ha dicho alguien–, seguía vivo. Luego, viendo uno lo que pasaba le hirió en un ojo, y así cayó muerto" (*ver Los nueve libros de la Historia, Libro IX, 22: Alejandrix*).

2 de junio, 1961: Desde temprano, se difundió la nueva de que el amigo del Dr. Gengis no está muerto, pero ya al anochecer se informó oficialmente que sí. "Lo acribillaron a balazos", anunciaron. En la mañana del día en que lo mataron, se comenta, un peón de hacienda, al servicio del cuidado de sus caballos, le advirtió que se cuidara de sus amigos más allegados. Y hay quienes juran haber visto elevarse de entre las llamas hasta el cielo la imagen de su cuerpo ensangrentado. Acerca de lo dicho, ni dejo de creerlo ni lo creo demasiado. Una vez oí a mi padre comentar: "En sueños, a ese amigo del Dr. Gengis le arrancan de las manos el timón de una nave, y su esposa le arrastra a densas tinieblas, y se ve cubierto de hormigas aladas, o bien ve puertas gigantescas, negras y doradas, rodeándole y cerrándole el paso". De estos decires habla igualmente Suetonio, cuando narra cómo los presagios aumentaban los temores de Nerón. Hay quienes creen que el militar amigo del Dr. Gengis previó su próximo fin y no lo ocultó. Y a mí se me ocurre pensar en la posibilidad de que minutos antes de su último respiro viera a Nerón entrando al Palacio de Gobierno en el carro de Augusto, con traje de púrpura, clámide sembrada de estrellas de oro, la corona olímpica en la cabeza y en la mano derecha la de los juegos pitios, precedido por un cortejo que llevaba sus demás coronas, con inscripciones que decían dónde las había ganado y contra quién. Aquí, en Puerto Plata, alguien enlodó hoy temprano uno de sus muchos

bustos y ya se afirma que de su boca brotó una llama que quemó en el acto al agresor.

3 de junio, 1961: Ahora dicen cosas horribles del amigo del Dr. Gengis. Parecen más bien obra de la fantasía popular. De niño, como Hércules, comentan, ahogó con sus manos dos serpientes, y de grande ahorcó a más de doscientos haitianos porque se internaron en un bosque próximo a una de sus haciendas. Uno a uno los mató sin que los demás fugitivos del bosque lo advirtieran, pues por lo espeso de la arboleda, los de dentro no veían lo que pasaba con los de fuera. Una mujer se subió a un árbol, afirman, y se percató de la situación.

*****

Entre sus notas, encontré un documento titulado: CRONOGRAMA DEL DOLOR, e

informaciones sueltas, sin fecharlas, tales como:

+El buque Boheme, un hermoso trasatlántico cargado de turistas ha tocado puerto hoy lunes. Alejandrix y yo hemos sido testigos de la afabilidad brindada a cada uno de los visitantes. "Este es el negocio del futuro", dijo Alejandrix, al montar en su carruaje para regresar a la casa. En el trayecto me miró con una sonrisa juvenil y romántica, y exclamó: "¡Es hora de cambiar los caballos por una máquina de motor!".

+ Siempre preferí el carruaje a cualquier otro tipo de medio de transporte terrestre, quizá porque mi padre me enseñó a sentir un amor especial por los caballos. Durante mi desarrollo me enamoré de esta naturaleza, razón por la cual evité atentar contra su patrimonio. Alejandrix lo sabía y, por eso, ahora que viene a buscarme frecuentemente en su máquina de motor –impresionante, sin duda–, me dice medio en broma y medio en serio: "Vamos, que iré despacio para no lastimar una sola hierba".

+Entré desnuda a su cuarto bajo la lluvia, y le dije que creí verlo envuelto en vestidos transparentes, calzado con sandalias y cubierto de oro.

+Alejandrix y yo asistimos a la inauguración del malecón, proyecto concebido en el año 1917. "Tiene tres kilómetros de largo. Se inicia en la Puntilla de la Fortaleza San Felipe y termina en la playa Long Beach", leo en una cartilla turística. Ha sido el balneario más popular de esta región, agrego yo. Su avenida lleva el nombre de Gregorio Luperón, uno de los generales más destacados en la guerra contra España, en los años 1863-1865. Hoy, el Atlántico, con su aire yodado, nos ha vuelto a regalar el canto primoroso de sus olas.

+Alejandrix me acompañó esta mañana a los festejos de la restauración de la antigua estación de ferrocarril. Estaba vestido elegantemente. ¡Hasta mujeres casadas le echaron el ojo! ¡Amo demasiado a este hombre!

+El obispo nos ha invitado a la inauguración de la nueva sede parroquial. Alejandrix vendrá a buscarme en su vehículo. ¡Cuánto me gustaría a mí aparecerme en el antiguo carruaje de su padre!

+Mi querido Alejandrix y yo hemos sido invitados a formar parte de un comité gestor, con el objetivo de hacer los enlaces necesarios con el sector gubernamental para que se nos instale una extensión de la universidad del Estado.

+Asistí a la inauguración del teleférico o funicular. Su construcción es de origen italiano. Ya antes se había restaurado la fortaleza San Felipe. Alejandrix no me acompañó esta vez porque está tirado en la cama, con fiebre.

+Restauraron ayer el "Puente de la Guinea", construido en el año 1879. Una noche estrellada, recuerdo, Alejandrix y yo nos besamos debajo de este puente, que a él le encanta visitar.

+Esta tarde se terminó de construir un nuevo muelle, adyacente al viejo, que viene a completar, como reza en una literatura oficial, las actividades turísticas y operacionales del sector marítimo de la región Norte.

+En tierras del Dr. Gengis Vick-Aux, se ha levantado un impresionante complejo habitacional, iniciándose así el turismo planificado. Alejandrix se ha hecho un experto en estos asuntos, y en lugar de vender los terrenos heredados prefirió ser accionista del proyecto.

+Alejandrix y yo vamos a colaborar estrechamente con "Los Taimáscaros", un grupo cultural carnavalesco de esta ciudad, pues es una manera honrosa de defender la identidad de los puertoplateños. "Taimáscaro" es una mezcla de los nombres "taíno"–así se llamaban los habitantes de esta isla antes de ser colonizada– y "máscaro", disfraz que cubre la cara y con el que se le pretende dar autenticidad al carnaval local, el cual se celebra todos los años, durante los meses febrero y marzo. Nosotros lo disfrutamos como niños. Alejandrix suele vestirse de "taimáscaro".

+Con música y juegos infantiles, hemos asistido a la restauración del Parque Central. Alejandrix estaba muy feliz.

+Un accidente aéreo ha dejado un saldo de 131 alemanes muertos. Los puertoplateños estamos conmocionados. ¡Alemania se ha vestido de luto! (*6 de febrero, 1991: Alejandrix*).

+Ha sido restaurado con madera americana el edificio La Fe en el Porvenir.

+Alejandrix se ha comprado un automóvil preciosísimo, y ha venido a buscarme en horas de la tarde para llevarme de paseo por el centro de la ciudad y el malecón. Hoy por hoy, Puerto Plata es un pueblo muy próspero, no solo porque cuenta con instalaciones turísticas de las mejores del mundo, sino por su actividad comercial, que supera con creces a otras del Caribe. Existen además empresas dedicadas a la explotación y exportación del ámbar, piedra preciosa muy estimada entre los extranjeros y que en estos suelos aparece por doquier. Por cierto, hoy temprano fui a visitar a un amigo al Museo del Ámbar, para preguntarle cuál es el valor real de algunas piezas de este fósil vegetal, en poder mío desde hace algunas décadas, pero no le fue posible atenderme porque había muchos turistas.

+Hoy hemos inaugurado la extensión universitaria.

+Por fin, ha sido restaurado uno de los monumentos más emblemáticos de la ciudad: el Faro metálico.

+Entrada la tarde, Alejandrix y yo estuvimos en la Puntilla del Malecón, que tantos recuerdos de infancia nos trae; recuerdos imborrables que nos llevaremos con la muerte. Volvimos a fijar como antes nuestros ojos en la blancura de las olas del Atlántico y en la solidez del Fuerte San Felipe. En silencio, miramos la bahía, el muelle, la luz del Faro y la siempre impresionante loma Isabel de Torres. "Un día como hoy estas aguas del Atlántico recibieron a mi padre", susurró Alejandrix, con voz nostálgica. Volví mi vista hacia él cuando me miraba. Le sonreí y le acaricié los labios. Él besó los míos y le dije que ya no éramos muchachos para jugar al amor. Se quedó callado, pero mirándome fijamente. Al rato, su voz, siempre viril, me sorprendió al preguntarme si no lo quería. Nos alejamos de la Puntilla, en su automóvil, cuando la noche nos mostró la cara plateada de la luna. Alejandrix deseaba ir a Long Beach, playa de episodios amorosos. "Está muy contaminada. Vayamos a otro lugar para no ver las aguas negras y los desperdicios que la cubren", le dije. Long Beach era el encuentro obligatorio de los puertoplateños. Los sábados y domingos, en sus oleajes tronaban carcajadas y música.

+Cuando el Presidente anunció que visitaría próximamente esta ciudad, limpiaron las calles, mandaron a descolgar decenas de animales que un grupo de bandoleros había ahorcado y quitaron de delante de las casas los montones de estiércol.

+Cuentan que mi padre, ante supuestas amenazas de un general emparentado con el militar amigo del Dr. Gengis, intentó en más de dos momentos abrirse las venas con un raspador de copista, pero eso es mentira, y yo doy fe y testimonio de ello. Mi padre fue muy valiente para obrar de esa manera.

+Como en estos días Alejandrix habla y escribe acerca de las pestes de diciembre, transcribo in extenso este texto aparecido en la Internet. Lo imprimiré para entregárselo mañana temprano, pues le será muy útil. *Recientemente, los científicos Susan Scott y Christopher Duncan de la Universidad de Liverpool han propuesto la teoría de que la peste negra pudo haber sido causada por un virus similar al del Ébola, y no una bacteria. Argumentan que esta plaga se extendió mucho más deprisa y el período de incubación fue más largo que en el caso de las plagas causadas por Yersinia pestis (un período de incubación más largo permite que los portadores de la enfermedad puedan viajar más lejos e infectar a más personas que uno de incubación más corto. Si el vector principal hubiera sido la especie humana, y no las pulgas de las ratas, esto sería de gran importancia). Los estudios realizados por estos historiadores a partir de los documentos en iglesias inglesas les sugieren un largo período de incubación, de más de treinta días, que había contribuido a la rápida propagación de la enfermedad, de hasta de cinco kilómetros al día. La peste negra se propagó por zonas donde se afirma que no había ratas, como*

Islandia, también afirman que fue transmitida entre personas (lo que ocurre raramente con Yersinia pestis) y finalmente alegan que algunos genes que determinan la inmunidad a virus parecidos al Ébola están mucho más extendidos en Europa que en el resto del mundo. En una línea similar de pensamiento, el historiador Norman F. Cantor, en su libro In the Wake of the Plague (En el despertar de la peste), sugiere que la peste negra pudo haber sido una combinación de pandemias entre las que se podría encontrar una forma de ántrax. Cita algunos informes sobre los síntomas de la enfermedad que no concuerdan con los efectos conocidos de las pestes bubónica y neumónica; el descubrimiento de esporas de ántrax en un cementerio de víctimas en Escocia y el hecho de que se sabe que se vendió carne de ganado infectado en muchas áreas rurales de Inglaterra días antes del comienzo de la peste. También afirma que lo que fue considerado previamente la evidencia definitiva a favor de la teoría de la Yersinia pestis, tejido de pulpa dental tomado de un cementerio en Montpellier de la epidemia del siglo XIV, que contenía ADN de Yersinia pestis, nunca fue confirmado en ningún otro cementerio. Hay, sin embargo, argumentos que contradicen estas nuevas teorías. Ejemplos históricos de pandemias de otras enfermedades en poblaciones no expuestas previamente, tales como viruela y tuberculosis entre indígenas americanos, muestran que debido a que no hay una adaptación heredada a la enfermedad, su curso en la primera epidemia es más rápido y mucho más virulento que posteriores epidemias entre los descendientes o supervivientes. El Oriente Medio y el Lejano Oriente fueron afectados (como testifica la Rihla de Ibn Battuta), así que es curiosa la presencia de genes de inmunidad específicamente en europeos. Además, la peste volvió repetidamente y fue considerada como la misma enfermedad a través de los siglos hasta los tiempos modernos cuando fue identificada la bacteria Yersinia, que es endémica en varias especies de roedores en todo el mundo y causa un cierto número de casos al año. En septiembre de 2003, un equipo de investigadores de la Universidad de Oxford reveló los resultados de pruebas hechas sobre ciento veintiún dientes de sesenta y seis esqueletos encontrados en fosas comunes del siglo XIV. Los restos no mostraron traza genética alguna de Yersinia pestis aunque la ausencia después de setecientos años no puede considerarse prueba. La búsqueda de pruebas adicionales tiene su causa en dudas metodológicas sobre el estudio de Montpellier (por más que he buscado, en la Internet, referencias acerca de este escrito, no he encontrado ninguna pista, tal vez porque no soy diestro en estos menesteres, como lo era Anna).

+ He navegado durante días por varios programas de la Internet, en busca de datos sobre el apellido Vick-Aux. Lamentablemente, lo poco que he encontrado está escrito en una lengua desconocida.

Cronograma del dolor

Puerto Plata: 1930-2005

Atlántico encumbrado
sobre los relieves del color;
azul y verde en el
aliento de las olas,
y amarillo de sol
abierto en cada
risa de arena.

1937

+Sangre negra en la
espesa amargura del cielo
+gritos negros en el
infortunio de la cacería
+la muerte de la negritud
en el ocaso infinito.

1959

Rumor de balas;
sembradío de miedo:
tiemblan las montañas.

1960

Tres alas ingenuas, rotas;
tres vientres virginales, asesinados;
tres bocas dulces, ensangrentadas.

1961

Huyen los espectros +
raciocinio golpeado
en el eje oblicuo
de la mentira +
el hilo insondable
de la duda.

1963

Esperanza denegada +
la barbarie asalta
las horas +
se escucha un grito de guerra
en la montaña +
de súbito, el silencio
se torna muerte prematura.

1965

Las vértebras agredidas.
Soplo de miedo.
Rebeldía en las instancias
clandestinas de la aurora.

1966-1983

Crímenes abiertos
en la mañana indecisa.
La edad fragmentada
en el grito soterrado
de la virtud herida.

1984

El humo ha trascendido
la acepción de la muerte;
el cielo ha huido
de sí mismo.

1985-2005

El caos, finalmente,
muestra orondo
la sinrazón del irraciocinio.
A la deriva, y al revés,
agoniza la ruta de la vida.
Sicarios permanentes
en la acción precisa,
confundidos quizá
en el rumor
del viento dilatado.

IX

EL CHOQUE: TESTIGOS Y VIVENCIAS DE UNA MASACRE

Lo que más incita a muchísimos a abandonar la justicia es el deseo de honores, imperios y gloria. No recuerdo quién es el autor de esta frase, pero lo que sigue lo escribió Heródoto: "Mientras se ocupaba de esto, estornudó y tosió con más fuerza de lo acostumbrado, y como era bastante viejo, la mayoría de los dientes se le movió, y arrojó uno por la fuerza de la tos. Cayó el diente en la arena, y él se empeñó mucho en hallarle; pero como el diente no apareció dio un gran gemido y dijo a los que tenía cerca: "No es nuestra esta tierra, y no lograremos sometérnosla; lo que de ella era mío, de eso mi diente ha tomado posesión".

Advertencia

EL CHOQUE: TESTIGOS Y VIVENCIAS DE UNA MASACRE, lo escribió Alejandrix Vick-Aux en el año 1992, cuando los gobernantes de América y España celebraban, con fuego de cañón lombardo, el "V Centenario del Descubrimiento de América". Hubo hasta quienes revisaron mapas antiguos, calibraron astrolabios que tomaron prestados en un memorable museo y luego se encamaron al mástil principal de una reproducción de la Santa María y ordenaron arriar velas. Al parecer, el hallazgo de los folios correspondientes a estas narraciones, bautizadas por él con el título de *El Choque: Testigos y Vivencias de una Masacre*, se produjo al poco de su fallecimiento. Los encontraron en una caja de hierro que permanecía escondida en el garaje de su casa. Hoy, por suerte, están en poder de un reputado notario público de la ciudad de Puerto Plata, quien, por razones de seguridad, me ha pedido que no divulgue su nombre.

La muerte de Alejandrix aconteció un año después que la de Anna Lanfoster, en circunstancias aún no aclaradas, pues fue muerto a balazos por dos desconocidos, supuestos descendientes de servidores de aquel militar amigo de su padre. Lo mataron en horas de la noche y a pocos metros de su casa. Cuentan los vecinos que oyeron cuatro balazos, y cuatro fueron las balas que encontró en su cuerpo el médico forense. Pero en el vecindario también se rumora que con el tronido de las balas se oyó claramente cómo se estremeció el Atlántico, y que el viento se tornó un mar de lágrimas. Ni antes ni ahora, dicen, se había celebrado en Puerto Plata un funeral tan sentido como el que le rindieron al hijo del Dr. Gengis Vick-Aux.

Este trabajo de Alejandrix tiene un significado especial en el contexto de las narraciones dadas a conocer hasta ahora, y todas juntas forman algo así como un compendio de las pestes y predicciones de la familia Vick-Aux. A mí, en lo particular, me llama la atención la capacidad de los miembros de esta familia para enlazar temas como los narrados por ellos, los cuales, aunque corresponden a épocas diferentes, parecen tener un mismo origen. Cuando comencé a leer *El Choque*, por ejemplo, mi mente se trasladó a Cipriam, pues bien pudo él haber escrito lo que Alejandrix nos lega. Pero como no soy yo quien debo arrogarme el derecho de emitir juicios acerca de este documento puesto hoy en manos de los lectores, prefiero callar y darle paso a un paréntesis abierto por el propio Alejandrix antes de iniciar estos nuevos folios, sin antes dejar de recordar aquella sentencia antigua y bien dicha: *No todo fin está manifiesto desde el comienzo.*

El Choque

En cuanto Anna Lanfoster leyó los primeros folios de estas narraciones se animó a guardarlos en su ordenador y a trabajar en las correcciones de estilo necesarias. Igualmente, se empeñó en buscar citas en libros de autores clásicos y modernos con la idea de reforzar el contenido de cada uno de los pasajes aparecidos aquí. Junto a esto reseñaré los diálogos suscitados entre nosotros mientras yo escribía esta historia y ella la reescribía en su ordenador.

Pesadilla y sueño

—Con la lluvia de anoche se mojaron los libros.

—Es tu culpa; te había avisado que tendríamos fuertes aguaceros.

—No me gusta que los libros se mojen porque pierden su encanto. Además, la lluvia puede más que la palabra.

—¿Descansamos ahora?

—No, terminemos de limpiar por lo menos las ilustraciones, las copias xilográficas...

"Raza, nación, clase, y por detrás, por debajo o por arriba, tribus, etnias, pueblos, estados, grupos, comunidades, clanes, castas, capas, segmentos... y las gentes a millones buscando dónde, cómo y con qué identificar su destino más allá de sí mismos". *Wallerstein + Raza, Nación y Clase + inmigrantes dormidos + noches saturadas de espanto + esta nota que me entregó Anna Lanfoster en horas de la tarde de hoy.*

La burla está de fiesta; es como una peste que nos arropa y nos golpea con látigos y espadas. También huele a peste la oligarquía eclesiástica romana y los grupos financieros que controlan el hemisferio americano y gran parte de los territorios de Europa Occidental. Burla y oligarquías se han juntado para bautizar estos tiempos que corren con el bello título de *Encuentro de dos culturas*, que en el fondo y trasfondo, por debajo o por arriba viene a significar lo mismo que *V Centenario*, y que supone una "definición científica" de lo acontecido en el pasado remoto, propuesta por grupos que sin ser oligárquicos persiguen los mismos fines y lucros que las oligarquías mencionadas.

Mi idea es registrar las raíces ocultas en el tiempo, los cantos malogrados de niños y niñas muertos desnudos bajo el fuego lanzado sobre estas tierras por extranjeros malvados, y limpiar con mis manos los cuerpos mutilados de mujeres y hombres que nunca conocieron el celaje de la avaricia ni las garras de la lujuria.

He de sumergirme en la imaginación popular para recoger las voces grabadas en estalactitas y estalagmitas, crecidas en medio de ecos terribles: huellas imborrables del heroísmo de una civilización pura. En estas narraciones aparecerán testigos –no fantasmas– salidos de tumbas ignoradas, repartidas por el diminuto territorio de esta antigua colonia española. Son testigos sin nombres ni apellidos, enraizados en la rabia de la Historia. Aparecerán igualmente pasajes referidos por cronistas y notarios que acompañaron al marinero genovés en su primer viaje (*menos de Cipriam Vic–Asx, tal vez para no interferir en sus escritos*), así como breves anotaciones sacadas de su diario y pinceladas fugaces de su vida.

Canción de los cacicazgos

—¿Cómo se mide el amor? –preguntó Anna Lanfoster.

—No se mide, se siente.

Ella cerró los ojos y se quedó en silencio, y como estábamos uno al lado del otro nos tocamos el cuerpo.

—Bésame como la primera vez –musitó Anna.

Y, como la primera vez, el beso fue largo e intenso. "Si el Almirante resucitara, ¿besaría como besas tú?, me preguntó, y yo sonreí.

"... los grandes universos o sistemas de pensamiento, símbolos y representación que en el mundo han tenido y tienen influencia, a través de sus estructuras de poder compactamente institucionalizadas y legitimadas, de sus discursos y de sus lenguajes, nos han llenado de referencias abstractas imposibles de ser captadas por las mayorías humanas...". *Wallerstein/ Balibar + Raza, Nación y Clase + lujuria + corrupción + Estado + identidad arrasada + el original de esta cita está bastante borroso; Anna la escribió de prisa + se le derramó agua sobre la tinta.*

He de señalar, para iniciar estas narraciones con buen pie, que en cuanto la armada española violó nuestra flora y nuestra fauna, un rayo zigzagueó en el aire, luego estalló como un poderoso trueno de guerra y se desgranó en la faz de los cinco cacicazgos que constituían la división territorial de la isla. Una canción se montó en las olas de los mares, y desde ellas voló hacia los ríos, llanos y lomas. En las sabanas matinales se aunaron las raíces de los troncos más viejos.

Con el cuerpo desnudo, Higüey,

revestido de flechas,

salieron tus molares

de perlas marineras

a perseguir los pasos

de intrusos forajidos.

Lo ojos del Marién

se llenaron de casabe

y en sus manos crecieron

pilones de coraje.

Las trenzas de Maguana

se envolvieron en flores

y en sus labios purpúreos

nació la arena blanca.

Las piernas de Jaragua

alcanzaron las nubes

con cáscara de yuca

en medio de la lluvia.

Los cinco cacicazgos,

tras el tronido de un arcabuz siniestro,

se arrojaron, indómitos,

a defender la tierra.

Las aves de Maguá

silbaron con el oro

y escondieron los nidos

en la luz del futuro.

TESTIGO 1: En efecto, eran tres embarcaciones. Yo las vi. Yo estaba en el mar. Yo pescaba. Estaba en una canoa cuando se acercaron a la costa. Me sorprendí al verlas porque nunca antes las había visto así de grandes ni tan bien hechas, preparadas para soportar sin problemas las tempestades transoceánicas. No nos asustamos cuando vimos esos navíos. Tampoco nos sorprendimos ni llegamos a asociarlos con animales o monstruos dispuestos a tragarnos vivos. Nosotros teníamos un sentido bastante claro de la realidad para suponer semejantes fantasías. Nuestro pueblo taíno era talentoso y creativo. Además, fabricábamos embarcaciones, no del tamaño de las que vimos ese día, pero sí capaces de cubrir nuestras necesidades.

Versión de otros testigos

—Te paseaste por la casa con una lámpara de aceite de coco.

—No.

—Te acostaste a descansar sobre un lecho de paja.

—No.

—Un peto te protegía el pecho.

—Son tus fantasías, Anna; son tus fantasías.

—Te tentaste los brazos, y sentiste miedo al saberlos empapados de sangre.

...en vez de enseñar al pueblo a entender el mundo que lo rodea, a cómo poder utilizar y controlar mejor las fuerzas naturales, se le ha enseñado a escribir notas sobre los trabajos europeos de los siglos XVI y XVII, y a aprenderse de memoria la historia personal de los oscuros dirigentes de una tierra extranjera. Rafael Emilio Yunén + para ti, mi amor, copio en un humilde papel de estraza esta cita, escribió Anna.

Un cronista que vio de cerca el proceso de fabricación de las embarcaciones taínas escribió, en uno de los documentos llegados a manos de los Reyes de España: *Sus barcos, que llaman canoas —en latín monoxylla—, están hechos de un solo cavado madero de buena forma, tan grandes y luengos, que iban en algunos 40 y 45 hombres, dos codos y más de ancho, y otras pequeñas, hasta ser algunas donde cabía un solo hombre, y los remos eran como una pala de horno, aunque al cabo es muy angosta, para que mejor entre y corte el agua, muy bien artificiada. Estas canoas no se hunden nunca en el agua, aunque estén llenas, y, cuando se anegan con tormenta, saltan los indios dellas en la mar, y, con unas calabazas que traen, vacían el agua y tórnanse a subir en ellas.*

TESTIGO 2: Tras el Almirante y sus soldados pisar nuestra tierra, se colocaron en diferentes puntos de la playa en actitud de guerra. Algunos de sus hombres, nerviosos, dispararon al aire. Los pájaros y nosotros mismos nos asustamos al oír el estruendo de los disparos. Nunca antes habíamos escuchado el ronquido de la pólvora. El jefe de la tripulación inspeccionó la costa; como la encontró desolada, se hincó y rezó en alta voz. Los demás lo imitaron. Cantaron con regocijo, y clavaron una espada, una cruz y una bandera de la España monárquica, en un redondel trazado en la arena. Enseguida, unos quince soldados penetraron en la vegetación y agarraron por el cuello a un niño de cinco años. El crío lloraba porque se le había perdido un pez de oro. Le cruzaron el pecho con una espada, dizque para ver si tenía sangre como los hombres blancos, dizque para ver si era hombre o animal a quien mataban. Ese niño era mi hijo, mi único hijo.

TESTIGO 3: Yo vi cuando mataron al niño; lo vi, lo recuerdo perfectamente. Es increíble cómo pasan de rápido los siglos. Me parece que fue ayer que lo vi morir en manos de los extranjeros. Nosotros estábamos detrás de una roca cuando llegaron. Pasaron cerca de nosotros, pero no nos vieron. El niño se asustó y se nos escapó en un abrir y cerrar de ojos. Lo persiguieron. Una carcajada tronó en la vegetación y enseguida lo mataron. Yo le atravesé el cuello con una flecha a uno de ellos. Se enfurecieron, se alocaron. Cuando el Almirante se enteró del suceso, ordenó incendiar el bosque. Nosotros nos quedamos petrificados al ver la barbarie: los árboles caídos, las aves carbonizadas, humo y espanto en la boca del aire. Así, como le cuento, comenzó esta historia.

Estos pobladores no tenían armas, tal y como testificó un notario del reino; apenas usaban unas *azagayas* –varas con las puntas tostadas y agudas, y algunas con un diente o espina de pescado–, las cuales *usaban más para tomar peces que para matar algún hombre, también para su defensión de otras gentes, que diz que les venían a hacer daño.*

La paloma que el Almirante degolló

—Tan pronto levamos anclas, nos bendijo el cielo.

—Sí.

—Y antes de ceñirnos la espada, el viento vino a nosotros y nos saludó.

—Sí.

—Te acercaste a la borda de la nave y diste un paso atrás porque viste a una anciana que metía las manos en agua hirviente.

—Le pedí en voz baja que me besara. Cuando me besó, supe que esa anciana era la reina de España.

—Sí, la reina de España. ¡La misma reina de España!

¿Ya, ¡oh vientos!, ¿osáis, sin contar con mi numen, mezclar el cielo con la tierra y levantar tamañas moles? Yo os juro... Mas

antes importa sosegar las alborotadas olas; luego me pagaréis el desacato con sin igual castigo. Huid de aquí, y decid a vuestro rey que no a él, sino a mí, dio la suerte el imperio del mar y el fiero tridente. Virgilio + Publius Vergilius Maro + de la noche al tránsito impreciso de la luz de los siglos + Roma, murmuró Anna Lanfoster.

La ira tembló en los labios de la ingenuidad cuando aquella mañana despiadada y fúnebre cercenó los brazos abiertos del día. Nadie sospechó que el primer choque entre la soldadesca extranjera y los nativos marcaría el signo del luto en nuestra historia. Así, de voz en voz, de paso en paso, de vuelo en vuelo, los tranquilos y alegres indígenas conocieron la noticia del crimen. En tanto, el Almirante, con sus hombres de piel blanca, muchos de ellos antiguos delincuentes con expedientes judiciales de ultrajes y violaciones a adolescentes andaluzas, se preparaba para llevar a cabo una hazaña de dominación jamás conocida en este continente. En términos reales, esta idea afloró en la mente barroca del marinero mucho antes de su partida de Palos de Moguer, pero fue indudablemente durante la travesía de la *mar océana* cuando se afianzó en él como proyecto de vida, el cual solo podían impedirlo los múltiples intentos de rebelión de los tripulantes por el desasosiego surgido en ellos al no ver tierra por ninguna parte, o por las constantes amenazas de olas que se elevaban hasta la proa de la Santa María.

Ya en Génova, en sus años de infancia, el futuro descubridor había dado demostraciones de capacidad para subyugar a los demás. Una tarde, en la plaza contigua a su casa, agarró una paloma por el cuello y la degolló. Luego, corrió en busca de varios amigos para mostrarles su osadía. Cuando los niños vieron, en las manos de Cristobalito, el cuerpo inerte de la paloma, sintieron un escalofrío poco común.

—¿Tú la mataste? –preguntó uno de los niños, llorando.

Y el futuro almirante se irguió como un gladiador y dijo:

—Sí, yo la maté.

Cristobalito se golpeó el pecho con la paloma y sus amigos temblaron de miedo. Esa actitud de los niños se justificaba porque nadie, en Génova, así como en Venecia, se atrevía por aquellos tiempos ni ahora a matar aves inofensivas. Pero la acción del futuro genio de los mares no terminó ahí; al poco rato obligó a uno de los críos a que le arrancara las alas a la paloma. El niño que llevó a cabo la acción lloró tanto que en su derredor se formó un charco de lágrimas. Colón se las hizo beber y, ante la mirada atónita del grupo, se fue al puerto y tiró la paloma al mar. Achicó los ojos, miró emocionado los barcos, le sonrió a la franja azul del Mediterráneo y dijo para sí: "Seré dueño de la mitad del mundo".

Al correr de los años, y ya en posesión de estos territorios, les diría a los Reyes, en clara referencia a los habitantes de la isla: *Tengo mucha esperanza en nuestro Señor, que Vuestras Altezas los harán todos cristianos y serán todos suyos, que por suyos los tengo.*

¿Adoración o rebeldía?

Anna y yo hojeábamos desde temprano un manual del siglo XVI que narra con

ilustraciones pasajes diferentes de la vida de Cristóbal.

—Bajaron de los caballos, desenvainaron las espadas –susurró ella.

—¿Dónde está el descubridor? –le pregunté.

—Míralo, viene en un pequeño bote de remos. Míralo, está de pie en la proa.

—¿Ese es el descubridor?

—Sí, es él.

—¿Así, calvo y rechoncho?

—¿Quién dice que es calvo y rechoncho?

—Entonces no es él.

—Te digo que el que viene en ese bote de remos, en la proa, es el mismo almirante Cristóbal Colón.

—Sí, es él. ¡Calvo y rechoncho!

Anna cerró el libro y me miró en silencio, como sorprendida.

Pero tú, mensajero chillón, repugnante precursor del demonio, augur del fin de las fiebres, ¡no te aproximes a esta banda! William Shakespeare + El Fénix y la Tórtola + ¡Oh, William, amigo mío, amigo de siempre + verbo, alma y corazón juntos + vigor de la tierra! + mi amada Anna.

TESTIGO 4: Nosotros no les rendimos pleitesías a los extranjeros que desembarcaron. Eso es falso, ni nuestras mujeres les prepararon tortas de cazabe, como afirman ciertos relatores. Jamás les dimos a los intrusos algodón hilado ni "papagayos" verdes, y ellos no nos regalaron cuentas de vidrio, cascabeles ni bonetes colorados. Eso de que nosotros, al verlos, nadamos hasta sus barcos para adorarlos porque los creíamos seres divinos, es mentira. La única verdad de aquel primer encuentro es que cuando ellos irrumpieron en nuestra vegetación, la naturaleza y nosotros los enfrentamos para defender con dignidad lo nuestro. Aquí hasta los ancianos y los niños pusieron su coraje al servicio del viento.

TESTIGO 5: Los navíos de los invasores vigilaban la costa. Oí gritos y vi, sorprendido, cómo indias preñadas y niñas violadas, oriundas de islas vecinas, se arrojaron al mar esposadas.

Los españoles les dispararon con arcabuces y las mataron a todas. Comprendimos cuáles eran sus intenciones. Algunos indios, sin embargo, se salvaron.

Sobre este particular, un comerciante de lana, compañero del Almirante en el primer viaje, quien desertara en Castilla tras regresar con él, dijo, a título de confesión: *Estaba una canoa a bordo de la carabela Niña, y uno de los indios que habían detenido en la isla de Sant Salvador, que el Almirante parece que había puesto allí en aquella carabela, saltó a la mar, y métese en la canoa y vase en ella, y la barca tras él, que, cuando volvieron remar, no pudieron alcanzarlo, y, llegado cerca de tierra, deja la canoa y vase a tierra; salieron tras él y no pudieron haberlo. Otro diz que se había huído la noche antes, y así parece que eran detenidos contra su voluntad.*

La noche cubrió con su manto doloroso la blancura de las olas. A pesar de que los invasores habían acordonado gran parte de la vegetación contigua a la playa, oyeron un murmullo de voces airadas que los intranquilizó.

TESTIGO 5: No era ningún murmullo; eran las llamas de un incendio. El fuego se extendió rápidamente a más de tres leguas a la redonda, y la costa quedó desolada. Nadie durmió esa noche en la isla, ni siquiera los niños nacidos en medio del desastre. Todo se paralizó, hasta el aliento de los verdugos extranjeros, quienes prefirieron esperar en alta mar el nuevo día porque creyeron haber visto indios armados, cubiertos en llamas.

Dicen que el Almirante celebró el espectáculo.

Las flechas del decoro

Anna y yo nos hemos dado a la tarea de imaginar al Almirante en situaciones difíciles, y escribimos como si fuéramos íntimos amigos de él. Nos intercambiamos los textos, y los gozamos como jovenzuelos traviesos.

Texto de Anna: Con la aurora, en medio de la calma y bonanza, se alborotó la mar y cayó sobre ellos gran borrasca y fuerte viento de Levante. Quienes advirtieron que aumentaba el viento y fondeaban posición favorable previnieron la borrasca y retiraron a tierra las naves; así se salvaron ellos y sus pertenencias: *yo, Anna Lanfoster; acerca del primer viaje capitaneado por mi amigo Cristhofer; ver* Heródoto, Libro VII, 187.

Texto de Alejandrix: Doy fe de que mi amigo el marinero sabía, tal vez porque lo leyó en uno de los libros de Heródoto o se lo oyó decir a uno de los navegantes amigos de su padre, que el límite entre Cilicia y Armenia es un río navegable llamado Éufrates.

Anna: Hicieron levas de la mejor tropa y preparativos para marchar contra la isla.

Alejandrix: Se acercaron a tierra, pero lejos del objetivo previsto. Al llegar, carenaron allí las naves. Cuando salieron mar afuera con sus lanzas vueltas arriba, apresaron a un grupo de mujeres.

¡Oh pensamiento humano! ¿Hasta dónde llegarás? ¿Cuál será el término de tu temeridad y de tu audacia? Si con la edad crece la osadía, y a la larga ha de ser peor que antes, valiera más que los dioses creasen otra tierra para los perversos y criminales. Eurípides + Hipólito + Salamina + actualización de mitos + sentencias extraídas de lo hondo del alma + asociación de hechos anunciados, dijo Anna Lanfoster.

En medio del incendio, los indígenas se preparaban para el inevitable choque. Por lo que algunos de ellos habían visto, sabían que los visitantes traían armas poderosas y modernas, y que los arcos y flechas resultarían insuficientes para enfrentarlos. Por tal razón, aprovecharon la noche y el incendio: llenaron de trampas los caminos y se guarecieron en las montañas.

Los grillos y los cocuyos cantaron tristemente bajo las estrellas pardas. Y los manatíes no se asomaron a la superficie del mar porque prefirieron quedarse en las cuevas marinas para resguardar las perlas y los cantos sirenios.

A mitad de la noche, se oyó en el cielo la voz de una mujer, partida en el velo irredento de la angustia. Un escribano escuchó lo que dijo y lo tradujo al español como sigue:

En la cara de la luna,
entre olas y gritos,
hay naos ensangrentadas.
Huyamos, huyamos
con los rizos del viento
allá donde no hay
sembradíos de muerte.

Cuando el sol borró las primeras neblinas de la madrugada, el Almirante vio desde la proa de la Santa María que más de doscientos indios, apretujados y airados, templaban sus arcos y dirigían una gran cantidad de flechas hacia las tres carabelas. En el centro del grupo, observó a un hombre con el pecho erguido y el rostro encenizado por la furia, y supuso que ése era el jefe de la isla.

Una corneta ronca sonó en el mar.

La armada extranjera se mordió los labios. El genovés dio la orden de alerta y brillaron las espadas, las ballestas y las espingardas. Pero nadie se atrevió a dar un paso hacia delante. El Almirante entendió que no sería nada fácil poner en marcha el plan que le había vendido magistralmente a los Reyes de España.

TESTIGO 6: Esa mañana estábamos dispuestos a morir. Recuerdo que nos pasamos todo el tiempo en silencio, y oíamos claramente el aleteo de las gaviotas y el oleaje del mar.

TESTIGO 7: Siempre recibíamos con amor a nuestros visitantes porque nadie, nunca, nos había hecho daño. No concebíamos la idea de que seres humanos venidos de tierras lejanas quisieran romper el hilo conductor de nuestro desarrollo.

TESTIGO 8: Jamás había brillado el decoro en nuestras flechas como esa vez.

Presencia de la sangre

—Anoche recordó a su madre encinta. Ella tuvo un sueño.

—¿El de la tinta roja derramada sobre mapas viejos?

—No, Alejandrix; el Almirante jamás volvió a pensar en eso.

—¡Ah, ya sé! Soñó que daba a luz un león.

—Muy bien, Alejandrix; te has ganado una medalla de oro.

—El marinero puso los ojos en la mar reposada y se sorprendió porque a la nave le precedían mil jinetes que llevaban los ojos vendados –musité.

Mostradme vuestra sangre y vuestro surco, decidme: aquí fui castigado, porque la joya no brilló o la tierra no entregó a tiempo la piedra o el grano: señaladme la piedra en que caísteis y la

*madera en que os crucificaron. +Pablo Neruda presente en nuestro
entorno, me dijo al oído Anna Lanfoster + sí, le respondí + el
zumbido del viento que nos llega del mar.*

El Almirante, erguido en la proa de la Santa María, mandó
tocar corneta por segunda vez y dio órdenes precisas de que la
tripulación depusiera su actitud de combate. En tierra y en mar,
el silencio se sintió bronco y fiero. Cristóbal bajó a tierra firme y
propuso un intercambio de gestos entre él y una delegación
taína porque no entendía su idioma, ni éstos el de ellos. Así pues,
lo dicho por ambas partes tendría que expresarse con ademanes
o, en todo caso, con símbolos gráficos trazados en la arena. Los
taínos accedieron y el genovés avanzó con tres hombres más
hasta el centro que separaba a los dos bandos. Lo mismo hicieron
los nativos.

Meses después, un notario encargado de escribir las
incidencias del primer viaje refirió: *Vide que estaba el dicho rey en
la playa y que todos le hacían reverencias y acatamiento. Envióle
un presente al Almirante, el qual recibió con mucha gravedad y
estado y que sería mozo de hasta veintiún años y que tenía un ayo
viejo y otros consejeros que le hablaban y respondían, y él hablaba
muy pocas palabras. Uno de los indios que traía el Almirante
habló con él, diciéndole cómo venían los cristianos del cielo y que
andaban en busca de oro y que querían ir a la isla de Baneque, y
el rey respondió que bien era y que en la dicha isla lo había mucho.
Mostró al alguacil del Almirante el camino que habían de llevar
y que en dos días llegaría de allí a ella y que si de su tierra habían
menester algo, lo daría de muy buena voluntad.*

Pero los dos bandos no llegaron a entenderse porque el
Almirante insinuaba con sus gestos ampulosos y prepotentes
que había venido a posesionarse de la isla por disposición y
mandato de reyes divinos, y que enviaría a la Corona de España

las riquezas y tesoros de estas tierras, y sometería a los nativos a la fe del cristianismo. Los taínos lanzaron un grito de desaprobación y retrocedieron. Cristóbal, encolerizado, y posiblemente asustado, les ordenó a los soldados, con un movimiento rápido hecho con el brazo derecho, abalanzarse contra ellos y masacrarlos.

Unos treinta indios lograron salvarse, y corrieron por llanos y lomas divulgando la desgracia. Como emprendieron la huida recién comenzó el enfrentamiento, no contaron cuántos de los enemigos murieron. Y aunque el jefe marinero nunca habló de este sangriento episodio, acaecido posiblemente en horas de la mañana del sábado 15 de diciembre, sí escribiría que *ellos no tienen armas, y son todos desnudos y de ningún ingenio en las armas, y muy cobardes, que mil no aguardarán a tres; y así son buenos para les mandar y les hacer trabajar, y se enseñen a andar vestidos y a nuestras costumbres.*

Los sueños del joven Cristóbal

—¡Tierra! ¡Tierra! –vociferó Anna.

—Tierra virgen, tierra de nosotros –le susurré al oído.

—Yuca y casabe, y el canto en el mar y en los ríos.

—Y la danza presente en cada piedra.

—La danza, sí, y los colores eternos de la vida.

—Sobre todo el verde.

—Sobre todo el amarillo.

Dijo: Durante el invierno visité Sevilla, toda la Andalucía y no quedó hombre ni villa/ que de buen grado ante mí no se humilla. / Anduve mucho viendo sus muchas maravillas. Respondí: Eso no lo escribiste tú, sino el Arcipreste de Hita + Libro de Buen Amor + ¿Alcalá de Henares? + ella sonrió.

Una tarde rosmarina, en el puerto de Génova, el jovencito Cristóbal hablaba de sus sueños con un anciano y experto marinero. Le contaba que quería conocer los misterios de la naturaleza. "El mar le da la vuelta a la tierra y está lleno de islas", le dijo.

El anciano marinero, que en su larga vida solo había hecho la travesía de Génova a Nápoles y de Nápoles a Palermo, escuchaba con fascinación las teorías del joven soñador, sin ocultar su temor a la ambición desmedida latente en su interlocutor, quien ya le había confesado que no moriría sin antes descubrir y conquistar nuevos territorios, los cuales él suponía en estado salvaje y ricos en oro, perlas y especierías.

—Los hombres y mujeres de esas islas serán mis esclavos y esclavas. Estarán bajo mi dominio y seré el rey de la mar –le dijo Cristóbal al anciano, sin quitarle los ojos de encima y con brillo de sangre en las pestañas.

Al escuchar las palabras del muchacho, el anciano se quedó profundamente pensativo, tal vez porque comprendió que los tiempos habían cambiado, que la Génova en que nace y se desarrolla Cristóbal se diferenciaba bastante de aquella que regía la vida en los siglos XIII y XIV: desde su altura, Colón veía partir hacia mares lejanos a decenas de intrépidos navegantes. Llegado a este punto, conviene señalar que el prestigio y poder de la República se desmoronó en el año 1475, más o menos a un tiempo en que cayeron los establecimientos de Crimea en poder de los turcos y que el imperio colonial de Génova se extendía de la desembocadura del Don a la del Nilo. Así, el anciano recordó que del año 1390 al 1396 hubo en la vida genovesa once revoluciones que pusieron en el trono a igual número de jefes, uno de los cuales apenas duró solamente dos días. Los genoveses habían enseñado el arte de la navegación, en la cual eran maestros, a catalanes, castellanos, portugueses, ingleses, franceses, también a turcos y persas. Independientemente de la pérdida de territorios y dominio político en el Mediterráneo, éstos, los genoveses, continuaban siendo imprescindibles en el campo comercial y financiero. El flujo migratorio era mutable. En el Medioevo, Génova había dado marinos y ballesteros; ahora, sin embargo, daba comerciantes, banqueros y armadores que buscaban nuevas inversiones para su dinero. Luego, cuando Colón dejó abierta la vía de las Indias Occidentales, intervinieron activamente en la colonización y disfrute de la nueva tierra.

Aunque el anciano reflexionó detenidamente sobre estos aspectos, no le dio mayor importancia a las palabras de Cristóbal y prefirió pensar que éstas eran el resultado de los nuevos tiempos, los cuales influían en una mente hábil y sagaz como la del jovenzuelo. De todas formas, cuando el anciano se preparaba para alejarse del puerto, le dijo a Cristóbal, como si hablara en nombre de los genoveses:

—No es bueno subyugar a los demás, pues eso genera odio, discordia y violencia. La ambición, la ira y nuestro excesivo individualismo nos han retorcido las entrañas.

Cristóbal no dijo nada, pero cuando el anciano le dio la espalda y se marchó, en sus labios se dibujó una sonrisa codiciosa.

Hierba y tizne

El manual del siglo XVI está abierto. Anna lo observa regocijada y exclama:

—Mira qué fantástico retrato de Marco Polo, y qué interesantes son estas miniaturas tomadas del Códice 264 de la Bodleian Library de Oxford. Mira, Alejandrix, aquí arriba. No, no, aquí. Te leo: "...el Gran Khan sale por la puerta de la ciudad de Jandú para dedicarse a la caza. Abajo, a la izquierda, el puerto de Zeiton; a la derecha, habitantes de Iaci. Cublai, kahn de los tártaros (¿1215? -94), trasladó la capital de su reino a Pekín, donde los conquistadores sufrieron el influjo de la superior civilización china, como hubo de anotar Marco Polo al llegar a la corte del gran Rey".

Llegaron con sus ojos hambrientos de vírgenes espacios; /con sus manos hambrientas de tesoros ajenos; /con sus vientres hambrientos de hartazgos innombrables y con sus corazones hambrientos de placeres. /Y al pisar en las tierras de la Nueva Esperanza /en vez de una palabra de paz o de concordia /retumbó en las montañas el redoble maldito /de los viejos tambores con sus ritmos de guerra. Sócrates Barinas Coiscou + Dolida piel americana + gritos de piedra en la espesura de la vida + silencio + rabia en la palabra.

Años más tarde, un sacerdote de la época, supuesto defensor de los indios (supuesto porque era a la vez un ferviente y obstinado defensor de la Corona), comentaría, tomando como punto de referencia algo ya dicho por el Almirante: *son buenos para les mandar y les hacer trabajar, sembrar y todo lo otro que fuera menester, que es aquí de notar, que la mansedumbre natural, simple, benigna y humilde condición de los indios, y carecer de armas, con andar desnudos, dio atrevimiento a los españoles a tenerlos en poco, y ponerlos en tan acerbísimos trabajos en que los pusieron, y encarnizarse para oprimirlos y consumirlos, como los consumieron. Y cierto, aquí el Almirante más se extendió a hablar de lo que debiera, y desto que aquí concibió y produjo por su boca, debía de tomar origen el mal tratamiento que en ellos hizo.*

El mismo 15 de diciembre, en horas de la tarde, cuando la sangre de los indígenas había volado hacia el cielo con el viento salobre, Colón dispuso que su armada abordara las embarcaciones a fin de seguir incursionando en otros puntos de la isla. Pensativo, se aisló en su lujoso camarote de la Santa María y sacó tiempo para añadir algunas líneas a su diario: *Crean Vuestras Altezas que estas tierras son en tanta cantidad buenas y fértiles, en especial estas desta isla Española, que no hay persona que lo sepa decir, y nadie lo puede creer si no lo viese. Y crean que esta isla y todas las demás son así suyas como Castilla, que aquí no falta salvo asiento y mandarles hacer lo que quisieren, porque yo con esta gente que traigo, que no son muchos, correría todas estas islas sin afrenta, porque yo he visto solos tres destos marineros descender en tierra, y haber multitud destos indios, y todos huir sin que los quisiesen hacer mal.* Luego se quedó medio dormido, pensando en su abuela materna, que murió cuando él tenía apenas cinco años. La recordaba con su larga y preciosa cabellera, y con el donaire propio de las mujeres de las costas de Italia. Ella –tierna como un rayo de luz en primavera–, solía decirle, cuando su padre Doménico lo llevaba a verla a la comarca de Olivilla, donde precisamente había nacido Cristobalito: "Serás el más famoso de todos los héroes de España".

La imagen de su abuela aparecía muy a menudo ante él, sobre todo cuando descansaba o terminaba de escribir algunas líneas en su diario. Sentía en el rostro las caricias siempre tiernas de aquel ser, cuando en la popa de la Santa María se enredó un grito de guerra. Clarines y cornetas rompieron el silencio de la tarde. Colón, espada en mano, salió del camarote y se quedó atónito al ver que más de doscientos treinta indios lanzaban flechas contra su nave y remaban en canoas hacia la Pinta y la Niña.

Los indios, con el cuerpo untado de un tizne sacado de la tierra, y con el pelo cubierto de hierba recién cortada en los montes, se acercaron a las carabelas, emitiendo un ronquido espantoso.

Lombardas y atavíos para ocultar la sangre

—En este códice griego del siglo XV, que contiene la Geografía de Tolomeo, aparecen Irlanda y Gran Bretaña, y mira aquí el mapamundi que fray Mauro Camaldolese ejecutó para Alfonso V de Portugal en el año 1459 –dijo Anna y añadió con entusiasmo juvenil–: Mira, Alejandrix, aquí, a la izquierda, piezas marineras que pertenecieron a una nave de la época del primer viaje de tu amigo, el genovés; y aquí, a la derecha, astrolabio y sextante de aquel tiempo.

No hagáis caso de la leyenda escolar que refiere que al principio fueron las hojas flotantes y luego el grito escalofriante de ¡Tierra! prorrumpido desde un mástil enhiesto y escrutador por un marinerito lindamente llamado Rodrigo de Triana. No hagáis caso tampoco de la leyenda popular o popularizada que atribuye al Descubridor y a sus módicos huesos, el hechizo que parece gravitar sobre el destino de esta tierra atormentada. Pedro Mir + El Gran Incendio + olas incesantes del Caribe + sueños retorcidos en las alas primaverales de la aurora + escritura rápida de puño y letra.

En medio de truenos fragorosos y exhortándose unos a otros a no perder la fe en el triunfo, los indios avanzaban hacia las naves enemigas, pero estas lograron alejarse del peligro y ellos no las alcanzaron. Así, cuando llegó la noche, navegaron de vuelta a sus bohíos. Superado el trance, el genovés diría entre dientes: "Mejor nos alejamos y evitamos matarlos".

TESTIGO 9: Los intrusos se retiraron al oír nuestros gritos. Ellos contaban con los medios para masacrarnos, pero no lo hicieron. Quizá el miedo se apoderó de sus corazones y los obligó a huir.

Alejadas las naves de la costa, el Almirante volvió a perderse en la soledad de su camarote. Allí, de pie frente a su escritorio, meditó sin moverse durante una hora. Le urgía encontrar métodos nuevos que le permitieran penetrar con más facilidad y menos peligro en los nuevos territorios, que ahora consideraba, y así lo escribiría, *aún no conquistados*. "Están dispuestos a morir estos salvajes", pensó, y un ardor de fiebre le fluyó por los huesos. Un silencio abismal se le posó en los labios. Luego, el martes dieciocho de diciembre, día de Nuestra Señora de la O –fiesta de la conmemoración de la Anunciación–, cansado de divagar y de pensar en métodos más efectivos contra los taínos, sin riesgos para él y los suyos, se le ocurrió la idea de ataviar con banderas y armaduras exóticas las tres carabelas y lanzar hacia el aire tiros de lombardas. Consideró prudente desembarcar en otra parte de la isla, lejos de donde había sucedido el primer choque, en el entendido de que el resto de la población no tenía información de este acontecimiento. Y no estaba equivocado, pues en la isla, pequeñísima en comparación con la península Ibérica, nadie tenía medios a su alcance para comunicarse rápidamente con nativos de lugares distantes. Sin pérdida de tiempo, el Almirante puso en práctica su idea de adornar las naves antes de desembarcar en otra playa. Él mismo trabajó al lado de los marineros, ayudando en todo. De cuando en vez se detenía a mirar el vuelo audaz de las gaviotas o las olas que golpeaban con furia los arrecifes. Desde la mar, juzgaba que el cerco de la isla tenía cabos y puertos fabulosos. La templanza de los aires y de la tierra le recordaba a Castilla por el mes de marzo; y las hierbas y los árboles y el denso olor a naturaleza pura lo transportaban al mes de mayo de los reinos castellanos.

El entierro de los muertos

Anna me entregó una nota, firmada graciosamente al estilo del Almirante: *Xpo FERENS,* que algunos estudiosos traducen como *portador de Cristo,* aunque para otros es enigmática y motivo de duda.

Esta es la nota:

Año MDI, Del futuro Descubridor a los Reyes de España. A edad muy temprana entré en el mar navegando, habiendo continuado hasta hoy. El arte de la navegación lleva a desear, a quien sigue esa vocación, descubrir los secretos de este mundo. Son más de cuarenta años los que hace que sigo esta práctica, y todos los mares que hoy se navegan yo los he recorrido.

No grité, aunque me herían. Aunque tú me ocultabas la forma de tu pecho. Sentí salir el sol dentro del alma. Interiormente las puntas del erizo, si aciertan, pueden salir de dentro de uno mismo y atraer la venganza, atraer los relámpagos más niños, que penetran y buscan el misterio, la cámara vacía donde la madre no vivió, aunque gime, aunque el mar con mandíbulas la nombra. Vicente Aleixandre + Espadas como labios/Pasión de la tierra + tierra incendiada junto al último bostezo + síntesis del dolor + obertura infinita que anuncia el canto definitivo del amor + voz de Anna Lanfoster: suave, tierna y amorosa.

Un escribiente de la Corona comentó que *vido por allí otros puertos muy buenos, y poblaciones parecían, y ahumadas muchas. Estas ahumadas, pensaba el Almirante que eran hechas como las que hacen las atalayas cuando avisan de enemigos.* Como esto preocupó al jefe marinero, le encomendó a su notario particular preguntarle a un indio, capturado en la isla de Cuba, qué originaba esas humaredas. El notario, un hombre regordete, medio calvo y pequeño, se acercó al preso y con voz de grillo acatarrado averiguó parte de lo que Cristóbal quería saber. *Como es tiempo de sequía, los indios se dedican a poner fuego a los herbazales, que son grandísimos por las innumerables campiñas llanas y rasas que hay y que ellos llaman cabanas, y porque tanto es y tanto crece la hierba que tapa y ocupa los caminos,* le informó el notario a Colón. "¿Solo eso?", le preguntó el Almirante, mirándolo con un gesto patético. El notario, con los labios temblorosos, con una vocecilla medio apagada y con los ojos cerrados por miedo de que al Almirante se le retorcieran los suyos, como solía sucederle cuando se enfadaba, le respondió con marcado tartamudeo: *Como entre la hierba se crían los conejos desta isla, que los nativos llaman hutías, con quemar las cabanas, matan todas las que necesitan para alimentarse.*

Las explicaciones del notario tranquilizaron al capitán de la Santa María, quien al rato se fue a descansar de nuevo a su camarote.

Mientras tanto, los indios enterraban a sus muertos bajo el cielo agrisado. Cantaban y bailaban con orgullo en derredor de las tumbas de sus primeros mártires. Algunas mujeres, con el llanto en los labios, gritaban enfurecidas. Los niños miraban con el ceño fruncido el manto espumoso de la mar ensangrentada, como si de pronto estuviesen viendo el final del goce de la infancia. Los más viejos contemplaban el cielo arrebujado de nubes con la dignidad crecida en la frente, y veían también cómo el viento se llevaba a los mares el llanto de las mujeres y las lágrimas de los hijos de sus hermanos acribillados por las hordas extranjeras, que decían haber venido de las alturas. Duraron hasta muy tarde cantando y llorando a sus muertos. Cuando la noche se aproximó a la costa con rezos de muerte, los hombres, sobre todo los más jóvenes, estaban en las sierras y en los llanos, preparando arcos y flechas, unos; y otros aljabas, hachas de hueso, espadas de madera y macanas.

El juramento de los indios

—¡Ja, ja, ja! –rio Anna Lanfoster como nunca antes había reído.

Me detuve a mirarla, sin disimular mi sorpresa, y ella siguió riendo sin parar. Vino hacia mí con los brazos en alto y dijo con tono militar:

—¡Un monarca, un imperio y una espada!

(*endecasílabo de la autoría de Hernando de Acuña, poeta predilecto de Carlos V; nota mía: Alejandrix*).

Por tristes que sean mis vicisitudes, horribles los hechos, ásperas las luchas, por dolorosos que sean los acontecimientos, son ya historia, ya no cambian, ya no pueden cambiar, ¿comprendéis? Luigi Pirandello + Enrique IV + la herida que trasciende la cotidianidad rota + espacio fragmentado + carcajadas difusas en espejos opacos + mi voz recreada en los labios de Anna.

En lo alto de una loma, con los senos abiertos al viento, embarrados de hierba y tierra, una mujer canta:

Cuerpo de niño desnudo,

zúmbale al cadillo

y aléjanos del martirio.

Cuerpo de niño desnudo,

refúgiate en la palmera

y aléjanos de la sangre.

Cuerpo de niño desnudo,

cierra las pestañas

y aléjanos del llanto.

Cuerpo de niño desnudo,

envuélvete en la tierra

y aléjanos de la muerte.

Texto traducido de la lengua nativa al español por uno de los testigos que vino a visitarme a mi casa días antes de terminar yo estas narraciones.

TESTIGO 10: Esa noche la isla se llenó de tambores. Los pífanos sonaron por doquier. Con maracas y caracoles gigantes los jóvenes propagaban de choza en choza el coraje heredado de sus ancestros, y alentaban a las viudas con palabras tiernas, y a los niños los enseñaban a amarrar las lágrimas con la altivez del honor. Nosotros asumimos con gallardía lo que para otros hubiera sido motivo suficiente de pesadumbre. Nuestros nervios se templaron y nos propusimos, bajo juramento colectivo, defender nuestra libertad y el tesoro escondido en los senos maternales de nuestra isla.

Un trueno distante anunció la proximidad de una tempestad. La tripulación se dislocó porque los capitanes tomaron otro rumbo y porque, además, las aguas se tornaron turbulentas. Pero al momento volvió la calma.

El Almirante aprovechó la situación para tirarse en la cama y dormitar un rato, pero estaba cansado y el sueño se le pasmó. Miró un crucifijo de bronce, clavado en la cabecera de la cama, y recordó sus andanzas por Córdoba y Salamanca, cuando Granada se desangraba en medio de la guerra. Añoró sus amores con la joven Beatriz Enríquez de Arana, de cuyo cuerpo brotaba un aroma silvestre que lo enloquecía. Pensó con nostalgia en la vez aquella que él le desgarró la virginidad presa de una furia aterradora. Sintió un placer divino y una sensación de delirio tal que llegó a creer que la tenía desnuda entre sus brazos.

En verdad, Beatriz lo amó a cambio de nada, pero él la despreció después de haber procreado un hijo con ella. Lo bautizó con el nombre de Fernando, y sería su biógrafo.

Fantasía y engaño

Querido Alejandrix: A fin de ser parte de tus escritos, como lo soy en el amor, te envío este material.

Planisferio genovés de Paolo del Pozo Toscanelli. Colón se sirve de la carta del docto físico y cosmógrafo florentino para convencer a los incrédulos. Según Toscanelli, su carta señalaba desde Lisboa en línea recta hacia poniente 26 grados, cada uno de 250 millas, hasta la "nobilísima y grandiosa ciudad de Quinsay". Este era el nombre dado por Marco Polo a Hangceu, capital de Ce-Kiang, de la cual se cuentan cosas maravillosas: según el autor de Il milione, *tenía doce mil puentes de piedra.*

En fin, hagas lo que hagas, volaré ante tu cara y tus ojos, me lamentaré y no te permitiré reposar en ninguna parte. Oirás el violento chasquido de los azotes, y las antorchas entrelazadas de serpientes brillarán ante tus ojos criminales. Vivo, serás perseguido por estas furias, y muerto, también, porque tu vida será demasiado breve para tu castigo. Ovidio + El Ibis + vida mundana + exilio + metamorfosis + tú y yo, Anna.

Pasados los años, quizá con el remordimiento manifiesto en la mirada, el Almirante redactaría en Sevilla un testamento en el que recomendaba que la infeliz muchacha, madre de su hijo Fernando, *sea ayudada de modo que pueda vivir honorablemente, como persona hacia la cual estoy muy obligado, y que esto se haga para mi descargo de conciencia, cuya razón no es lícito escribirla aquí.* Pero aun habiéndola despreciado, Beatríz solía aparecer con mucha frecuencia en los sueños de Cristóbal, lo que no le sucedía con Felipa Moniz de Perestrello, su esposa, descendiente por parte de su padre Bartolomé de una familia placentina, y emparentada, por su madre, con la familia real de los Braganza.

Felipa le entregó al Almirante a Diego, quien seguiría el ejemplo de su padre en las nuevas tierras. Tres años después de feliz matrimonio, ella se le fue al otro mundo silenciosamente. Él apenas percibió su último aliento.

Así, pensando en Beatriz y no en Felipa, el capitán genovés se quedó dormido. Cuando las primeras luces del día dieciocho revolotearon como gaviotas en la turbulencia de las olas, los cañones detonaron en las tres carabelas. Cristóbal oró y subió a popa, de donde presenció que muchos indígenas, extasiados ante los tiros de lombardas, corrían a lo largo de una playa muy hermosa: *corrían asustados y regocijados a la vez*. "Ondeen banderas y muestren las cruces para impresionar a estos salvajes y hacerles creer que venimos en son de paz", vociferó el Almirante.

Clarines, cornetas y redoblantes alegraron las naos cuando más de diez soldados de la Pinta hacían contacto con la arenilla de la playa. Los taínos los rodearon excitados. El Almirante, convencido de que estos nativos eran más pacíficos que los anteriores, bajó de la Santa María, en compañía de dos notarios de los reyes y doce soldados con ballestas y espingardas. Ya en tierra firme, exhibió con orgullo una cruz y una bandera monárquica. Por su vestimenta, su personalidad y la actitud reverente que los soldados le mostraban, los taínos reconocieron que él era el jefe de los visitantes.

TESTIGO 11: Nosotros no habíamos peleado nunca, ni queríamos pelear contra nadie. Nuestro cacicazgo era tranquilo. Odiábamos la violencia. Al ver a esos hombres con barbas largas y con banderolas de múltiples colores, y al notar que de las embarcaciones salía fuego hacia el mar, como para alegrarnos y no agredirnos, pensamos que querían simplemente conocer nuestra isla y ser amistosos con nosotros. Los recibimos con entusiasmo porque ignorábamos que ya habían asesinado a muchos de nuestros hermanos.

Los dulces comentarios de Colón

Génova. Medioevo: marinos y ballesteros. 1450–1500: comerciantes, banqueros y armadores.

Cuadro de Cristóforo Grassi. Lápida en memoria de Colón. Fernando de Aragón, con su hijo don Juan, fragmento del retrato de la escuela hispanoflamenca "La Virgen de los Reyes Católicos". Retrato de Isabel de Castilla, de Bartolomé Bermejo. Casa de Cogoleto. Vista de Savona (apuntes de Anna y míos).

¿He de decir ahora, o de repetir, que tanta y tan correcta afectación ocultaba cierto desorden, que todo aquello eran puras manifestaciones de voluntad, por no decir mentiras, y que no hacía falta ser muy lince para darse cuenta de ello? Tanto empeño puesto en simular la felicidad se me aparecía a mí como una negación y una disimulación de los problemas de la vida. Thomas Mann + Doctor Faustus + pulmón fragmentado + ausencia de la ira + magia en la mirada + mi voz que roza levemente la sonoridad de Anna.

El Almirante no tardó en reunirse con una comisión integrada por los principales dirigentes taínos, a quienes invitó a conocer las maravillas de la Santa María. No disimuló su asombro cuando los nativos se inclinaron reverentes ante él. Luego, la comitiva retrocedió y le dio paso a un hombre que se acercaba al líder marinero con un pedazo de oro en la mano derecha. "Una pieza del tamaño de una yuca", escribiría un notario. Colón se sonrió al verla.

El hombre de aquella pieza era nada más y nada menos que el cacique de la nueva zona donde incursionaba la tripulación española, razón por la cual el genovés, a cambio de su bondad reiteró los términos de su invitación de que la comitiva conociera su nave y entrara con él en su camarote privado. En medio de gestos ampulosos –era de la única manera que podían entenderse ambas partes–, el hombre del oro accedió a la propuesta de su interlocutor. Los demás indios, regocijados porque su jefe y cinco nativos más acompañaban a Colón a la Santa María, comenzaron a bailar y a cantar.

TETIGO 12: Nuestro cacicazgo no conocía la guerra. En otros, la situación era diferente. Los jóvenes practicaban acrobacia y se entrenaban en el manejo de la flecha. Nosotros no. En nosotros predominaba el deseo de labrar la tierra y pescar, y lo celebrábamos con cantos y bailes. También cantábamos y bailábamos cuando nos visitaban seres pacíficos.

Ese mismo día, en la noche, el genovés narraría a su manera aquel encuentro: *...él, así como entré en la nao, halló que estaba comiendo a la mesa debajo del castillo de popa, y él a buen andar se vino a sentar en par de mí, y no quiso dar lugar que o saliese a él ni me levantase de la mesa, salvo que yo comiese, y cuando entró debajo del castillo, hizo señas con la mano que todos los suyos quedasen fuera, y así lo hicieron con la mayor priesa y acatamiento del mundo; y se asentaron todos en la cubierta (salvo dos hombres de una edad madura, y que yo estimé por sus consejeros y ayo, que se asentaron a sus pies). Yo pensé que él tenía a bien de comer de nuestras viandas; mandé luego traerle cosas que comiese; de las viandas que le pusieron delante, tomaba de cada una tanto como se toma para hacer la salva, y lo demás enviábalo a los suyos, y todos comían della, y así hizo en el beber, que solamente llevaba a la boca y después lo daba a los otros, todo con un estado maravilloso y muy pocas palabras; y aquellos dos le miraban, y hablaban por él y con él, y con mucho acatamiento. Después de haber comido, un escudero suyo traía un cinto, que es propio como los de Castilla en la hechura, salvo que es de otra obra, y me lo dio, y dos pedazos de oro labrados que eran muy delgados; que creo que aquí alcanzan* *poco dél, puesto que tengo que están muy vecinos de donde nace y hay mucho. Yo vide que le agradaba un arambel que yo tenía sobre mi cama; yo se lo dí, y unas cuentas muy buenas de ámbar que yo tenía al pescuezo, y unos zapatos colorados y una almarraxa de agua de azahar, de que quedó tan contento, que fue maravilla. Y él y su ayo y consejeros llevan gran pena porque no me entendían, ni yo a ellos; con todo, lo cognoscí que me dijo que, si me cumplía algo de aquí, que toda la isla estaba a mi mandar.*

En busca del dominio

—¿Lloras? –preguntó con miedo Anna.

—¿Cómo voy a llorar si mis ojos son de mar?

—Quiero acariciarte los párpados.

—No, ahora no.

—¿Cuándo, entonces?

—Cuando lo abarque todo con la mirada.

Colón llegó a creer que había llegado a las puertas del Paraíso Terrenal y se sintió enamorado de la naturaleza, con una pasión quizá más duradera, aunque menos deliciosa que aquella que le hizo detenerse durante cinco días en una isla de las Canarias, en su segundo viaje a las indias, para dedicarse a felices "devaneos amorosos" con una viuda, en una aventura pasajera de la cual salió "tincto in amore", según la poética expresión de Cunec. Abelardo Vicioso + Santo Domingo en las Letras Coloniales 1492-1800 + edificios caídos ante la mirada indiferente de la noche + cielo abierto + farallones rotos + paredes descoloridas + Anna y yo nos entregamos al amor.

TESTIGO 13: No veíamos con buenos ojos la presencia de los extranjeros en nuestra isla ni que estos territorios estuvieran a su mandar, como decía su jefe. Nosotros quisimos mostrarle nuestro sentimiento de hospitalidad. Recuerdo que mientras compartíamos con él en su camarote, nos dispensó amabilidad y cortesía. No vimos en su conducta prepotencia ni ambición. Cuando se le entregaron nuevas piezas de oro no se asombró; las recibió con naturalidad y agradecimiento. Pasados los días, descubrimos que el oro le obsesionaba como su propia vida.

TESTIGO 14: Ya en cubierta, cuando nos íbamos, el Almirante nos enseñó una moneda de oro fino, que por aquellos tiempos solía circular en Castilla, y valía dos castellanos. Dicha moneda se conocía con el nombre de *excelente* y tenía esculpidos los rostros de los Reyes de España. Nos enseñó igualmente las banderas de la cruz y diferentes tipos de armas reales, y nos habló de la grandeza de la monarquía. Por señas, nos quería dar a entender que ellos habían venido del cielo, lo cual nos pareció imposible. Luego organizó una fiesta con tiros de artillería. Aquellos tiros nos impresionaron y hasta nos asustaron. Al parecer, esa era su verdadera intención: asustarnos.

Cristóbal acompañó a la comitiva a tierra firme, no sin antes dejar dispuesto que la tripulación desembarcara gran parte de las armas y alimentos porque según él había llegado la hora de instalarse en estas tierras, situadas en la parte norte de la isla, con el claro propósito de cristianizarlas y registrar los intersticios medulares del oro. Estaba convencido, y así lo expresó, de que nada más faltaba aprender la lengua de los indios para subyugarlos, pues *todo lo que se les mandar harán sin contradicción alguna.*

De acuerdo con los notarios que le acompañaban en la expedición, Cristóbal envió a seis cristianos a una población cercana, donde, según los propios residentes, él y sus hombres podían descansar. El genovés quería saber si había o no peligro en esta primera incursión. Cuando los soldados le comunicaron, cito textualmente: *hemos sido objeto de honra y alegría en aquel poblado y sus habitantes nos creen seres divinos*, se rio a carcajada tendida. Sin pérdida de tiempo, arma en mano, Colón avanzó con regocijo por los bosques de la isla. Impresionado por la deslumbrante belleza de la naturaleza, escribiría en su diario: *Estaban todos los árboles verdes y llenos de frutas y las yerbas todas floridas y muy altas; los caminos muy anchos y buenos; los aires eran como en abril en Castilla; cantaba el ruiseñor y otros pajaritos como en el dicho mes de España... que era la mayor dulzura del mundo.* En otro párrafo, diría: *Hay palmas de seis o de ocho maneras que es admiración verlas por la disformidad hermosa de ella, más, así como los otros árboles y frutos y hierbas. En ella hay pinares a maravilla, y hay campiñas grandísimas, y hay miel y muchas maneras de aves y frutas muy diversas. La Española es maravilla; las sierras y las montañas y las vegas y las campiñas y las tierras tan hermosas y gruesas para plantar y sembrar, para criar ganados de todas suertes, para edificios de villas y lugares... Esta es para desear y vista es para nunca dejar.*

El sexo herido

Nave española, xilografía de 1496 + Mappa delle Maeriche (1529), de F. Monachus + Arte de Navegar, de Pedro Medina + Estadillo de Colón *(1 12 3/ 2   7/ 3   10...)* + Imago Mundi, de Pedro d'Ailly + Anna Lanfoster en el papel de "Virgen de Colón" + Alejandrix Vick-Aux peinado al estilo del Almirante.

Yo vi surgir sus rostros como bayonetas al sol de octubre. Yo palpé sus torsos morenos y relucientes cuando emergían de los ríos. Yo vi, por una vez, pero volví la cara atrás, los senos de las doncellas. Freddy Gatón Arce + ADEMÁS, SON + son nuestras voces en la suya + sones y bailes a lo lejos +nos espera un barco oxidado en el puerto.

Los notarios se maravillaron del recibimiento que les dispensaron los indígenas y escribieron en hojas sueltas algunos comentarios sobre el particular. Dejaron constancia, por ejemplo, de que las mujeres salían desnudas a recibirlos y que, al contrario de otros lugares conocidos, en esta población los hombres no escondían a sus mujeres: *ellas eran las primeras que venían a dar gracias al cielo por tan distinguida visita, trayendo en sus manos cuanto tenían*. Como los notarios, también el jefe marinero dio su testimonio de este memorable encuentro con los nativos. *Vinieron tantos* –escribió en su diario– *que parecían cubrir la tierra, dando mil gracias, hombres y mujeres y niños; los unos corrían de acá, los otros de acullá a le traer pan de ajes muy blanco y bueno y agua y cuanto tenían y vían que los cristianos querían, y todo con un corazón tan largo y tan contento que era maravilla.*

TESTIGO 15: Yo era una muchacha muy alegre. Solía correr desnuda por los bosques. Conocía los secretos de las raíces, de las hojas y de la hierba silvestre. Ese día, los extranjeros se confundieron con el follaje. Yo estaba sola detrás de un matorral, y miré con preocupación y miedo su paso por la isla. Fui sorprendida por tres soldados. Me agarraron por los brazos y las piernas, y me desnudaron. Intenté gritar, pero me apretaron con fuerza la boca, y el grito se me rompió en la garganta. Cuando los tres soldados satisficieron sus deseos, me dejaron tendida en el suelo. No sé si antes habían violado a otras muchachas, pero confieso que en esta parte norte de la isla yo fui la primera víctima sexual de la invasión española.

De acuerdo con las informaciones de los escribanos del Almirante, cuando ellos llegaron al poblado, los recibieron con danzas y cantos, y les llevaron *cosas de algodón, labradas y en ovillos hilado*, a la vez que los visitantes repartían entre las mujeres y niños cuentas de vidrio, sortijas de latón y cascabeles. "Cuando el rey de aquel pueblo de calles y casas bien ordenadas y una plaza bien barrida en el centro recibió al feliz genovés, se hincó con tal reverencia que don Cristóbal parecía un ser celestial. Se acercaron al rey tres lindas mujeres con un objeto para el Almirante. El rey tomó el objeto y se lo entregó al *digno y benévolo visitante*. Se trataba de un cinto que en lugar de bolsa traía una carátula con dos orejas grandes de oro de martillo, así como la lengua y la nariz", escribieron.

Cinto y lujuria

—No ores más –dijo Anna.

—Pero si no oro.

—¿No?

—Recito unos versos escritos por un marinero sin nombre, que me acompañó en el primer viaje. De oírselos a él me los aprendí de memoria, y dicen así:

Que no hay nada

en el mundo

mejor que cagar:

se lo digo yo

que vengo del mar.

—¡Por Dios, Alejandrix!

—¿Alejandrix? Si soy yo: ¡el mismo Almirante!

¡Yo no quiero encontrarte cuerpo sólo y presencia! / ¡Yo no quiero encontrarte concreta o sucedida/ de otro modo distinto que no fueras de sueño, /que no fueras de nube, de estupor o de grito, / en la isla profunda de mi llanto enterrada! Franklin Mieses Burgos + Sin mundo ya y herido por el cielo + síntesis del canto + Anna enamorada + yo en sus brazos, sin espacio, sin tiempo: en sus brazos.

El cinto era de pedrería muy menuda, como aljófar, hecho de huesos de pescado, blancas y entrepuestas algunas coloradas, a manera de labores, tan cosidas en hilo de algodón y por tan lindo artificio que por la parte del hilo y revés del cinto parecían muy perfeccionadas labores, aunque todas blancas, que era placer verlas, como si se hubiera tejido en un bastidor y por el modo que labran las cenefas de las casullas en Castilla los brosladores, y era tan duro y tan fuerte que sin duda no le pudiera pasar, o con dificultad, un arcabuz, diría el Almirante en su misterioso diario. El cinto tenía un gran parecido a los labrados en bastidor o tejidos de oro que usaban en Castilla los reyes y grandes señores.

Sobrecogido ante la belleza del objeto, el genovés pidió que dispararan lombardas en señal de gozo. Cuando sonaron los cañones, los nativos se arrojaron asustados al suelo, pero el visitante los convenció con gran habilidad de que se trataba de un acto de agradecimiento por sus atenciones y regalos, y quería festejarlo en grande. Mandó buscar varios barriles de vino y exquisitos quesos y jamones. Los indígenas, en su afán hospitalario, le prepararon al Almirante una velada muy alegre. Uno de los cronistas, impresionado por la destreza corporal de los indios, exhibida en sus danzas, dijo: "Son inclinatísimos y acotumbrados a mucho bailar, y para hacer son que les ayude a las voces o cantos que bailando cantan y sones que hacen, tenían unos cascabeles muy sotiles, hechos de madera, muy artificiosamente, con unas piedrecitas dentro, los cuales sonaban, pero poco y roncamente".

De esta forma, entre cantos, música, vino, frutas y viandas, los extranjeros durmieron esa noche en la aldea indígena. Al correr de los días, se supo que emborracharon a los nativos y violaron a sus mujeres, y a niñas de once y doce años, y que todavía se escuchan, sobre todo en horas de la madrugada, los lamentos de esas criaturas.

TESTIGO 16: Esos hombres parecían animales. Algo diabólico les brillaba en los ojos cuando nos mordían los pezones. Con el filo del espada puesto en nuestra garganta, nos abrieron las piernas. El cielo estaba pálido esa noche y lloró como lloran las perlas cuando hieren la paz de las algas marinas. Yo tenía apenas doce años cuando rompieron mi fuente de agua primorosa. ¡Cómo olvidar aquello! El dolor no se olvida, aunque el cuerpo haya muerto.

Rebeldía y dignidad

—Vamos, Anna; anímate y ven conmigo.

—Es suficiente con los bandidos que te acompañan.

—Serás reina en aquellas tierras prodigiosas.

—¿Quién te ha dicho que quiero ser reina?

—Si los ángeles te adoran, imagínate qué no harían por ti los pobladores de las tierras descubiertas.

—No sigas postrado ante mí. Odio que me veneren. Mejor vete. Huye de mi lado, Alejandrix.

—¡Que no soy Alejandrix, mujer! ¡Mírame, mírame, soy él!

Vuelve a la proa eléctrica de tu nave pesquera, /dirige sobre el mar la red y los fusiles, / y que tu cabellera se junte con tus ojos, / tu corazón remonte las aguas de la muerte, / y se vea otra vez partiendo la marea, / la nave, conducida por tu amor valeroso. Pablo Neruda + Cantos Ceremoniales + continente + selvas y ríos + tierra + tierra + tierra en el cuerpo de Anna y en el mío.

Esa misma noche, decenas de taínos de otros cacicazgos se acercaron sigilosos a la carabela mayor, precisamente en la que el genovés había cruzado la mar, y, con su pericia marinera, destruyeron la panza glotona de la embarcación. Victoriosos, se alejaron callados. Los soldados al cuidado de ella se enteraron de la intrépida acción cuando la Santa María estaba ya hundida.

El pánico cundió entre los tripulantes. Cuando el Almirante supo la noticia, dispuso que los pobladores de la aldea fueran amarrados a los árboles hasta tanto él averiguara el origen de este sabotaje. Sin embargo, tras comprobar que ellos no participaron en esta traición a los Reyes de España y burla a su obra de evangelización —escrito así en su diario—, los liberó. Con la puesta de sol, frente a las furiosas olas que abatían las limpias arenillas de la costa, vio con profunda tristeza cómo la Santa María había perdido el encanto de su grandeza. Fue entonces cuando concibió la idea de levantar la primera fortaleza en la isla, creo, proyecto en el que utilizaría los maderos y demás accesorios de la embarcación que había desafiado los enigmas de las aguas transoceánicas. Pudo haberla construido con maderas de la isla, muy buenas y de mucho valor, pero en ese primer viaje no trajo los instrumentos necesarios para la tala de los árboles y pulimento de la madera. Le era más fácil y práctico levantar el fuerte con las piezas de la nave y porque así podía justificar el uso de la misma ante los Reyes y ocultar la verdad de los hechos. No le convenía que sus superiores se enteraran del sabotaje porque esta noticia sería mal recibida y dificultaría su proyecto, pues si los nativos habían sido capaces de destruir una nave como la Santa María, habría que disponer, en los futuros viajes, de grandes sumas de dinero para enviar numerosos barcos y miles de soldados. Pero el diestro marinero se plantó ante los reyes y le dijo, después de su regreso a España con grandes cargamentos de oro y muchos indios presos, que se vio en la necesidad de utilizar los accesorios de la Santa María para hacer una torre y fortaleza, *y una gran cava, no porque crea que haya esto menester por esta gente (porque tengo por dicho que son desnudos y sin armas y muy cobardes y que con los hombres que me acompañaron sojuzgaré toda la isla), sino*

para que congoscan el ingenio de la gente de Vuestras altezas, y lo
que pueden hacer, porque con temor y amor le obedezcan. Dispuso,
pues, el Almirante, que la fortaleza se construyera cerca de la
costa, con la ayuda de los indígenas. Él entendía que el fuerte
sería refugio de sus soldados y serviría para guardar armas y
municiones. Sería, sin duda, el símbolo de su poder en las nuevas
tierras.

El incendio de la fortaleza

Nunca me dijiste, Alejandrix Vick-Aux, alias Cristóforo
Colombo, que llegaste a Portugal a nado y herido, el 13 de agosto
de 1476, cuando la nave en que viajabas, la *Bechalla*, navegaba
bajo el pabellón de Borgoña, en guerra con Francia, y capiteneada
por un tal Cristóforo Salvago, se fue al fondo. Me dicen que
salvaste a nado las seis millas que te separaban de tierra y arribaste
a Lagos. Allí te recogieron sus habitantes, curaron tus heridas y
te alimentaron. Cuando sanaste, decidieron enviarte a Lisboa.
¿Es cierto, mi amor, que aquí se inició la aventura septentrional
que, en el año 1477, te llevó, en nave genovesa, hasta Islandia,
acaso más allá? (carta de la *Virgen de Colón* a la figura orante,
recuperada por Anna Lanfoster).

> *¡Horrible! Y el oro se sonrojó más. Floreció una ronca nota*
> *de pífano. Floreció. La azul floración está sobre los cabellos*
> *coronados de oro. James Joyce + Sirenas + Anna que lo*
> *transcribe y luego lo recita.*

Concibió el plano general del fuerte y diseñó con entusiasmo
los futuros depósitos del oro que sacaría de la isla. En su nuevo
camarote de la Niña, se pasó horas muertas trazando líneas y
haciendo cálculos para cubículos de diferentes dimensiones.
Inmediatamente trazaba una línea se sonreía y aunque lamentaba
que la Santa María no hubiera ido a parar a un museo español, se

consolaba a sí mismo repitiendo en voz baja: "Sus restos alcanzarán mayor valor y gloria al convertirse en un sólido fuerte capaz de sembrar el pánico en la población indígena". Concluido el plano, rememoró episodios de su pasado. Le vinieron imágenes muy frescas de cuando cruzó mares en naves mercantes de cabotaje, las cuales hacían su recorrido a lo largo de la costa ligur. "Yo navegué cien leguas más allá de la isla de Tile", dijo entre dientes. Pensaba, sin proponérselo ni quererlo, en los nombres de los autores antiguos que influyeron en su formación marítima. A su memoria llegaron de pronto Estrabón y Tolomeo, y hasta Aristóteles. Se vio sentado frente al mar, leyendo los libros más recientes del último geógrafo de la tradición escolástica, el cardenal D'Ailly, así como *Il Milione*, de Marco Polo, y la *Historia rerum ubique gestarum*, de Pío II, de cuya obra había extraído sus conocimientos de geografía tolomeica.

TESTIGO 17: Nos obligaron a trabajar sin descanso durante nueve días, en la construcción del fuerte. Nuestros brazos levantaron esa fortaleza. Allí nos torturarían, nos matarían. Cuando el Almirante volvió a España y regresó al poco tiempo a la isla, con más embarcaciones y con cientos de soldados, decidimos organizarnos y seguir el ejemplo de nuestros mártires taínos. Incendiamos el fuerte y no dejamos a un solo intruso vivo. Para ser fiel a los hechos, le entrego este folio. Aquí encontrará un relato muy importante, escrito por uno de los notarios del genovés.

> *Transcripción del documento aparecido en el folio entregado por el Testigo 17, correspondiente al segundo viaje del Almirante a la isla la Española.*

> *Entrase luego, el jueves, 28 de noviembre, a la tarde, con toda su flota, dentro del puerto de la Navidad, acerca de donde recibió grandísimo pesar y tristeza, viendo cierto argumento de la muerte*

de todos los 39 cristianos que en ella había dejado, y por aquel día no pareció persona alguna por todo aquello; otro día, salió en tierra el Almirante por la mañana, con grande tristeza y angustia de ver quemada la fortaleza y ninguno de los que con tanto placer y contentamiento de todos había dejado. Había algunas cosas de los cristianos, como arcas quebradas y bornias y unos que llaman arambeles, que ponen sobre las mesas los labradores... Dejó mandado que limpiasen un pozo que dejó hecho en la fortaleza, para ver si los cristianos habían escondido allí algún oro, pero no halló nada... Hallaron por cerca de la fortaleza siete u ocho personas enterradas, y cerca de allí, por el campo, otras tres, y cognoscieron ser cristianos por estar vestidos, y parecía haber sido muertos en un mes atrás o poco más.

Entre los papeles correspondientes a *EL CHOQUE*, de Alejandrix Vick-Aux, aparecieron estos apuntes:

+Heródoto + Familia Vick-Aux + CC + Yo, el último.

—"Cuídate de que te cojan en flagrante delito", le dijo Colón.

+Ejecutado el plan, cayó en la cuenta de que... + + +

+En las costas, donde estaba ya todo el ejército de tierra... + + La caballería que iba adelante, hizo correrías por las tierras salvajes... +

—Yo sé que así es –dijo el genovés.

—Hicieron con él lo mismo que después conmigo –comentó el Almirante.

+En 1460, el dichoso genovés tenía 9 años.

+CC estuvo en Chío hacia 1474 ó 1475, que fue colonia genovesa hasta 1566. Viajó a bordo de la Roxana, nao de cuatro palos, armada con dieciocho cañones y seis espingardas.

+A los 22 años, CC se encontraba a bordo de una nave fletada por Renato de Provenza para capturar la Fernandina, del Rey de Aragón, Juan II.

+1476: Posiblemente, CC viajó a lo largo de África hasta el golfo de Guinea.

+Cristóbal, el primogénito, tuvo tres hermanos –uno muerto joven– y una hermana casada con un comerciante de queso. Bartolomé era el brazo derecho de CC y Giacomo –Diego para los españoles–, 17 años menor que él, lo acompañó en el Nuevo Mundo.

+Ver Museo Naval de Pegli: Escudo de armas concedido al Almirante de la Mar Océana + títulos otorgados a CC + símbolo de la actividad del descubridor + FRONTESPIZIO DEL LIBRO DEL PRIVILEGI CONSESI A CRISTOFORO COLOMBO DAL RE FERDINANDO E DALLA REGINA ISABELLA DI SPAGNA + *Stemma di Cristoforo Colombo* + *itinerario de los cuatro viajes de Colón: Colección De Albertis, de Génova + la Española, de De Bry, editado en Francfort en 1594 (ver cómo algunos indígenas obligan a los españoles ávidos de oro a beberlo derretido) + Historia de la vida y de los hechos del Almirante don Cristóbal Colón, de don Fernando C. + urna con parte de las cenizas de CC.*

+¡Oh, Anna, Anna,

Anna de mis recuerdos;

anoche sentí que tu boca

me quemaba el olvido!

Nota: Estos versos se conservan intactos junto a uno de los tantos objetos exhibidos en casa de Anna Lanfoster.

X

PRONTUARIO DEL TIEMPO

Anexo I

Hubix. Alto, fornido, brazos y pies largos; ojos azules, mirada penetrante. Pelo rubio, rizado. Piel resistente a las embestidas del viento. Tiene polvo de años enraizado en las mejillas. Cuando mira, se ríe. Una verruga pequeña en la punta de la nariz, y otra más grande donde comienza la ceja izquierda. Gruesos los labios, tal vez de sudar. Y los dientes duros como piedras ígneas. Los dedos del pie derecho son más largos que los del izquierdo, y los de la mano izquierda son cortos. Pese a estos defectos, ni cojea ni tiene dificultad en manejarse con la mano más pequeña. De joven, le gustaba cantar. De grande, le atraían las aventuras.

Anexo II

Pubex. De la naturaleza al combate. Tierra seca, a veces amarilla, entre los pies descalzos. En la frente, indicios de una cosmogonía ausente en el tiempo: planos siderales, axiomas borrados, galaxias muertas. Miraba como hombre de otro tiempo, es decir, sin sentido concreto de la realidad que lo envolvía, como si no reconociera nada, aunque lo reconocía todo mejor que sus contemporáneos. Conocedor del mundo y de la vida, no se dejaba abatir por nada ni por nadie. Solía acostarse con una sonrisa de victoria y se despertaba con la misma sonrisa. Cuando tenía un mal presentimiento, achicaba los ojos y buscaba la distancia más larga en el cielo y dejaba allí puesta la mirada hasta que la mente se le quedara en blanco, y siempre lo lograba. De muchacho, jugaba con hembras mayores que él, y a todas las cortejaba y les hacía regalos, a cambio de que le mostraran, bajo juramento de no tocarlas, sus partes íntimas. Era un hombre de extremidades largas. Corría raudo cual potro de carrera y nadie le ganaba en este tipo de competencias. Fue siempre servicial con los amigos y jamás perdonó a un enemigo.

Anexo III

Cipriam. Hablaba por lo menos tres idiomas. Leía e investigaba como pocos de su tiempo. Desde niño sintió atracción especial por los misterios de la naturaleza y por los secretos de la vida, y buscó desesperadamente, sin que nunca lo encontrara, el punto de origen del espacio, que a su juicio había aparecido en los comienzos del principio, a mil millones de años luz del eje transversal de una galaxia que trasladó su sede a un agujero oscuro, imposible de medir. Ingenuo en los negocios, pero dichoso en el amor. Al contrario de sus antecesores, era de estatura mediana, pero aparentaba más pequeño porque tenía las extremidades muy cortas. Nunca le perdonó esto a la naturaleza. Entendía que el hombre de baja estatura no sirve para la guerra, por lo que conviene separarlo de los hombres altos y fornidos, y darle tareas propias de mujeres. A él lo salvó su afán de aprender, pues el que sabe domina al fuerte de músculo y débil de mente. Tenía los ojos achinados, a diferencia de sus antecesores, quienes lucían facciones nórdicas. Al parecer, Cipriam nació bizco y los ojos se le enderezaron de tanto leer.

Anexo IV

Lulaf. Nadie es tan intrépido como este Lulaf. Alto – posiblemente el más alto de todos los Vick-Aux– y de una belleza extraordinaria. Pelo rubio y ondulado, y ojos azules. Locuaz, simpático y emprendedor. En los primeros días de su llegada a Puerto Plata, pasaba las horas nadando en el Atlántico. Nadaba desnudo junto a los reflejos más tiernos de la luna o cuando aparecían los primeros rayos del sol. Y aunque nadie lo oyó cantar nunca, dicen que su voz era divina.

Anexo V

Junix. Datos inconclusos, insertados en el siguiente diagrama.

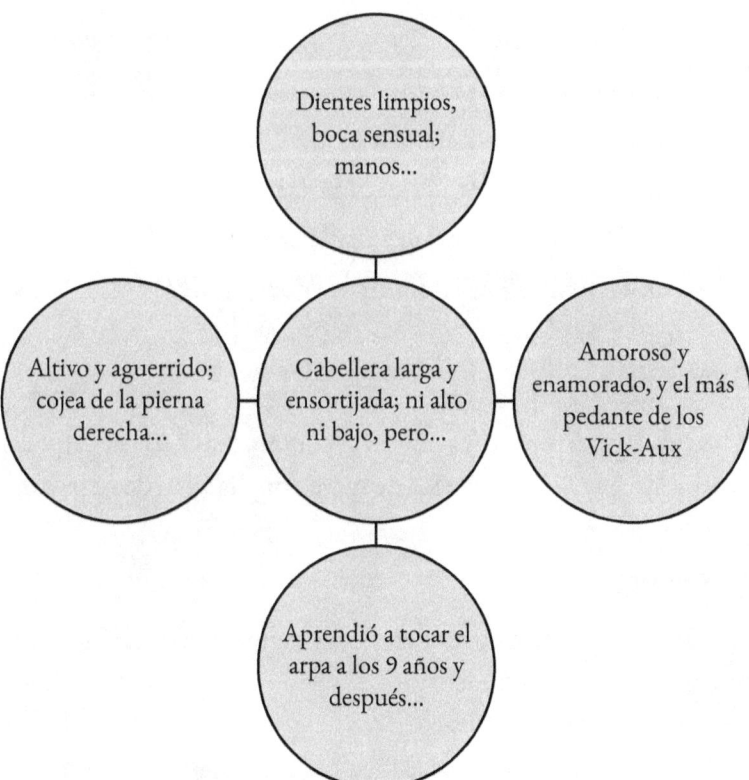

Anexo VI

Hume. De Hume se dice que además de ser el mejor matemático y calculador de su tiempo, fue un genial titiritero y un bohemio empedernido. Tenía las manos desiguales: un dedo de más, en la derecha.

Anexo VII

Poncio. Tierno y amable con las mujeres. Dormía escasamente tres horas al día, y eso le bastaba para sentirse descansado y llevar a cabo proezas extravagantes, como cruzar a nado el Canal del Norte, de Maville a Gran Bretaña. Escribía poemas eróticos, que nunca se publicaron, de los cuales quedan algunos versos sueltos:

> *Ternura inigualable en los vellos azules de la aurora;*
> *te poseo entera y licuada en mis manos temblorosas;*
> *del beso a la sangre palpo tu sexo;*
> *si vienes a mí, ven desnuda y cálida.*
> *Soy forma estrangulada en el manantial gelatinoso*
> *que emana de la ondulación de tus piernas.*

Anexo VIII

Cubilay. Aunque es el más contemporáneo de aquella estirpe, no hay noticias acerca de su personalidad ni de su pasado.

Anexo IX:

Dr. Gengis. Atrapado en la vorágine y en el incesante movimiento de la luz del Caribe, vivió siempre asombrado de vivir entre tanta maravilla.

Anexo X

Alejandrix. De Alejandrix no se ha dicho nada; absolutamente nada: es como si no hubiera existido.

DECLARACIÓN
DEL AUTOR

Enterado de la existencia de estos documentos, yo, recopilador de este material, alquilé un automóvil con chofer, y nos dirigimos de visita a Puerto Plata.

La casa de Alejandrix me llamó la atención por su sencillez; la de Anna Lanfoster, por su instalación museográfica. Guiado por una señora anciana encargada de cuidar ambas propiedades, testimonios de una era gloriosa, sentí en carne propia la fuerza de la unión amorosa que signó la vida de esta fenomenal pareja.

En la casa de Alejandrix no hay vestigios de pestes ni hedores dejados por el paso de plagas milenarias o recientes. Es una casa sencilla, está dicho, pero ancha como la cobertura del cielo, con una galería a su derredor que no atenta contra el avance natural del bosque. Hay áreas que fueron remozadas antes de la muerte de su propietario y almacenes pequeños usados hasta el último día de su vida como despensas y graneros. Hay pocos muebles en la casa. Eso sí, se conservan intactos objetos de principios del siglo XX, coleccionados por su padre, el Dr. Gengis Vick-Aux.

En su papel de guía turístico, lo que más emociona a la señora anciana cuando recorre el hogar de Alejandrix es hablar de las treinta y tantas fotos –16'x 20'– que decoran una de las paredes de la sala, en cuya parte superior se destaca el cartel siguiente: GT-Dr. Gengis Vick-Aux (1928-1949). Debajo, están las fotos referidas, colocadas en líneas horizontales y en grupos de a cinco. En el primer grupo se exhiben quizá las más interesantes, y merecen, sin duda alguna, ser descritas para más información del lector.

Fotos del grupo número uno:

I: El Dr. Gengis, vestido completamente de blanco y con el pelo liso hacia atrás, sonríe al lado de su amigo el militar –vestido igualmente de blanco–, que lo mira con el ceño fruncido.

II: El amigo del Dr. Gengis luce un traje de emperador y muestra con orgullo un sombrero emplumado. El Dr. Gengis está detrás de él, medio oculto.

III: Desnudos de la cintura para arriba, los dos amigos se echan el brazo por la espalda. Al fondo, una casa campestre del militar.

IV: Los amigos sonríen, y desde las monturas de un par de potros hermosísimos saludan a un grupo de damas.

V: El militar está de pie, con la mano derecha abierta sobre un mapamundi. El Dr. Gengis lo observa de manera reverencial.

Contrasta, sin embargo, que en otra pared se destaquen carteles alegóricos a figuras históricas con una trayectoria muy diferente de la del amigo de su padre, tales como: Lenin, Gandhi, Fidel Castro, Gregorio Luperón, José Martí, Nelson Mandela, Che Guevara, Manolo Tavárez Justo, Ho Chi Minh, Patricio Lumumba, Camilo Torres y Francisco Alberto Caamaño Deñó.

En la casa de Anna también aparecen fotos, pero de su padre y del Dr. Gengis, y de ella y Alejandrix, en las que posan alegres, en distintas zonas turísticas del país. En la sala principal, así como en el comedor y en su estudio personal, hay objetos que ella coleccionó de niña: espejuelos, lupas, libros, floreros, lámparas de techo, cortaplumas, sombreros, boinas, botellas de vidrio, piezas artesanales, mapas y dibujos de monumentos coloniales.

Después que recorrimos las dos residencias, primero la de Alejandrix, luego la de Anna, mi vista se quedó fija en una foto donde la pareja, de pie en la cima de la plateada montaña Isabel de Torres, se besa con ternura. Cerré los ojos, y todo en mí fue luz.

Aparentemente dormido, volví a tener contacto visual con la fotografía de la pareja, pero transformada en una secuencia de imágenes que me causó honda impresión, pues en su lugar vi, entre otras imágenes, a Hubix abrazado de Lannafas; a Pubex, en posición de darle un beso a Lanfos; a Giges con los ojos puestos en Anna, y a Alejandrix loco por tocar los senos de la esposa de Candaules, que cruzó desnuda frente a él.

Emocionado, miré con gratitud a la anciana que tan cordialmente me había recibido, le dije adiós, y solamente después, cuando la carretera de regreso a mi hogar se perdía en los brazos de la noche, descubrí que Alejandrix y Anna Lanfoster me guiñaban los ojos desde un lugar perdido en el tiempo.

Puerto Plata, mayo de 2020